Bibliografische Information der Deutschen
Nationalbibliothek: Die Deutsche
Nationalbibliothek verzeichnet diese Publikation
in der Deutschen Nationalbibliografie; detaillierte
bibliografische Daten sind im Internet über
dnb.dnb.de abrufbar.

Herstellung und Verlag:
BoD – Books on Demand, Norderstedt

ISBN 978-3-7557-4042-1

Franziska Stolz

Depressed

Roman

*»Everyone you meet is fighting
a battle you know
nothing about.
Be kind.
Always. «
-Robin Williams*

1

Freitag, 15. März 2019

Liebes Tagebuch,
heute war ausnahmsweise mal ein guter Tag. Ich habe die Nacht fast durchgeschlafen, was ja bekannterweise bei mir eher selten vorkommt. Meinen Tag startete ich also ausgeschlafen und, für meine pessimistischen Verhältnisse, recht gut gelaunt. Ich kam leicht aus dem Bett und musste mich nicht mit leeren Versprechen motivieren.
Die Fahrt zur Arbeit war entspannt und ich wurde mal nicht aufgrund meiner vorsichtigen Fahrweise angepöbelt. Im Büro wurde ich von allen freundlich begrüßt und niemand zog es in Erwägung mich auf mein lustlos ausgewähltes Outfit anzusprechen.
Ich hatte zu keiner Zeit des Tages das Verlangen danach, zum Messer zu greifen und mich selbst zu verletzen.
Alles in allem war es mal ein guter Tag.

Freitag, 22.März 2019

Liebes Tagebuch,
es geht mir schlecht. Aber das ist ja eigentlich nichts Neues. Ich konnte nicht schlafen, lag den größten Teil der Nacht wach und versuchte mich zu beruhigen, damit ich endlich schlafen konnte. Lange dachte ich darüber nach, wie einsam ich bin, wie sinnlos doch alles ist und was ich hier überhaupt noch zu suchen habe. Meine sogenannten »Freunde« verlassen mich nach und nach, meine Familie gibt es seit langem nicht mehr und auf der Arbeit läuft es auch eher mäßig. Ich lebe, um zu arbeiten, damit ich die Miete bezahlen kann. Aber ansonsten gibt es nichts, wofür ich wirklich lebe, was mich tagtäglich motiviert, um weiterzumachen. Es gibt kein Ziel in meinem Leben, welches ich in ferner Zukunft einmal erreichen könnte, denn alle Träume, die ich hatte, sind entweder geplatzt oder ich habe sie vor langem aufgegeben.
Mein Traum eine Familie zu gründen?
Aufgegeben, nachdem ich von zahlreichen Männern verlassen, verletzt und erniedrigt wurde, weshalb ich nun der Meinung bin, dass es niemanden gibt, der mich für immer lieben könnte.
Mein Traum Karriere zu machen und CEO in einer mittelständigen Firma zu werden?
Pah! Ich bin so ´ne Bürostuhlakrobatin in einer winzigen Firma der Lebensmittelindustrie, die Kekse herstellt. In einer siffigen, heruntergekommenen und asozialen Kleinstadt, namens Kingsbach. Ich denke, bis ich mal irgendwo aufsteige, dauert es Jahre! Zudem ist die Arbeit bei »Cookies&Crumbs«

9

nicht grade erfüllend...Was anderes als tippen und telefonieren ist meistens nicht drin. Dumme Kommentare von Kollegen, keine Wertschätzung durch meinen Chef und ein Gehalt, von dem ich gerade so meine Miete bezahlen kann. Für meine, nebenbei, sehr kleine und heruntergekommene Wohnung am Arsch der Welt in diesem kleinen, mickrigen Dorf...
Aber zurück zum Thema.
Ich wüsste nicht, welchen Sinn es hätte, überhaupt weiterzumachen. Tagtäglich komme ich Heim mit dieser ständigen Wut und gleichzeitigen Leere im Inneren, von der ich nicht weiß, wie ich sie auf konstruktive Art und Weise loswerden kann. Aber wenn es nicht auf eine intelligente und fördernde Weise geht, dann eben anders. Das Einzige was hilft, die Wut und Leere zumindest für eine kurze, aber angenehme Zeit zu lindern, ist der Griff zum Messer. Wie oft nehme ich es in die Hand, betrachte meinen Unterarm, der mittlerweile so aussieht, wie das Gesicht von Freddy Krüger, und führe das Messer langsam zur Haut. Oft überlege ich noch, ob diese Verstümmelung meiner selbst denn wirklich nötig ist, doch bis ich den Gedanken zu Ende geführt habe, spüre ich bereits das warme Blut meinen Arm hinunterlaufen und fühle den befreienden und beruhigenden Schmerz, nach welchem ich mich oft den ganzen Tag lang sehne. Manchmal frage ich mich, was passieren würde, wenn jemand sieht, was ich tue. Aber dann denke ich wieder, dass es sowieso niemand mitbekommt. Ich trage meistens lange Ärmel, lasse mir nichts anmerken und ich habe ohnehin niemanden, der mir nahesteht. Umso einfacher für mich, mir nichts anmerken zu lassen.
Was mache ich eigentlich noch hier?

Vielleicht sollte ich das Ganze langsam beenden.
Es interessiert sowieso niemanden und ob ich
nun lebe oder tot bin, hat eh keine Auswirkungen
auf mein Umfeld.
Gute Nacht
Vielleicht für immer...

2

Samstag, 23.März 2019, 2:56 Uhr

Anna öffnete die Augen. Sie wurde von den blauen Lichtern geweckt, die ihr Zimmer immer wieder erhellten. Sie legte die Decke bei Seite, stand auf und ging zum Fenster. Ihre Füße berührten den eiskalten Laminatboden, bis sie den kuscheligen, warmen Teppich erreichte, den sie letzten Winter mit ihrem Freund, mittlerweile Ex-Freund, kaufte. Schrecklicher Kerl.

Sie zog die Gardine weg, um besser sehen zu können, was sich dort draußen auf der anderen Straßenseite abspielte. Die Laterne gegenüber flackerte noch immer. Seit zwei Monaten wartet sie nun darauf, dass sie endlich repariert wird.

Noch immer im Halbschlaf, beobachtete sie den Krankenwagen, der in der Einfahrt des Wohnhauses der Nachbarn stand. Doch das Blaulicht kam nicht vom Krankenwagen, sondern von dem Polizeiauto, das an der Straße stand. Zwei Polizisten standen daneben und unterhielten sich. Der eine, ziemlich groß und mit Brille, zeigte seinem Kollegen seine Aufzeichnungen. Vermutlich aus irgendeiner Befragung. Obwohl Anna geistig noch nicht ganz da war, was natürlich an ihrer Müdigkeit lag, erkannte sie den anderen Polizisten wieder.

Vor ein paar Wochen hatte sie mit ihrem alten Ford einen kleinen Unfall, als sie nachts, im dichten Nebel, eines der Rehe anfuhr, das grade die Straße überquerte. In und um Derbersdorf herum, so hieß dieses kleine, idyllische Örtchen, in dem sie lebte, war es nicht unüblich nachts ein paar Rehen, Wildschweinen oder gar einer

12

entlaufenden Kuh zu begegnen. Oft traf man diese auch tagsüber. So ist das nun mal auf dem Land.

Eigentlich wusste Anna, dass hier immer viele Rehe oder generell viel Wild unterwegs ist, weshalb sie meist vorsichtig fährt, aber diesmal war das Glück nicht mit ihr gewesen und leider erwischte sie das letzte Reh der achtköpfigen Gruppe, die Ortsausgang hinter der Bushaltestelle des Dorfes wieder im Gebüsch verschwanden.

Das Reh lief ihr gegen das, erst vor kurzem gekaufte, Auto und es ertönte ein dumpfer Knall, der Anna durchfuhr.

Sie stieg damals schockiert aus ihrem Wagen, betrachtete das am Boden liegende Reh, welches am ganzen Körper zitterte und sie förmlich anstarrte. Ähnlich wie auch sie zitternd vor dem Reh stand und es ansah. Sie hatte gehofft, das Reh wenigstens direkt getötet zu haben, um ihm jegliche Qualen zu ersparen, weil es ohnehin nur selten passierte, dass ein Reh einen solchen Unfall überhaupt überlebte.

Hinter dem Fahrersitz holte sie das Warndreieck heraus, das sie bisher noch nie benötigte. Sie öffnete die Verpackung, zumindest versuchte sie es mit zittrigen und vor allem kalten Händen. Das Warndreieck war zusammengeklappt und sie musste erst herausfinden, wie man es richtig aufstellte. Hier biegen, da ziehen und da einrasten. Nach einer, für sie, gefühlten Ewigkeit, hatte sie es geschafft und stellte das Warndreieck weiter vorne an die Straße. Sie ging zurück zum Auto. Mit zitternden Händen suchte sie ihr Smartphone in ihrer, wie immer unaufgeräumten Karre, zwischen etlichen McDonalds Verpackungen und haufenweise

13

Pfandflaschen. Eigentlich wollte sie ihr Auto mal wieder reinigen und den ganzen Müll entsorgen, aber sie fand bisher keine Zeit. Schnell tippte sie die Notruf Nummer in das zerkratzte Display ihres Smartphones ein und wartete auf die Stimme am anderen Ende. Hektisch erklärte sie die Situation, ließ sich die weitere Vorgehensweise erklären und legte, ein wenig beruhigt, aber immer noch gestresst und aufgewühlt, auf. Sie kontaktierte den derzeitigen Jagdpächter, der sich später um das Reh kümmern sollte. Normalerweise würde das die Polizei erledigen, aber da Anna den Jagdpächter persönlich kannte, tat sie das selbst.

Kurze Zeit später trafen Polizei und Jagdpächter ein und betrachteten das Auto, sowie das Reh, das noch immer zitternd vor dem Auto lag.

Dabei sprach Anna auch mit besagtem Polizisten, der in dieser klaren Nacht gegenüber ihrem Hause bei ihrer Nachbarin stand. Es fiel ihr damals noch nicht auf, aber der Polizist sah gar nicht so schlecht aus. Er war groß, relativ gut gebaut, was seine Muskeln anging, hatte dunkle, kurze Haare und ein unfassbar schönes Lächeln, welches sie noch immer in Erinnerung hatte, wie sie grade feststellte. Bei der Befragung nach ihrem Wildunfall, welchen das Reh übrigens nicht überlebte, was Anna bis heute leidtut, lächelte der Polizist sie immer wieder an.

»Verdammt, wie hieß der denn nochmal?«, fragte sich Anna und dachte nach. Sie verdrängte die Situation, die sich draußen vor ihrem Haus abspielte, komplett und dachte nur noch über den Namen des süßen Polizisten nach. »Es liegt mir auf der Zunge!«, sagte sie zu sich selbst. Sie dachte weiter nach. Und weiter und weiter...

Ein kalter Luftzug, der sie erschrecken ließ, riss

sie aus ihren Gedanken und sie beobachtete wieder das Nachbarhaus. Wo kam nur dieser Luftzug her?

Das Fenster war geschlossen und die Tür war auch nicht offen. Sie konzentrierte sich wieder auf die Situation draußen. Von dem Polizisten völlig abgelenkt, bemerkte sie erst jetzt den Leichenwagen, der unter der immer noch flackernden Laterne stand. Der Wagen war offen und zwei Männer, die gerade aus dem Haus kamen, hoben einen Sarg in das Auto. Anna war schockiert. War etwa jemand verstorben? Natürlich. Warum sonst der Leichenwagen? Aber wer soll bitte gestorben sein? In dem Haus lebten eine Familie und dieses Mädchen, dass Anna nicht allzu gut kannte, da sie noch nicht lange hier wohnte. »Wie alt war sie nochmal?«, fragte sie sich. Sie erinnerte sich, gehört zu haben, dass das Mädchen etwa Anfang 20 sei.

Anna zog sich ihre Jacke über, zog rasch ihre Schuhe an und ging nach draußen, auf die andere Straßenseite zu den Polizisten.

»Was ist passiert? Wer ist gestorben? Was ist hier los?«, fragte sie hektisch. Einer der Polizisten, nicht der süße, kam auf sie zu, zückte seinen Notizblock aus seiner Hemdtasche und klackte mit dem Kugelschreiber.

»Guten Abend, Schneider mein Name. Sind sie die Nachbarin von Vanessa Peters?«, fragte er und deutete mit seinem Kugelschreiber auf Annas Haus.

Anna guckte verdutzt.

»J-j-ja«, stotterte sie unsicher vor sich hin, weil sie sich nicht ganz sicher war.

»Ja, ich wohne hier gegenüber.« Sie zeigte hinter sich auf ihr Haus, welches auch mal wieder einen neuen Anstrich vertragen könnte.

15

»Okay. Wie lautet ihr Name noch gleich?«

»Anna Krüger«, antwortete sie hektisch.

»Also folgendes: Es tut mir leid, Ihnen das mitteilen zu müssen, aber ihre Nachbarin, hat sich, so wie es aussieht, heut Nacht das Leben genommen.«

Anna war schockiert.

»Das ist ja furchtbar!«

»Ja das ist es. Sagen Sie, kannten sie Frau Peters gut und könnten mir vielleicht ein paar Fragen beantworten?«, fragte er vorsichtig.

Sie dachte nach.

»Es tut mir leid, aber ich kenne, Entschuldigung, kannte Vanessa leider nicht allzu gut. Ich habe sie manchmal den Müll rausbringen sehen, aber viel mehr auch nicht. Sie müssen wissen, sie wohnte noch nicht lange hier. Ein halbes Jahr, wenn es hochkommt«, erklärte sie, noch immer ein wenig schockiert und mit zitternden Knien.

»In Ordnung. Trotzdem danke für die Informationen. Ich wünsche Ihnen dennoch eine gute Nacht«, verabschiedete sich der Polizist und ging zurück zu seinem Kollegen, um ihm das Ergebnis seiner neusten Befragung mitzuteilen.

»Gute Nacht«, flüsterte Anna, noch immer sichtlich geschockt. Sie stand wie angewurzelt da, beobachtete die zwei Männer beim Leichenwagen, die die Türen des Wagens schlossen. Für sie fühlte es sich an wie Stunden, die sie einfach dastand und nachdachte. Suizid? Hier? Warum hatte sie das getan? Was waren ihre Gründe? Ging es ihr wirklich so schlecht? Natürlich, sonst hätte sie das vermutlich nicht gaten...

Anna wurde von einem vorbeifahrenden Auto aus ihren Gedanken gerissen.

16

Sie erschrak kurz, ordnete ihre Gedanken, schaute noch einmal auf das Nachbarhaus und das brennende Licht in einem der Zimmer, welches wohl Vanessa gehörte. Dann drehte sie sich um und ging zurück in ihr Haus.

In ihrem Zimmer angekommen, zog sie die Gardine zu, um das Licht nicht mehr sehen zu müssen. Sie hing ihre Jacke an die Haken an der Tür, zog ihre Schuhe aus und stieg wieder in ihr Bett. Langsam legte sie sich hin, schloss die Augen und versuchte zu schlafen. Fragen schossen ihr durch den Kopf.

Warum sie?

Warum?

Wie hat sie es gemacht?

Das war eine Frage, die man sich lieber nicht stellen sollte. Anna war ohnehin nicht der Mensch, der Blut sehen konnte. Dennoch ließen ihre Gedanken die Frage nicht los. Wie hat sie sich umgebracht? Hatte sie eine Waffe, mit der sie sich in den Kopf hätte schießen können? Nein, das hätte Anna bestimmt gehört. So einen Schuss hört man hier ja nicht alle Tage, es sei denn, man wohnt außerhalb des Dorfes in der Nähe des Waldes, in dem ab und zu mal ein Schuss ertönt, welcher für ein Reh oder Wildschwein bestimmt ist. Ansonsten ist es in Derbersdorf eher ruhig, es sei denn, einer der nachtaktiven Landwirte treibt mal wieder sein Unwesen.

Wie könnte sie sich noch das Leben genommen haben?

Gesprungen ist sie sicherlich nicht, dass hätte man »gesehen«. Anna hasste sich für die Gedanken, die ihr gerade durch den Kopf schossen. Wie konnte sie nur so denken?

Sollte sie sich erhängt haben?

Ein einfacher Strick um den Hals?

17

Oder doch anders?

Während sie weiter nachdachte, wie Vanessa sich umgebracht haben könnte, wurden die Gedanken und Vorstellungen immer blasser und verschwammen immer weiter, bis sie nicht mehr nachdachte und einschlief.

3

Am nächsten Morgen wachte sie auf und fühlte sich direkt, als hätte sie die ganze Nacht durchgemacht oder ein paar Gläser Wein zu viel getrunken. Auch das kommt in Annas Leben nicht sehr selten vor, da sie sich fast jedes Wochenende mit ihren Freundinnen auf ein Glas Wein und eine Runde Monopoly trifft. Eigentlich auch dieses Wochenende wieder, aber bisher glaubte sie, dass das aufgrund des gestrigen Vorfalls nicht stattfinden würde. Das ist aber auch nicht schlimm, denn manchmal geriet das Monopoly spielen etwas außer Kontrolle...

Sie legte ihre Bettdecke bei Seite, ging zum Fenster und öffnete es, um ein wenig frische Luft hereinzulassen. Sie strich mit den Fingern durch ihre noch nicht gekämmten, braunen Haare und es ertönte ein kurzes »Aua!«, da sie mit dem Zeigefinger an einem der Knoten in ihren Haaren hängen blieb. Sie löste den Knoten vorsichtig, riss sich dabei allerdings ein, zwei Haare aus, die sie auf den Boden fallen ließ. Später am Tag wollte sie sowieso noch Staub saugen.

Die Sonne schien ihr mitten ins Gesicht als sie den Vorhang des Fensters bei Seite zog und sie wich zurück, um nicht noch weiter geblendet zu werden. Nach einer kurzen, in Gedanken versunkenen Phase, in der Anna nur aus dem Fenster auf das Nachbarhaus starrte, sammelte sie ihre Gedanken wieder und zog sich an. Nachdem sie sich noch ihre verknoteten Haare gekämmt und sich im Bad fertig gemacht hatte, ging sie in die Küche, um zu frühstücken.

Während sie die Treppe nach unten stieg,

beobachtete sie die Bilder, die an der Wand hingen. Schöne Erinnerungen aus den letzten Jahren. Der Urlaub in Barcelona mit ihrer Freundin Jacky, bei dem sie so sternhagelvoll war, dass sie im falschen Hotel gelandet ist. Das Foto, das sie als Kind zeigte, wie sie vor der Wiese steht und freudestrahlend auf die dortigen Kühe zeigt. Eine der Kühe kam damals zu ihr und leckte ihr die komplette Hand ab. Sie mochte Kühe und half manchmal auf einem der vielen Höfe im Dorf.

In der Küche angekommen holte sie sich etwas zu Essen. Viel Auswahl gab der Kühlschrank nicht her, sie müsste bald wieder Einkaufen fahren. Zwei Scheiben Brot, keine Butter mehr und nur noch ein paar Scheiben Käse. Also baute sie sich ein trockenes Käsebrot zusammen und kochte einen Tee. Während sie am Esstisch saß, schrieb sie ihre Einkaufsliste, die sie nachher brauchen würde. Brot, Butter, Wurst, Gemüse, ... Die Liste schien kein Ende zu nehmen, denn es fiel ihr immer etwas Neues ein, was sie noch einkaufen wollte. Wein, Süßigkeiten, Cracker (Falls ihre Freundinnen am Abend doch ein Gläschen Wein trinken möchten). Sie schrieb alles auf, was ihr einfiel, biss dabei ab und zu in ihr Käsebrot und nippte an ihrem Tee, der mittlerweile schon fast kalt war. Nach etwa einer halben Stunde, während der sie aß, ihren Tee trank und gedankenversunken ins Leere starrte, räumte sie den Tisch ab und fuhr zum Einkaufen nach Kingsbach. Anna stand vor dem Regal, in dem die Kekse lagen. Vor ihr sah sie einen Pappaufsteller in Keksform, auf welchem stand:

»Verkrümel dich - Mit unseren Cookies!

Cookies&Crumbs, die Kekse aus der Nachbarschaft«

Die Kekse wollte sie schon ewig mal probieren, hatte es bisher nur immer wieder vergessen. Da kam ihr dieser Pappaufsteller grade recht.

Erst auf den zweiten Blick bemerkte Anna, dass der Pappaufsteller nicht nur ein Keks war, sondern ein Keksmännchen, das eine der Kekspackungen in den Händen hielt und sie stolz präsentierte. Etwas albern, aber sie fand den Pappaufsteller auch irgendwie lustig.

Er erinnerte sie an früher, wenn sie bei ihrer Oma zu Besuch war und sie gemeinsam Kekse gebacken haben. Anna war gern bei ihrer Oma, auch wenn ihr Opa nicht der netteste war... Heute würde Anna ihn als herzlos, egoistisch und narzisstisch bezeichnen. Wie er mit ihrer Oma umging, war für Anna als Kind unbegreiflich.

Er brüllte sie wegen Kleinigkeiten an, schlug sie sogar des Öfteren. In diesem Moment musste Anna an ein spezielles Wochenende bei ihren Großeltern denken. Sie war damals, so glaubte sie sich zu erinnern, etwa sieben Jahre alt und kam an diesem kalten Freitag im November von der Schule zu ihrer Oma gefahren. Sie war das letzte Kind im Schulbus, der ein paar Minuten Fußweg vom Haus ihrer Oma entfernt anhielt. Als sie ausstieg begann es zu schneien, weshalb Anna die Kapuze ihrer Jacke über sich zog. Ein wenig Schnee lag schon auf dem Boden. Anna formte sich daraus einen kleinen Schneeball. Sie betrachtete kurz den glitzernden Schnee und die schöne Landschaft um sie herum. Oma wohnte etwas abgelegen vom Dorf, wo man außer ihrem Haus viele Felder und ein paar vereinzelt stehende Bäume betrachte konnte.

Sie warf den Schneeball so weit sie konnte nach vorne und traf einen Baum, der links vom Weg stand. Ein glitzernder, weißer Fleck zierte nun die Rinde des kahlen Baumes, der noch ein paar verwelkte Blätter an seinen Ästen trug. Anna ging weiter und hinterließ Fußspuren mit Sternchen in der Mitte der Sohle. Die Schuhe hatte ihre Mutter eine Woche zuvor gekauft und Anna war so stolz darauf, dass sie sie am nächsten Tag all ihren Freunden zeigen musste.

Sternenspurenhinterlassend lief sie weiter den Weg entlang. An diesem Tag, war dort noch keiner hergelaufen, denn Annas Spuren, waren die ersten im frischen Schnee. Sie liebte das Geräusch, das entstand, wenn sie durch den Schnee stapfte. Auch heute liebte sie dieses Geräusch noch und vor allem liebte sie den Winter. Sie lief weiter.

Während es schneite, schaute sie nach oben, öffnete ihren Mund und versuchte einzelne Schneeflocken mit ihrer Zunge zu fangen.

Ein paar Minuten und viele, viele Sternenspuren und Schneeflocken später, kam sie zum Haus ihrer Großeltern. Sie öffnete die Tür, legte ihren Schulranzen, ihre dicke Jacke und die knallrote Bommelmütze in den Flur. Dort roch es schon nach dem leckeren Mittagessen, dass ihre Oma immer kochte. Der Duft von frischem Kartoffelpüree und Sauerkraut stieg ihr in die Nase. Anna liebte dieses Essen, vor allem, wenn ihre Oma es kochte. Sie flitzte in die Küche und sah ihre Oma am Herd stehen, wie sie dem Püree einen letzten Schliff verpasste. Sie begrüßten sich. Opa saß am Küchentisch und wartete ungeduldig auf das Essen. Seinem Hemd fehlte ein Knopf und er schaute genervt durch seine

Brille hervor.

»Ach, bist du auch endlich da? Dann können wir ja jetzt endlich essen. Hat ja lange genug gedauert, dafür, dass es wahrscheinlich so fad schmeckt wie immer!«

Anna war diesen Ton von ihrem Opa gewohnt und versuchte ihn zu ignorieren. Oma stellte das Essen auf den Tisch, den sie zuvor mit den hübschen Tellern gedeckt hat, die sie zur Hochzeit bekommen hatte, wie sie Anna immer erzählte. Anna setzte sich freudestrahlend an den Tisch und konnte es kaum erwarten zu essen. Auch Oma setzte sich nun dazu. Einen Moment war es still. Anna probierte die erste Gabel voll mit Kartoffelpüree und war wie immer begeistert, wie gut es ihr doch schmeckte.

Sie genoss das Essen und lächelte zwischendurch immer wieder ihrer Oma zu. Sie grinste zurück.

Auch Opa probierte seine erste Gabel. Kaum hatte er das Essen im Mund, schon spuckte er es wieder aus und schmiss die Gabel auf den Boden.

»Das schmeckt ja grauenhaft! Wer soll das denn essen?«, schimpfte er wutentbrannt.

Anna gefiel das alles langsam nicht mehr. Sie versuchte immer die gehässigen und gemeinen Kommentare ihres Opas zu ignorieren, aber diesmal ging es ihr zu weit! Oma hatte sich so viel Mühe gegeben und es schmeckte alles so lecker. Wie konnte Opa es also wagen, alles schlecht zu reden, was Oma kochte?

»Nein!«, sagte Anna selbstbewusst.

Opa schaute sie wütend an.

»Wie bitte?«

»Ich sagte NEIN! Omas Essen ist superlecker und es schmeckt gar nicht grauenhaft! Hör auf Oma immer zu schimpfen!«

Opa guckte verdutzt. Erst verstand er nicht ganz, was da grade geschah, doch dann begriff er. Seine siebenjährige Enkelin verbot ihm seine Frau zurecht zu weisen.

»Ich glaube du spinnst! Hat meine Tochter dir keine Manieren beigebracht? Naja, ... Ist ja genauso unfähig wie deine Oma!«

Anna standen die Tränen in den Augen. Wie konnte ein Mensch nur so gemein sein?

»Du kannst nicht immer alle beschimpfen, Opa!«, sagte sie etwas lauter, aber mit zittriger Stimme.

»Was ich alles kann!«, sagte er, stand auf und beugte sich zu Anna rüber. Er holte mit der rechten Hand aus.

»Ich bring dir noch Manieren bei! Du hast hier nichts zu sagen, das ist MEIN Haus und ich lasse mich nicht von einem mickrigen, kleinen Mädchen beschimpfen und zurechtweisen!«

Anna hielt den Atem an und kniff die Augen zusammen. Schützend hielt sie sich die zitternden Hände vors Gesicht. Doch die brauchte sie gar nicht, denn ihre Oma stand blitzschnell auf und packte Opa am Arm. Er raste vor Wut, riss sich von Oma los und schlug sie mit der flachen Hand ins Gesicht, sodass ihre Wange nun von einem knallroten Fleck geziert wurde. Tränen standen ihr in den Augen und sie musste sich kurz fangen, um vom Schlag nicht das Gleichgewicht zu verlieren. Sie fasste sich an die Wange und sah Anna dabei an.

»Lauf schnell nach Hause zu Mama und Papa!«, sagte sie.

Anna schaute die beiden noch kurz an und lief dann schnell in den Flur, packte ihre Sachen beisammen und rannte aus dem Haus.

Ihre Eltern wohnten nicht weit weg, nur ein

paar Minuten Fußweg. Anna kam der Weg so kurz vor. Sie rannte so schnell sie konnte, dachte immer wieder an Oma, die mit tränenden Augen in der Küche stand. Hätte sie bei ihr bleiben sollen? Was wenn Opa sie, anstatt Oma geschlagen hätte? Warum tut Opa so etwas überhaupt?

Völlig außer Atem kam sie zu Hause an und erzählte ihren Eltern alles.

Nach diesem Tag sah sie ihre Großeltern eine, für sie, ziemlich lange Zeit nicht mehr.

Als ihr Opa dann ein Jahr später an einem Herzinfarkt starb, durfte sie endlich wieder zu ihrer Oma und freute sich so sehr darüber, dass sie weinen musste. Im Gegensatz zur Beerdigung ihres Opas, bei der sie keine Träne vergossen hatte, obwohl Anna dazu neigte, schnell zu weinen. Auch heute noch.

Sie erinnerte sich gerne an ihre Oma zurück, die leider vor ein paar Jahren friedlich einschlief, nachdem sie 92 Jahre alt wurde. Nur an ihren Opa erinnert sie sich nicht gerne. Er war ein schlechter Mensch und manchmal fragte sich Anna...

»Hey! was schaust du denn so bedrückt?«

Anna wurde aus ihren Gedanken gerissen. Sie hatte völlig vergessen, dass sie noch immer Im Supermarkt vor dem Keksregal stand. Sie erschrak kurz und realisierte dann, dass eine ihrer Freundinnen, Nele, vor ihr stand.

Anna packte schnell eine der Keks-packungen von Cookies&Crumbs in ihren Einkaufswagen und wandte sich Nele zu.

»Was schaust du denn so erschrocken?«, fragte Nele, während sie einen Lippenbalsam aus der Hosentasche holte und ihn dünn auftrug.

»Hey Nele«, antwortete Anna noch immer leicht abwesend,

»Ich war grade etwas in Gedanken... schön dich zu sehen!«

»Ja, das waren wohl ziemlich fesselnde Gedanken«, stellte Nele grinsend fest, »Wer ist er? Wie heißt er? Wo wohnt er?«

Anna sah sie verdutzt an.

»Hä? Was? Wovon redest du?«

Dann verstand sie, was Nele meinte.

»Achso, nein nein... Solche Gedanken waren das nicht«, sagte Anna, leicht amüsiert.

»Hm, schade. Ich würde dir wieder einen Freund an deiner Seite wünschen.«

»Ach, alles gut. Ich komm auch gut allein zurecht«, beschwichtigte sie.

»Naja, wenn du meinst«,

sagte Nele, mit einem leicht enttäuschten Unterton.

»Du sag mal, wollen wir uns heute eigentlich zum Mädelsabend treffen?«, fragte Anna neugierig.

»Ja klar, wie immer um 19 Uhr bei dir«, entgegnete Nele verwundert,

»Das machen wir doch immer so!«

»Natürlich, aber ich dachte, naja..., weil doch...«, sie stutzte, war sich unsicher, wie sie es sagen sollte, »weil doch meine Nachbarin letzte Nacht verstorben ist...«

»Ja, das ist natürlich traurig und auch irgendwie schockierend, aber wir wollen uns

26

doch nicht den Spaß von so einer vermiesen lassen, oder?«

Anna war ein wenig von der Einstellung ihrer Freundin schockiert, wollte aber auch nicht dagegen angehen. Sie war sich etwas unsicher, was sie nun antworten sollte.

»Naja, vielleicht hast du Recht... Ich kannte sie ja auch eigentlich gar nicht.«

Nele lächelte.

»Na siehst du! Also, hast du Wein und Knabberzeugs? Alles am Start?«, fragte Nele voller Vorfreude, während sie sich erneut etwas Lippenbalsam auftrug.

Anna schaute in ihren Einkaufswagen.

»Hm, also ein paar Sachen fehlen noch, aber das hole ich jetzt noch schnell und bereite gleich zu Hause alles für heute Abend vor.«

Nele freute sich und klatschte dabei in die Hände, wie ein kleines Kind.

»Juhu! Und denk an die Pizza, du weißt ja, was ich gerne esse!«, sagte sie und verabschiedete sich daraufhin von Anna.

Anna winkte Nele nochmal kurz zu und setzte ihren Einkauf dann fort.

Sie kaufte die restlichen Lebensmittel und vor allem das Knabberzeugs und die Pizza, auf die sich Nele so freute.

Noch ein paar Flaschen Wein und etwas Sekt und der Einkauf war erledigt. Naja fast, Anna musste noch bezahlen.

Sie schob ihren halbvollen Einkaufswagen zur Kasse. Komischerweise erwischte sie immer den Wagen, der sich am schlechtesten schieben ließ.

Anna stellte sich ans Ende der Warteschlange und erkannte an der Kasse nebenan einen Mann.

Er war dunkel gekleidet, trug eine beige Kappe auf dem Kopf und war der nächste an der Kasse.

»Na Kurti, wie geht's dir?«, fragte ihn der Kassierer. Scheinbar kannten sie sich gut.

»Ach, wie immer. Haste das mit dem jungen Mädel mitbekommen?«, antwortete Kurth, alias Kurti, während er seinen Einkauf in den Wagen räumte.

Anna verstand die beiden gut, es war nicht viel los im Supermarkt.

»Ja, schrecklich, nicht wahr?«

»Naja, die hatte doch wahrscheinlich nen richtigen Knall. Welcher normale Mensch bringt sich um?«, sagte Kurti abwertend und gehässig.

»Sie hatte bestimmt Probleme«, entgegnete der Kassierer.

»Ja und? Kein Grund sich gleich umzubringen! Meinst du ich konnte noch einschlafen, nachdem die Polizei und der RTW durchs Dorf gefahren sind?«

Kurti wurde etwas lauter, während der Kassierer versuchte ihm Verständnis beizubringen.

»Aber Kurti, du kannst doch nicht so schlecht über das arme Mädel sprechen...«

Kurti bäumte sich auf.

»Und ob ich das kann. Die Jugend von heute hat doch andauernd mickrige Probleme und bringen sich direkt wegen jedem Scheiß um. Sowas hat's früher nicht gegeben! Sowas geht mir auf die Nerven, das sag ich dir!«

»Ach Kurti, ich glaub da sind wir verschiedener Meinung«, sagte der Kassierer ruhig, »Ich bekomm dann übrigens 32,12€ von dir.«

Kurti kramte in seinem Geldbeutel und bezahlte den Betrag.

Anna stand fassungslos da. Wie konnte man nur so eine Meinung haben?

Kurti, der auch in Derbersdorf wohnte,

erinnerte sie in einer gewissen Weise an ihren Opa. Gehässig, gemein und uneinsichtig.

Sie kannte ihn zwar kaum, wusste nur wo er ungefähr wohnte und wie er hieß, aber einen guten Charakter hatte er scheinbar nicht.

Anna räumte ihren Einkauf auf das Band, war vorsichtig, damit die Sekt- und Weinflaschen nicht gegeneinander rollten und zerbrachen. Was wäre das für ein Desaster, wenn sie ihren Mädelsabend ohne ein Glas Wein vollziehen müssten? Grade für Marleen, eine der Mädels, die an diesem Abend zu Anna kommen würde, wäre der Abend ohne Wein sicherlich gelaufen. Sie ist eine vollkommene Weinliebhaberin, zumindest bezeichnet sie sich selbst als solche. Annas Meinung nach, liebt sie einfach nur den Alkohol, denn von Wein an sich, hat sie keinerlei Ahnung. Jahr, Anbau, Sorte ist Marleen alles egal, Hauptsache der Wein hat genug Umdrehungen. Sie ist keine Alkoholikerin, nein, nur beim Mädelsabend besteht sie eben auf ihr Gläschen roten Rebensaft. In etwa, wie Nele auf ihre Tiefkühlpizza bestand.

Anna war das alles eigentlich egal, solange sie ihre Freundinnen sah und mit ihnen Spaß haben konnte.

Sie bezahlte ihren Einkauf, schlenderte aus dem Supermarkt und räumte ihre Tüten voller Wein, Pizza und Knabbereien in ihren kleinen schwarzen Flitzer, den sie liebevoll *Hugo* nannte, weil er eben irgendwie, wie ein Hugo aussah. Das meint zumindest Jacky, die auch zur fünfköpfigen Gruppe Mädels gehörte, die regelmäßig ihren gemeinsamen Abend bei Anna verbrachten.

Wie sie auf den Namen kam? Keine Ahnung... Es kam ihr wohl irgendwie in den Sinn, ihn so zu nennen. Und da sie das immer öfter tat, war der Name, mit der Zeit, etabliert.

Jacky war sowieso ein leicht verrücktes Huhn, zumindest aus Sicht von Anna. Wie man jeden Morgen um fünf Uhr aufstehen und Joggen gehen konnte (jeden Morgen!) war für sie ein Rätsel. Aber so war Jacky eben schon immer. Sportlich und immer gut drauf. Ob da ein Zusammenhang bestand? Anna wusste es nicht, war aber auch zu faul, dass für sich selbst rauszufinden. Sie kannten sich schon seit Kindertagen, was wohl daran lag, dass Jackys Haus direkt neben Annas Haus lag. Zumindest früher. Heute wohnen sie etwa drei Straßen voneinander entfernt, aber das war immer noch nah genug.

Zusammen stellten sie immer etwas an, wobei Anna oft ein schlechtes Gewissen, wegen der ganzen Scherze hatte. Sie war eher das nette Mädchen von nebenan, das keiner Fliege was zuleide tun könnte.

Allerdings erinnert sie sich an einen ihrer Streiche nur zu gerne zurück...

Als die beiden etwa acht Jahre alt waren, haben sie Jackys Mama heimlich ihre Handcreme aus der Handtasche gestohlen. Sie haben die Tube ausgeleert und mit Ketchup wieder aufgefüllt. Als Jackys Mama dann den Ketchup, statt der gut riechenden Creme auf der Handfläche verteilte, konnten sich Anna und Jacky vor Lachen nicht mehr halten und machten sich so sehr drüber lustig, dass sie sich vor Lachen auf dem Boden krümmten. Jackys Mama fand das ganze zwar nicht so witzig wie die beiden, aber sie rächte sich ein Jahr später mit einem ähnlichen Streich an den beiden.

Während sie die letzten Einkäufe ins Auto legte,

sah sie Kurth, wie er in sein Auto stieg. Gehässig sah er aus und genervt dazu.

Anna setzte sich ins Auto und fuhr zurück nach Derbersdorf. Auf dem Weg dorthin, kam ihr ein blaugrauer Ford entgegen, dessen Fahrerin ihr begeistert zu winkte. Anna erkannte ihre Freundin Thea leider zu spät und schaffte es nicht mehr sie zu grüßen. Thea war das neueste Mitglied des Mädelsabends. Seit etwa einem halben Jahr gehörte sie dazu, nachdem sie im gleichen Restaurant arbeitete wie Anna. Sie lernten sich dort schnell kennen und etwa genauso schnell lud Anna sie zu sich ein. Thea war meist etwas schüchtern und zurückhaltend. Aber das lag wahrscheinlich daran, dass sie sich noch nicht so gut kannten, wie die anderen Mädels.

5

Anna fuhr in die Einfahrt, stellte Hugo ab und trug ihre Einkäufe in die Küche.

Sie sah auf die Uhr. 14:53 Uhr. Schon so spät? Wo war bloß die Zeit hin? Anna wollte noch so viel erledigen.

Schnell räumte sie alles ein, stellte die Getränke kalt, legte die Pizza in den Tiefkühlschrank und den Rest ließ sie auf dem Küchentisch stehen.

Sie ging nach oben, legte ihre Sachen aufs Bett und zog sich aus, um ein Bad nehmen zu können.

Aus dem Schrank schnappte sie sich schnell ein großes Handtuch und wickelte es sich um den Körper. Ein kalter Luftzug wehte durch ihr Schlafzimmer. Sie bekam eine Gänsehaut. Wo kam der her? Alle Fenster und Türen waren geschlossen. Egal, dachte sie sich und marschierte ins Badezimmer.

Sie ließ sich ein heißes Schaumbad ein, stieg in die Wanne und versuchte sich zu entspannen.

Ihre Gedanken kreisten immer wieder um Vanessa. Warum hat sie das getan? Warum hat sie nie mit jemandem geredet? Sie hatte doch bestimmt Familie? Oder nicht?

Anna unterbrach ihre Gedanken. Nele hatte Recht, sie sollte sich ihr Leben nicht durch ihre Nachbarin, die sie ohnehin kaum kannte, nicht vermiesen lassen. Anna stieg in die Wanne und fühlte wie das warme Wasser sie umgab und sie wie eine wohlige, kuschelige Decke wärmte.

Sie betrachtete genüsslich die Schaum-berge, die vor ihr herumschwammen. Der Schaum glitzerte im Licht. Es roch nach Kokosnuss, Annas Lieblingsduft.

Während sie da so in der Wanne lag, hörte man nebenbei etwas Musik. Anna hatte ihre liebste Playlist gestartet und entspannte sich nun zu den Klängen von Billy Talent und Rise Against. Ihre Freundinnen meinen zwar, dass man sich dabei nicht entspannen kann, aber Geschmäcker sind ja verschieden.

Ihre Freundinnen hörten lieber aktuelle Charts, aber für Anna war das meistens nichts. Ab und zu war vielleicht mal ein schönes Lied dabei, aber den Rest mochte sie einfach nicht.

Anna stieg aus der Wanne und zog sich an.

Sie sah auf die Uhr und stellte fest, dass sie doch noch genug Zeit hatte, weshalb sie sich dazu entschloss, noch ein wenig zu lesen. Sie schnappte sich ihr derzeitiges Buch, erst vor ein paar Tagen gekauft. Der Einband sah noch ziemlich unberührt aus, obwohl sie schon ein paar Kapitel gelesen hatte. Es war ein Fantasyroman, den eine ihrer Arbeitskolleginnen ihr empfohlen hatte. Anna liebte Fantasy. Herr der Ringe, die Tintenherz-Trilogie, Eragon. Alles hatte sie gelesen und regelrecht verschlungen. Sie fühlte sich wohl in diesen, leider nicht existenten Welten. Schon seit ihrer Kindheit verbrachte sie Stunden damit, mit Drachen zu fliegen, geheime Welten zu entdecken und den einen Ring zurück zum Schicksalsberg zu bringen. Es waren wunderschöne Welten, die sie schon besucht hatte. In ihrer Fantasie war sie schon an so vielen Orten. Im Auenland, Alagaësia, Westeros, Narnia...

Sie ließ die Seiten des Buches durch ihre Finger gleiten und genoss den Geruch des fast neuen Buches. Das Lesezeichen lag noch weit vorne, aber schon jetzt fesselte sie der Roman.

...Fortis und Usus kamen aus der Bibliothek. Nachdem sie stundenlang Bücher wälzten und auf den holzgeflochtenen Stühlen saßen, hatten sie nun endlich eine Lösung gefunden. Zumindest hofften sie, dass sie so die Elfen in ihr Königreich zurückdrängen könnten, um endlich wieder frei leben zu können, ohne die Unterjochung des Elfenkönigs.

Um die Elfen besiegen zu können, blieb den beiden Überlebenden des alten Zirkels nur eine Möglichkeit:

Sie mussten schnellstmöglich den Magierkönig finden, um sich die Herrschaft und das Land zurück holen zu können...

Anna wurde aus dem Buch gerissen, als sie das kurze Summen ihres Smartphones hörte: »Du Anna, ich komme heute Abend ein bisschen später, ich hoffe das ist in Ordnung! Bis denne, Jacky«

Anna las die Nachricht, antwortete schnell und sah dann erschrocken auf die kleine Anzeige oben rechts. 18:34 Uhr. So spät?! Wie lange hatte sie bitte gelesen? War sie so in die Welt des Buches versunken gewesen?

Sie legte das Buch schnell wieder ins Regal und lief ins Schlafzimmer, um sich umzuziehen. Was wollte sie nochmal anziehen? Schnell schnappte sie sich ihr schwarzes Shirt und die zerrissene Hose, die sie so gerne trug. Sie benutzte noch etwas Mascara und Lippenstift, sprühte sich Haarspray in ihre wilde Mähne und lief dann nach unten in die Küche.

Dort stellte sie die Knabbereien und Getränke bereit, denn gleich würden die Mädels vor der Tür stehen.

Marleen würde wahrscheinlich die erste sein und schon innerhalb der nächsten - Anna schaute auf ihre roséfarbene Armbanduhr - zehn Minuten vor der Tür stehen.

Sie heizte noch schnell den Ofen für die Pizza vor und wollte danach Gläser auf den Tisch stellen.

Sie griff ins Regal, in dem die Weingläser standen, die Marleen ihr letztes Jahr geschenkt hatte. Frei nach dem Motto: *Schenke immer etwas, dass du selbst auch brauchst!*

Anna griff nach einem Glas und zeitgleich fiel eines der anderen Gläser runter, genau auf ihre linke Hand, mit der sie sich auf der Küchenzeile abstützte. Das Glas zerbrach in hunderte kleine Glassplitter und nach dem ersten Schreck, sah Anna das rote Blut an ihrer Hand herunterlaufen.

Sie fühlte die Wärme und das Pochen ihrer Hand. Eine kleine Scherbe, keinen Zentimeter groß, steckte ein paar wenige Millimeter in ihrem Handrücken.

Sie zog ihn vorsichtig heraus, wodurch es noch mehr zu bluten begann. Neben ihr lag ein Tuch, dass sie sich schnell um die Hand wickelte, um das Blut nicht noch auf dem Küchenboden zu verteilen.

An der Tür klingelte bereits das erste der Mädels.

»Ich komme gleich, einen Moment noch!«, rief sie voller Hektik. Sie lief ins Badezimmer, wo sie ihren kleinen Verbandskasten verstaute. Nachdem sie sich das Blut von der Hand gewaschen hatte, griff sie nach dem Verband und wickelte ihn um ihren Handrücken, wodurch das Bluten langsam aufhörte. Sie befestigte den Verband noch schnell mit einem Pflaster und ging dann zur Haustür, um diese zu öffnen.

6

Marleen war die erste, die vor Annas Haustür stand und wartete, bis sie aufmachte.

»Was hast du denn gemacht?«,

fragte Marleen erschrocken, während sie Annas Hand betrachtete, die mit einem Verband umwickelt war.

»Ach, mir ist eben ein Glas runtergefallen, alles gut!«,

erwiderte sie unsicher, denn irgendwas war komisch. Sie hatte das Glas nicht einmal berührt, wie konnte es runtergefallen sein?

»Komm doch erstmal rein«, sagte Anna und ging mit Marleen in die Küche, um dort auf die anderen zu warten.

»Und, wie war deine Woche so?«, fragte Marleen, nachdem sie ihre Jacke ausgezogen und es sich am Küchentisch gemütlich gemacht hatte.

Anna wischte noch das restliche Blut von der Küchenzeile und räumte die Scherben weg.

»Ach, wie immer eigentlich. Viel Stress an der Arbeit, aber das bin ich ja gewohnt. Ich bin froh, dass ich heute frei bekommen habe. Du weißt ja, wie das bei mir sonst an Wochenenden ist... Und wie war deine Woche so?«,

entgegnete sie, während sie die Scherben in den Mülleimer beförderte.

»Naja, das Studium macht mir etwas zu schaffen, aber du weißt ja, wer Sorgen hat, der hat auch Wein! Apropos, wo ist der eigentlich?«, fragte sie ungeduldig.

Anna stellte ihr die Flasche Wein hin und setzte sich dann zu ihr an den Tisch.

»Ich hätte ja auch gerne Literatur studiert. Ich

liebe Literaturgeschichte, Poesie, Ästhetik. Da hätte ich bestimmt Spaß dran gehabt...«, schwärmte Anna.

»Ich denke nicht... Da kannst du auch dein Leben lang ungesalzene Mahlzeiten essen. Sei froh, dass du Köchin bist!«,

sagte Marleen beneidend.

»Wenn du meinst«, seufzte sie.

Es klingelte erneut an der Tür.

Nele und Thea standen freudestrahlend vor Annas Haustür und zogen sich bereits ihre Jacken aus, während sie noch draußen standen. Sie begrüßten sich und bevor Nele sich an den Küchentisch setzte, trug sie wieder ihren Lippenbalsam auf.

Nun saßen die vier Mädels da und warteten auf die letzte in ihrer Runde.

»Wo ist Jacky?«, fragte Nele verwundert.

»Sie hat mir gesimst, dass sie später kommt«, sagte Anna, während sie aufstand, um ihre Musikbox anzuschalten.

»So, wer will heute Musik machen?«, fragte sie und zeigte den Mädels die schwarze Box.

Marleens Hand schoss in die Höhe. Sie zückte ihr Smartphone und startete ihre Musik. Scheinbar war es für alle in Ordnung, denn niemand erwiderte etwas.

Anna schenkt all ihren Freundinnen ein Glas Rotwein ein und zusammen stießen sie an.

»Sagt mal, habt ihr das von diesem Mädchen mitbekommen?«, fragte Thea kleinlaut.

Anna sah sie an.

»Naja, sie ist - entschuldige - war meine Nachbarin... Ich habe mit der Polizei gesprochen, nachdem es passiert ist.«

Die Mädels schauten alle ein wenig bedrückt nach unten, bis auf Nele.

»Och Leute, müssen wir jetzt schon wieder über diese Depri Tusse sprechen? Das zieht uns doch alle nur runter! Sie ist tot und gut ist's! Meine Güte, wir können doch auch nichts dafür, geschweige denn was dran ändern!«, schimpfte sie.

»Du hast ja Recht«, pflegte Marleen ihr bei und hob ihr Glas erneut, »Apropos Polizei... War da zufällig auch dieser...na...wie heißt der noch... Irgendwas mit A... Nein E....Nein, Moment...«

»Meinst du vielleicht Oliver?«, fragte Nele ungeduldig.

»Ja! Genau...es lag mir auf der Zunge!«

»Ist klar Marleen«, lachte Anna und trank einen Schluck Wein.

»Sei du mal ganz still«, sagte Marleen neckisch, »du stehst doch auf diesen Polizisten! Das hast du selbst gesagt!«

Anna lächelte verlegen.

»Ja... also... weißt du...«, stotterte sie vor sich hin, »so ganz schlecht find ich ihn jetzt nicht...«

»Da haben wir's doch!«, rief Nele, »endlich ein Kerl für Anna!«

»Komm schon, raus mit den Infos! Wie findest du ihn genau? Hast du schon seine Nummer? Was ist dein Schlachtplan? Wie-«

Marleen wurde durch das Klingeln der Haustür in ihrem Verhör unterbrochen.

Anna stand auf und öffnete Jacky, die sich um eine halbe Stunde verspätete, die Tür.

»Jacky!!! Wir haben einen Kerl für Anna!«, ertönte Neles Stimme aus der Küche.

Jacky, die grade ihren bordeauxfarbenen Mantel auszog und an die Garderobe hing, sah Anna verwundert an.

»Warum weiß ich davon nichts?«, fragte sie Anna schelmisch, während sie dabei eine

Augenbraue nach oben zog.

Anna lächelte verlegen.

»Weil du nichts verpasst hast.«

Die beiden gingen zurück in die Küche und setzten sich zu den anderen.

Marleen stützte sich mit den Armen auf den Küchentisch, um ihr Verhör fortzuführen.

»Also, dieser Oliver…Wie findest du ihn?«

Thea sah skeptisch in die Runde.

»Marleen, musst du Anna so verhören? Vielleicht möchte sie gar nicht darüber sprechen«, sagte sie leise und sah nach unten.

»Naja an Verhöre muss sich Anna gewöhnen, wenn sie sich auf einen Polizisten einlässt«, antwortete Nele.

»Ob er wohl der gute oder der böse Bulle ist?«, fragte Marleen mit einem leicht erotischen Unterton.

Anna schlug ihr leicht auf den Arm.

»Was denn?«, fragte Marleen unschuldig, »das ist eine berechtigte Frage!«

Sie versuchte ernst zu klingen, musste aber grinsen.

»Nagut, also wenn ihr es unbedingt wissen wollt…«,

die anderen Mädels rückten gespannt näher,

»Ich finde ihn ganz nett. Aber ich habe weder seine Nummer, geschweige denn »einen Plan« wie ich ihn für mich gewinne.«

Nele, Marleen und Jacky sahen etwas enttäuscht aus, wohingegen Thea sich kaum an der Polizistendiskussion beteiligte.

Sie sah weiter unter sich, blieb still.

Lange kannte sie die vier Mädels um sich herum noch nicht. Erst vor einem halben Jahr fing sie im selben Restaurant an, wie Anna. Thea arbeitete dort als Bedienung, nachdem sie nach

39

Derbersdorf gezogen war, um ihrer alten Heimat zu entfliehen. Warum, wussten die anderen nicht. Und sollten es auch nicht erfahren, wenn es nach Thea ging. Zumindest noch nicht. Sie hatte zu viel Angst, dass dasselbe passieren würde, wie zuvor. Anna hatte ihr geholfen sich an der Arbeit und auch in Derbersdorf zurechtzufinden. Die beiden verstanden sich gut, auch wenn Thea eher dazu neigte wenig zu reden und nicht ganz aus sich rauszukommen. Doch Anna wollte das noch ändern. Sie fand, dass Thea selbstbewusster auftreten könnte, nicht nur bei der Arbeit, sondern auch in ihrer Freizeit. So lebte es sich einfach besser. Warum sie so schüchtern war, verstand Anna nicht. Sie hinterfragte es aber auch nicht.

Thea wohnte am Rande von Derbersdorf, schon fast hinter dem Ortsschild, in einer kleinen Wohnung, die sie mietete. Sie hatte es sich dort schön eingerichtet, Anna war mit den anderen ein oder zweimal zu Besuch gewesen.

»Thea, wie sieht es eigentlich bei dir mit der Männerwelt aus?«, fragte Jacky neugierig.

Thea sah erschrocken hoch.

»Was? Achso, Männer. Ja also bisher war nie der richtige dabei... Naja, so ist das eben«, sie seufzte und zuckte mit den Schultern.

Anna sah Thea an, dass etwas nicht stimmte. Vielleicht hatte sie viele schlechte Erfahrungen mit Männern gemacht. Oder es war etwas anderes. Hatte sie überhaupt schonmal einen Freund gehabt? Anna traute sich nicht, nachzufragen. Und selbst wenn sie bisher nie einen Freund hatte, was soll's? Sie alle waren erst Anfang zwanzig, das Leben lag noch vor ihnen und Anna selbst hatte auch erst einen Freund, von dem sie sich letztes Jahr trennte,

40

nachdem er sie betrogen hatte. Das war zwar erst wenige Monate her, aber Anna war ziemlich schnell über ihn hinweg. Jemanden wie ihn, konnte man gar nicht vermissen oder ihm nachweinen.

Wenn sie heute an ihn denkt, regt sie sich höchstens über die verschwendeten zwei Jahre auf. So einen scheiß Kerl wollte sie nie wieder an ihrer Seite haben.

Sie war heilfroh, dass sie ihn jetzt endlich los war. Dass er sie betrogen hatte, war nur die Spitze des Eisbergs. Er kontrollierte heimlich ihr Smartphone, brüllte sie wegen jeder Kleinigkeit an und war gegenüber jedem anderen gehässig, so wie es auch ihr Opa war. Dass Samuel, so hieß dieses Schwein, sie nicht auch noch geschlagen hatte, war ein Wunder. Anna fragte sich manchmal, wie sie sich überhaupt in diesen Idioten verlieben konnte. Aber geht das nicht fast jedem so mit Ex-Freunden?

»Sagt mal, wollen wir nicht langsam mal was essen?«, fragte Nele ungeduldig. Natürlich, wer sollte auch sonst nach dem Essen fragen.

Anna lies die Gedanken an ihren schrecklichen Ex-Freund verblassen, während sie zum Kühlschrank ging und die Pizzen aus dem Tiefkühlfach holte. Marleen schenkte den Mädels währenddessen noch mehr Wein ein. Es sollte ja keiner verdursten, vor allem nicht sie.

»Gibt's denn sonst bei jemandem von euch was neues?«, fragte Jacky.

Alle schüttelten den Kopf.

»Hm, irgendwie scheint es keine Neuigkeiten zu geben, bis auf Annas Verehrer«, sagte Jacky.

Alle lachten und hoben erneut ihre Weingläser.

In dem Moment klingelte auch die Eieruhr, die Anna gestellt hatte, um die Pizzen nicht verbrennen zu lassen. Wer weiß, wie Nele reagieren würde, wenn es keine Pizza gäbe?

Anna holte die Pizzen aus dem Ofen und verteilte sie auf dem Küchentisch. Jeder nahm sich ein Stück und aß es genüsslich.

»Sag mal Thea, wie gefällt dir dein Job eigentlich? Nach 'nem halben Jahr, hat man ja bestimmt ne geeignete Meinung«, fragte Jacky mit halb vollem Mund.

»Ey Jacky, ab 30 Gramm wird's undeutlich!«, rief Marleen und lachte dabei.

Jacky schluckte runter.

»Jaja, ist ja gut«, grinste Jacky.

Die anderen mussten kichern.

Thea setzte sich aufrecht hin und legte ihr Pizzastück vor sich.

»Also bisher gefällt es mir dort echt gut. Ich habe tolle Kollegen und in der Mittagspause bekomme ich immer ein kleines Gericht gezaubert«, sie grinste Anna zu. Anna grinste zurück, wodurch Thea wieder unter sich sah.

»Es gefällt mir dort wirklich gut! Schade, dass ich nicht schon früher hierher gezogen bin...«, seufzte sie.

»Warum bist du überhaupt umgezogen?«, fragte Nele.

Thea sah sie erschrocken an. Auf diese Frage war sie irgendwie nicht vorbereitet gewesen.

»Ach, ich wollte einfach mal was neues, neue Leute kennenlernen und so, ihr wisst schon.«

Sie griff wieder zu ihrem Stück Pizza, um es aufzuessen, bevor es kalt wurde. Auch die anderen aßen die restliche Pizza auf.

7

Kurths Wecker klingelte um 21 Uhr an diesem Samstagabend. Er stand auf, müde und ohne Motivation für die gleich folgende Nachtschicht.

Er zog sich seine schwarze Arbeitshose und den roten Pullover an. Auf dem Weg zur Haustür griff er noch nach seinem Rucksack, seiner Jacke und zog seine Stahlkappenschuhe an.

Eigentlich mochte er seinen Job, doch die Nachtschichten hasste er über alles. Aber wer mochte die schon?

Er nahm sich seinen Schlüssel und marschierte müde und träge aus der Haustür heraus. Seine Frau lag auf dem Sofa und rief noch ein halbherziges »Bis morgen, hab dich lieb« hinter ihm her. Er hatte die Haustür schon zugezogen, bevor er sie hören konnte.

Seine Ehe lief sowieso nicht gut. Er und seine Frau gingen sich nur noch auf die Nerven, stritten fast die ganze Zeit, nur um sich dann wieder für zwei Stunden zu versöhnen, damit die Streiterei dann von vorne beginnen konnte.

Er öffnete das Garagentor und stieg in seinen dunkelblauen Combi ein, der auch schon ein paar Jahre auf dem Buckel hatte und den nächsten TÜV wohl nicht mehr überleben würde. Es war kalt im Auto, weshalb er die Heizung auf die höchste Stufe stellte, um sich wenigstens etwas zu wärmen. Die Heizung würde eh erst richtig warm sein, wenn Kurth grade auf den Parkplatz der Firma einbog.

Er fuhr aus der Einfahrt raus und schaltete das alte Radio ein. Zu hören bekam er eine langweilige Abend Sendung, bei der Moderatorin und Moderator mehr über ihre eigenen, ziemlichen unlustigen, Witze lachten, anstatt ihre Show vernünftig durchzuarbeiten.

Kurth schaltete das Radio wieder aus und genoss die Stille im Auto, die nicht allzu lange anhalten würde. An der Arbeit würde es wieder laut sein, die Maschinen um ihn herum würden ihm Kopfschmerzen bereiten und wenn er dann in acht Stunden von der Arbeit Heim kommen würde, würde seine Frau ihn wieder nerven und sie würden sich wieder streiten. So lief eigentlich jeder Tag in etwa ab.

Kurth fuhr die Landstraße entlang, der Mond schien hell und die Nacht war so klar, dass man die Sterne am Himmel sehen konnte.

Ab und zu bremste er mal kurz ab, weil ein oder zwei Rehe die Straße kreuzten.

Er war tief in Gedanken an seine Ehe versunken.

Wie schön doch damals alles war, als er frisch verliebt war. Jahrzehnte war es her, dass er seine Sonja kennengelernt hatte. Es war ganz unspektakulär. Sie gingen damals beide in die gleiche Klasse und lernten sich näher kennen, als sie für eine Hausarbeit zusammenarbeiten mussten. »Umwelt« war damals das Thema, das wusste Kurth noch genau.

Umwelt.... dachte er. Das war auch heute noch Sonjas Thema. Immer wieder ermahnte sie ihn, die Umwelt zu schützen, mit dem Fahrrad zu fahren, weil die Arbeit ja nicht weit entfernt war.

»Lass uns weniger Fleisch essen, geh auch mal zu Fuß, bla bla bla«. Er konnte es langsam nicht mehr hören. Umweltschutz hier, Fridays for future da...

Sie war die letzten Wochen immer öfter unterwegs gewesen. Immer mit so jungen Dingern, die glaubten, dass es der Umwelt hilft,

44

wenn man freitags die Schule ausfallen lässt, um protestieren zu gehen. So ein Dreck! Die sollten erstmal richtig Schreiben und Rechnen lernen, bevor die den Politikern erklären, wie sie was zu machen haben, um die Umwelt zu schützen.

Kurth regte sich jeden Tag mehr darüber auf. Sie hatte kaum noch Zeit für ihn, war immer nur unterwegs. Und wenn sie mal zu Hause war, dann studierte sie nur irgendwelche Bücher zum Thema Umwelt oder versuchte sich an vegetarischem oder, und das war noch viel schlimmer, an veganem Essen!

Nur bei dem Gedanken an diese Gerichte drehte sich Kurth der Magen um. Als ob es wirklich so schlecht für die Umwelt wäre, ab und zu mal ein saftiges Steak zu essen!

Doch Kurth wollte sich von seiner Frau nicht belehren lassen. Er teilte ihre Liebe für die Umwelt in keinstem Maße und würde eher sterben, als vegetarisch oder vegan zu leben.

Seine Frau konnte nicht verstehen, warum er ständig so gereizt reagierte. Es war doch etwas Gutes, was sie tat. Sie wollte der wunderschönen Welt, in der sie lebte, doch nur etwas zurückgeben und das Denken der Menschen verbessern. Wenn die Menschen so weitermachen würden, würde es die menschliche Rasse nicht mehr lange geben. Wir verpesten die Luft, wir entnehmen der Welt alle Ressourcen, die sie zur Verfügung hat, wir töten Tiere zum Genuss, wir vermüllen Land und Wasser...

»So kann das doch nicht weitergehen!«, sagte sie immer wieder, beinahe jeden Tag zu ihm.

Sie wollte wenigstens versuchen, die Welt ein Stück besser zu machen.

Die meisten Menschen, waren scheinbar nicht empfänglich, für die Notlage, in der unsere Welt grade steckte.

»Dummheit. Das ist und bleibt das größte Problem der Menschheit!«,

sagte Sonja oft. An dem Spruch ist was dran, denkt Kurth meist. Allerdings kommt es dabei ganz auf die Definition von Dummheit an.

Für Sonja war es dumm, die Umwelt nicht zu schützen und die Erde zu zerstören.

Für Kurth war es dumm, sich mit solchen Dingen auseinander zu setzen, vegan zu leben und all diese Sachen.

Langsam wurde es wärmer im Auto. Kurth sah die vielen Bäume an, die am Rand der Straße standen.

Der Asphalt war alt und kaputt. Die vergangenen Jahre hatten Spuren in der Straße hinterlassen und es waren etliche Schlaglöcher und Risse zu sehen.

Wann die Straße wohl neu asphaltiert werden würde?

Kurth hörte die Federn seines Combis. Bei jedem Schlagloch machten sie ein widerliches, ätzendes und vor allem teures Geräusch.

Wahrscheinlich wieder eine Reparatur, die ins Geld gehen würde.

Wenn Sonja ja zur Arbeit gehen würde, dann müsste sich Kurth keine Sorgen machen, ob er genug Geld hat, die alte Karre reparieren zu lassen. Aber nein, die feine Dame möchte ja lieber zu Hause herumsitzen oder an Freitagen protestieren gehen, anstatt zu arbeiten.

Als sie damals schwanger wurde, hatte sie logischerweise aufgehört zu arbeiten. Sie fing auch nie wieder an, wofür auch? Der Mann brachte das Geld nach Hause und die Frau konnte den Haushalt machen.

An sich gefiel Kurth dieses Rollenbild, aber nicht, wenn er nur schuftete, in Schichten arbeitete und sich dann nicht mal ein vernünftiges Auto leisten konnte. Wie sehr er dieses Auto hasste. Überall Macken, dies war kaputt, das gab langsam den Geist auf. Irgendwas war immer. Und es ging alles nur ins Geld. Ob sich Sonja beteiligte? Nö, es war ja nicht ihr Auto und von welchem Geld sollte sie das überhaupt bezahlen?

Kurth wurde immer wütender, je mehr er darüber nachdachte.

Sollte sie sich doch einfach umbringen, wie dieses junge Mädchen. Ist ja scheinbar nicht so schwer, wenn Jugendliche das andauernd machen. Da könnte Kurth sich stundenlang drüber aufregen. Fast so lange, wie über die Macken und Eigenheiten seiner Frau. Jeden Tag bringen sich wahrscheinlich hunderte Menschen um, aber die, die einen wirklich nerven, so wie Sonja, die gehen einem täglich immer mehr auf den Geist.

Kurth dachte sich in Rage. Könnte Sonja sich nicht einfach die Pulsadern aufschneiden oder sich vor einen Zug werfen oder so.

Völlig egal wie. Er wünschte sich jeden Tag mehr, dass sie endlich aus seinem Leben verschwand.

Er sah auf die Straße und drückte aufs Gas. Er wusste selbst nicht warum. Vielleicht wollte er einfach schnell die Arbeit hinter sich bringen, vielleicht wollte er aber auch nur so weit wie möglich weg von seiner Frau.

Er fuhr weiter. Immer schneller, aber wenigstens auf die Straße fokussiert.

Draußen wehte der Wind und der Himmel zog sich zu. Es wurde noch dunkler draußen, denn

47

die Wolken ließen auch den Mond verschwinden, der in dieser Nacht hell leuchtete.

Kurth beobachtete konzentriert die Straße.

Vor ihm erschien plötzlich eine Gestalt. Er erschrak und wich aus. Man hörte die Bremsen quietschen und das Auto hinterließ pechschwarze Spuren auf dem kaputten Asphalt.

Der Combi knallte gegen eine Leitplanke, doch auch die konnte ihn nicht mehr halten. Kurth spürte nur, wie er auf einmal auf dem Kopf stand, dann wieder normal und dann wieder auf dem Kopf. Alles drehte sich und das Auto knallte mit voller Wucht gegen eine Birke, die dem Aufprall des Combis nicht standhielt und sich nun langsam zu Boden neigte.

Kurth sah die zerbrochene Scheibe und der Airbag, der ihm vor wenigen Sekunden ins Gesicht knallte. Das Auto qualmte und der Rauch vernebelte die Sicht.

Kurth fühlte Wärme, aber auch Kälte. Müdigkeit, aber auch Adrenalin.

Ein stechender Schmerz füllte seinen Bauchraum und er spürte, wie ihm Blut an der Wange herunterlief. Er spuckte Blut und konnte kaum Atmen. Er versuchte zu schreien, mit letzter Kraft versuchte er einen Hilferuf zu entfachen, doch man hörte nichts. Um ihn herum war es still. Kein Auto, keine Menschen, keine Tiere. Kurth war allein. Er dachte noch einmal an seine Frau, über die er vor wenigen Sekunden noch so schimpfte und fühlte jetzt, wie die Gedanken an sie sein verbittertes Herz erwärmten.

Dann überkam ihn der Schmerz und alles wurde schwarz.

8

Auf den Tellern fanden sich nun nur noch ein paar Krümel der Pizza, die vor wenigen Minuten noch darauf lag.

Anna stellte die erste Flasche Wein beiseite, die soeben geleert worden war. Sie holte eine neue Flasche und öffnete sie. Marleen und sie hatten leere Gläser, also schenkte sie reichlich ein.

»Wisst ihr was? Ich habe eine Idee!«, sagte Nele erfreut.

Die anderen sahen sie verwundert, aber auch neugierig an.

»Wir könnten doch Wahrheit oder Pflicht spielen!«, schlug sie vor.

Die Mädels sahen sich an.

»Ist das nicht ein bisschen kindisch?«, fragte Jacky abwertend.

»Ach Quatsch! Wenigstens eine Runde!«, wollte Nele sie überzeugen. Marleen und Anna schlossen sich ihr an.

Thea saß still da und beobachtete das Ganze.

Jacky überlegte und knickte dann ein. Vielleicht würde es ja doch ein wenig Spaß machen. Bevor es losging, trank sie nochmal einen Schluck Wein.

»Moment, noch nicht anfangen, ich bin gleich wieder da!«, bat Nele und ging in Richtung Badezimmer.

Die anderen Mädels warteten auf sie. Marleen schenkte sich erneut Wein ein, Anna räumte in der Zwischenzeit die leeren Pizzateller vom Tisch und stellte die Snacks hin. Chips, Salzstangen, Gummibärchen. Für jeden war etwas dabei, aber große Wünsche hatten die Mädels ohnehin nicht. Nele kam aus dem Badezimmer wieder, setzte sich an den Tisch und griff nach den

Gummibärchen.

»Okay! Los geht's! Wer will anfangen?«, fragte Nele aufgeregt.

Keiner sagte etwas. Sie wirkten etwas verklemmt.

»Gut, dann entscheide ich eben... Hmmm«, Nele dachte nach, schaute in die Runde und zeigte dann auf Marleen, »Wahrheit oder Pflicht?«

Marleen überlegte. Sie entschied sich für Wahrheit.

»In Ordnung. Warum studierst du überhaupt Literatur? Du interessierst dich doch eigentlich recht wenig dafür?«, behauptete Nele.

Die anderen sahen sie zustimmend an.

»Naja, wirklich Bock habe ich da echt nicht drauf, da hast du schon Recht... Eigentlich mache ich das auch nur wegen meines Vaters...«

Nele schaute verdutzt.

»Wegen deines Vaters? Aber der ist doch gar nicht mehr...«

Marleen unterbrach sie.

»Ja richtig, er ist schon lange tot. Aber er hat sich immer gewünscht, dass ich etwas mit Literatur mache, so wie er. Er liebte Bücher. Er liebte Gedichte. Er liebte die Magie, die in Lyrik lag, so sagte er es immer. Als Kind erzählte er mir immer, wie wundervoll Geschichten sind und wie er sich selbst als Kind oder Jugendlicher in die Welt der Bücher flüchtete. *Bücher sind die Flucht in eine andere, bessere Welt.* Das sagte er auch immer. Es ist eigentlich ein schöner Spruch, wenn er nicht so traurig und wahr wäre. Naja, und weil ich meinen Vater wirklich sehr geliebt habe, will ich nun etwas machen, was ihm gefallen hätte. Zumindest versuche ich das...

Vielleicht bringe ich es nicht zu Ende, aber wenigstens habe ich mich etwas damit auseinandergesetzt. Es ist jetzt etwa zehn Jahre her, dass er starb... Und soll ich euch mal was sagen? Sie haben diesen scheiß Kerl noch immer nicht gefunden, der ihn damals betrunken angefahren hat. Mistkerle. Zu nichts Nütze. Wegen jedem Dreck machen die Bullen einen Aufstand, aber wenn man sie wirklich braucht, tun sie nichts...«

Die anderen Mädels sahen sich schockiert an. Sie wussten, dass Marleens Vater tot war und sie kannten auch die Geschichte seines Todes, aber dass Marleen so emotional sein konnte und das Studium nur aufgrund ihres Vaters begonnen hatte, wussten sie nicht. Sie waren erstaunt und auch ein wenig bedrückt.

»So, jetzt bin ich dran, oder?«, fragte Marleen erwartungsvoll.

Nele nickte.

»Alles klar. Lasst mich überlegen...Anna! Wahrheit oder Pflicht?«, fragte sie.

Anna entschied sich für Pflicht.

Marleen überlegte. Was könnte Anna Lustiges tun?

»Anna, du musst dein Glas Wein vollschütten und es exen!«, befahl Marleen.

Sie sah Marleen genervt, aber auch belustigt an, während sie die Flasche Wein in die Hand nahm und ihr Glas bis zum Rand mit Wein füllte.

Es waren große Gläser und von den anderen ertönte ein Raunen, als Anna das Glas hob und damit begann es zu exen.

Sie sahen gespannt zu, während Anna immer weiter schluckte und schluckte, bis das Glas schließlich leer war und sie es wieder auf den Tisch stellte.

»So, das kriegst du wieder Marleen!«, sagte Anna, während sie das Gesicht verzog. Wein war zwar ganz angenehm zu trinken, aber zum Exen war er vermutlich nicht gedacht.

Alle lachten. Somit wanderte auch die zweite Flasche Wein vom Tisch. Anna stand auf und holte die nächste Flasche.

Thea schaute zur Uhr, die in der Küche hing.

»Wir haben ja erst 22 Uhr«, sagte sie überrascht.

Die anderen sahen zur Uhr und nickten zustimmend.

»Na dann können wir ja noch jede Menge anstellen!«, sagte Marleen, »Anna, du bist übrigens dran.«

»Hm, okay...«, Anna überlegte, »Thea! Wahrheit oder Pflicht?«

Thea sah erschrocken hoch, erneut aus ihrer Schüchternheit gerissen, in welche sie sich immer so sehr vertiefte.

Ohne großartig nachzudenken, antwortete sie: »Wahrheit!«

Und noch während sie das Wort aussprach, merkte sie, wie dumm das doch eigentlich war. Innerlich zitterte sie, aus Angst vor Fragen zu ihrer Vergangenheit, wegen der sie hierhergezogen ist. Sie war keine Schwerverbrecherin, doch es war ihr unangenehm, denn die Mädels sollten diesen Aspekt ihrer Persönlichkeit einfach nicht erfahren. Zumindest nicht, solange sie sich nicht hundertprozentig sicher war, dass sie ihnen trauen könnte.

Anna überlegte einige Sekunden lang, welche Frage wohl geeignet wäre. Sie wollte gerne etwas mehr über Thea erfahren, schließlich waren sie Freunde und arbeiteten sogar zusammen. Dabei wusste sie so wenig über sie.

»Thea, sag mal, hattest du schon einmal einen Freund?«, fragte Anna voller Neugier.

Thea überlegte, dachte nach, wollte schnell antworten, bekam aber kaum ein Wort heraus.

»Nein...Doch...Ja...Also...«, stotterte sie vor sich hin.

Die anderen sahen sie verwirrt an.

Thea trank einen Schluck Wein und räusperte sich dann.

»Ja, also vor ein paar Jahren hatte ich mal einen Freund. Ich war ungefähr 19 und er war 24... Es hat nicht allzu lange gehalten, nur ein paar Monate... Mehr gibt's dazu auch nicht zu erzählen.«, erklärte sie.

»Ach komm schon!«, bettelte Marleen, »Wir wollen mehr von diesem Deppen hören, der es nicht schaffen konnte, dich an seiner Seite zu behalten!«

Thea sah wieder unter sich. Sie versuchte sich nichts anmerken zu lassen.

»Wo hast du ihn kennengelernt? Wie war er so? Sah er gut aus? War er gut im Bett?«, fragte Nele mit einem erotischen Unterton und mit hochgezogener Augenbraue.

»Jetzt löchert sie doch nicht so mit Fragen!«, schimpfte Anna, die wohl als einzige merkte, wie unangenehm Thea die Situation war.

Thea stand auf.

»Sorry Mädels, ich muss mal kurz an die frische Luft, bin gleich wieder da«, sagte sie und verschwand aus der Tür.

»Großartig gemacht«, sagte Jacky verächtlich, »Ihr habt sie gekränkt.«

»Was habe ich denn bitte gemacht?«, fragte Nele empört.

Jacky und Anna sahen sie vorwurfsvoll an.

»Du hast sie mit Fragen gelöchert. Vielleicht wollte sie Garnichts über ihren Ex-Freund erzählen!«, sagte Anna.

»Nicht jeder redet gerne über seine Vergangenheit«, fügte Jacky hinzu.

Marleen und Nele sahen unter sich. Sie schämten sich ein wenig dafür, Thea so ausgefragt zu haben.

»Ich sehe mal nach ihr«, sagte Anna und verschwand ebenfalls aus der Haustür.

»Was machst du hier?«, fragte Thea, als sie Anna nach draußen kommen sah.

»Ich wollte nach dir sehen«,

sagte sie fürsorglich, »Marleen und Nele tut es leid. Du musst wissen, die zwei sind schonmal etwas voreilig und vor allem neugierig.«

Thea atmete tief durch und sah sich die sternenklare Nacht an.

»Ach, ist schon in Ordnung. Es geht schon wieder, ich rede nur eben nicht gerne darüber...«, seufzte sie.

»Das kann ich verstehen!«,

sagte Anna, die in diesem Moment wieder an ihren Ex-Freund denken musste.

Ein paar Minuten standen die zwei stillschweigend vor Annas Haustür und beobachteten die Sterne.

Langsam zog sich der Himmel zu und der Wind wehte stärker. »Komm, wir gehen wieder rein«, sagte Anna und führte Thea wieder in die Küche.

»Es tut uns leid!«, sagten Marleen und Nele fast zeitgleich, als Thea die Küche betrat.

Sie setzte sich hin und trank einen Schluck Wein.

»Ist schon ok ihr zwei, alles gut. Ich versteh ja,

dass ihr auch nur eure Neugier stillen wolltet«, sagte Thea und lächelte dabei.

»So, dann hätten wir das ja geklärt«, sagte Jacky.

»Ich komm gleich wieder!«, sagte Nele und ging in Richtung Badezimmer.

Sie schloss die Tür und betrachtete sich kurz im Spiegel, der an der Wand hing. Ihr Blick schweifte ab und wanderte zur Einrichtung des Raumes.

Annas Badezimmer war vor kurzem renoviert worden und alles sah noch neu aus. An der Wand hingen graue Fließen und Nele war richtig neidisch auf die große Regendusche, die sich Anna hatte einbauen lassen.

Nele merkte bereits, dass sie vielleicht ein Gläschen Wein zu viel getrunken hatte. Ihr Körper kribbelte und sie fühlte die Wärme, die der Alkohol ihr gab.

Sie schaute wieder in den Spiegel, richtete ihre Haare und frischte ihr Make Up auf. Da sie ihres nicht mit sich trug, war sie so frei und lieh sich ein wenig Mascara und Lippenstift aus Annas Spiegelschränkchen. Sie öffnete die kleine Tür und nahm die benötigten Schmink Utensilien heraus.

Sie schloss das Türchen wieder und schaute sich den Lippenstift an. Er passte perfekt und sie wollte ihn sofort auftragen. Sie schaute in den Spiegel und sah hinter sich eine Gestalt stehen. Lange Haare, mager. Sie stand einige Sekunden einfach nur da und beobachtete Nele.

Sie wurde starr vor Angst, ihr Herz raste und sie spürte, wie ihre Beine langsam schwach wurden.

Die Augen der Gestalt, konnte sie nicht sehen,

aber Nele spürte, wie sie die Blicke durchbohrten. Die Blicke fühlten sich an wie kleine Messerstiche, die immer tiefer in sie eindrangen.

Nele ließ den Lippenstift fallen, schloss die Augen vor Angst und öffnete sie kurz darauf wieder.

Ihre Hände zitterten und erneut schaute sie in den Spiegel. Die Gestalt war weg. Nele öffnete den Wasserhahn und trank einen Schluck kalten Wassers daraus.

Ihr ging es nun erheblich besser und auch die Schmerzen waren nicht mehr da. Bildete sie sich das alles nur ein? Hatte sie vielleicht einfach ein Gläschen Wein zu viel getrunken? Sie erinnerte sich, an den Horrorfilm, den sie sich letzte Woche allein angesehen hatte. Vielleicht hatte ihr Unterbewusstsein, die Angst, die durch den Film entstanden ist, in Verbindung mit dem Alkohol für diese seltsame Erscheinung gesorgt?

Nele konnte es sich nicht richtig erklären, also schob sie es einfach auf den Wein und machte sich keine weiteren Gedanken darüber. Es gab einfach keine andere, logische Erklärung dafür.

»Okay, jetzt gibt's erstmal keinen Wein«, sagte sie zu sich selbst und ging zurück zu den Mädels.

Inzwischen zeigte die Uhr schon auf zwei. Langsam neigte sich der Abend dem Ende zu.

»So Leute, ich glaube, ich mache mich so langsam auf den Weg«, beschloss Marleen, trank ihren Wein aus und stellte das leere Glas, an dem ein Abdruck ihres roten Lippenstifts zu sehen war, wieder auf den Tisch.

Auch die anderen Mädels begannen, ihren Wein auszutrinken, krallten sich noch ein paar Snacks und standen dann auf.

»Es war ein schöner Abend, wie immer«, lobte Jacky sich selbst und die anderen Mädels.

»Ey wisst ihr, was wir heute vergessen haben?«, fragte Anna.

Die anderen sahen sie verwirrt an.

»Leute! Wir haben heute kein Monopoly gespielt!«, sagte Anna erschrocken, aber auch lächelnd.

»Oh ja, stimmt! Das haben wir heute tatsächlich vergessen...«, gab Jacky zu.

»Dann spielen wir das nächste Mal eben zwei Runden!«, schlug Marleen vor.

»Ja klar, damit du Kapitalistenschwein direkt zwei Mal gewinnst, oder was?«, lachte Nele.

Auch die anderen Mädels begannen zu lachen.

Sie gingen alle in den Flur, zogen sich ihre Jacken an, außer Anna natürlich, und gingen zur Tür hinaus. Alle verabschiedeten sich und begaben sich dann auf ihren Heimweg.

Anna schloss die Tür und räumte noch die Küche auf, bevor sie nach oben in ihr Schlafzimmer ging.

Sie sah noch einmal nach der Verletzung an ihrer Hand, die immer mal wieder kurz schmerzte und verband sie erneut.

Dann legte sie sich in ihr Bett und schloss die Augen.

Kurz darauf schlief sie ein.

9

Die dunkle Nacht wurde von den Blaulichtern der Polizei und des Rettungswagens erhellt, die an diesem Samstagabend auf der einsamen Landstraße fuhren.

Sie folgten dem Anruf eines jungen Mannes, der kürzlich dieselbe Strecke gefahren war und die Polizei verständigt hatte, nachdem er am Straßenrand Bremsspuren entdeckt hatte. Nachdem er diesen folgte, sah er in der Dunkelheit einen alten Combi, der sich um einen Baum klammerte. Das Auto rauchte noch, der Mann ging näher ran und erblickte eine Person, die noch im Auto festhing und nicht ansprechbar war.

»Können Sie mich hören? Hallo? Können Sie uns sagen, wie Sie heißen?«, ertönte eine ältere, männliche Stimme.

Auf der Landstraße herrschte ein Trubel aus Polizisten und Rettungskräften.

Kurth reagierte nicht. Die Geräusche um ihn herum waren dumpf und kaum zu verstehen. Er verstand nicht was los war, konnte sich nicht bewegen, geschweige denn sprechen.

»Hallo?«, ertönte wieder eine Stimme. Diesmal war es jemand anderes.

Zumindest das konnte Kurth unterscheiden.

Er hörte dumpfe Sirenen, die immer lauter wurden. Er konnte sie nicht klar hören, aber er glaubte, dass es die Sirenen eines Feuerwehrautos waren.

Ein paar Sekunden später, vielleicht waren es aber auch Minuten, spürte Kurth ein Ruckeln. Um ihn herum bewegte sich etwas.

Er wusste nicht, wo er war und was überhaupt geschehen war.

Es gab ein lautes, knackendes Geräusch.

Jemand riss etwas auf. Es klang wie Metall.

Kurth spürte wieder Bewegung, aber diesmal nicht um sich herum, sondern an seinem eigenen Körper. Jemand fasste ihn an, trug ihn und legte ihn auf etwas hin.

»Können Sie uns hören? Sie hatten einen Autounfall. Wir bringen Sie jetzt in ein Krankenhaus!«

Kurth versuchte etwas zu sagen, aber es ertönte nur ein leises Murmeln.

Langsam hörte er wieder mehr, aber so richtig verstehen, konnte er noch nicht.

Die Rettungskräfte legten Kurth auf eine Trage und beförderten ihn zum Rettungswagen.

Zwei Polizisten standen neben dem Rettungswagen und warteten, ob der Verunfallte schon etwas berichten konnte.

Kurth hörte ein Gespräch, doch er konnte nicht verstehen wer da sprach und worum es sich handelte.

Er spürte den Schmerz, der seinen ganzen Körper füllte und langsam kam die Erinnerung wieder. Er war zwar im Delirium, aber in etwa wusste er was passiert war...

Er fuhr zu Arbeit, ja, das wusste er. Doch was war dann passiert?

Er dachte nach. War da ein Reh auf der Straße, dem er ausgewichen ist? Nein...

Ein Wildschwein?

Nein...

Es war kein Wild...

Aber was war es dann?

Ein Baum?

Nein...

Und da erinnerte er sich wieder.

Vor ihm erschien eine Gestalt.

Ein Mädchen, so glaubte er sich zu erinnern.

»Hallo? Wissen Sie was passiert ist?«, fragte jemand.

Kurth wusste, dass der Mann mit ihm sprach.

Er versuchte etwas zu sagen, doch er war zu schwach, um zu sprechen.

Er versuchte es weiter, immer wieder. Doch man vernahm von Kurth nur ein leises Murmeln.

Die Polizisten beugten sich über ihn, um ihn besser verstehen zu können.

Sie hörten nichts Verständliches.

Kurth versuchte es weiter.

Nichts.

Die Sanitäter wollten grade die Tür des Rettungswagens schließen, da bekam Kurth mit letzter Kraft ein Wort heraus.

»Mädchen«, ertönte es leise.

»Er sagte Mädchen!«, reif einer der Sanitäter den Polizisten zu.

Die sahen sich verwundert an.

»Ein Mädchen? Hier? Mitten in der Nacht auf der Landstraße?«, fragte sich der ältere Polizist.

»Ich denke, wir werden ihn weiter befragen, wenn er wieder bei Sinnen ist«, entgegnete der jüngere Polizist.

Die beiden erledigten den Rest ihrer Arbeit und sperrten die Unfallstelle ab.

Kurth wurde ins nächste Krankenhaus gebracht. Noch im Rettungswagen verlor er wieder das Bewusstsein. Zuvor dachte er wieder an das Mädchen, das mitten auf der Straße gestanden hatte.

10

Ein heller Sonnenstrahl erleuchtete Annas Zimmer und weckte sie sanft.

Sie kniff die Augen zu, weil das Licht sie blendete. Gestern Abend, wobei, eher heute früh, hatte sie vergessen, die Vorhänge zuzuziehen.

Langsam öffnete sie ihre Augen, nachdem sie sich an die Helligkeit gewöhnt hatte.

Ihr Kopf schmerzte leicht, aber das war schon in Ordnung.

Anna stand auf und schaute dabei auf ihren Wecker.

11:34 Uhr.

Sie zog sich an. Aus dem Schrank holte sie ihre graue Jogginghose und das viel zu große Shirt ihrer Lieblingsband. Sie band ihre verwuschelte Mähne noch schnell zu einem halbherzigen Dutt zusammen und ging nach unten in die Küche.

Als sie an ihrer Haustür vorbeikam, vernahm sie ein Geräusch.

Ein leises Miauen.

Sie ignorierte es. Es würde wahrscheinlich nur eine der Nachbarskatzen sein, die durch Derbersdorf streunten.

In der Küche angekommen, schnappte sie sich ein Brötchen vom Vortag und beschmierte es mit Butter und Käse.

Sie aß es genüsslich auf und machte sich nebenbei eine Tasse Früchtetee.

Sie dachte an den gestrigen Abend und freute sich darüber, wie schön es doch war. Anna genoss solche Momente. Sie genoss das Leben, die Freundschaft.

Sie war fast nie schlecht gelaunt, war allem gegenüber optimistisch eingestellt und versuchte das auch, anderen zu zeigen.

Als Jacky sich damals von ihrem Freund trennte, versuchte Anna sie immer wieder aufzumuntern. Jacky war so pessimistisch, dachte sie würde nie mehr im Leben glücklich werden. Sie dachte, sie würde niemals den richtigen finden oder überhaupt jemals wieder einen Mann.

Sie isolierte sich völlig, kam nicht mehr zu den Spieleabenden und meldete sich kaum. Anna drängte sie mitzukommen und wieder glücklich zu werden. Denn Glück ist keine Definition von Hab und Gut, geschweige denn von einer anderen Person. Natürlich ist es schön, jemanden an seiner Seite zu haben, das weiß auch Anna, aber man sollte das nicht abhängig machen von seiner eigenen Glücklichkeit. Denn die ist Kopfsache.

Also redete Anna immer wieder auf sie ein. Jacky war schon genervt, wollte gar nicht mehr mit Anna reden, doch sie versuchte es weiter und schaffte es am Ende, Jacky wieder aufzumuntern.

Die Vibration ihres Smartphones, welches sie am Oberschenkel spürte, riss Anna aus ihren Gedanken.

»War ein schöner Abend gestern!«, schrieb Jacky in die Mädelsgruppe. Stimmt, das fand Anna auch.

Sie beschloss wieder nach oben zu gehen. Als sie erneut an der Haustür vorbei schlenderte, hörte sie wieder die streunende Katze.

Sie ignorierte sie und ging in Richtung Treppe.

Doch die Katze wurde lauter.

Anna öffnete die Tür und fand vor sich eine schwarze Katze, die an der rechten Hinterpfote von einem weißen Fleck geziert wurde.

Die Katze sah sie an. Es schien, als schaute sie ihr tief in die Augen.

»Na du Kleine? Was streunst du denn so

herum?«, fragte Anna, während sie sich herunterbeugte.

Die Katze wich zurück und begann zu fauchen. Sie streckte eine ihrer Pfoten nach Anna aus und kratzte sie am Arm.

»Ah Scheiße, was ist denn mit dir los?!«, schrie sie kurz vor Schreck und Schmerz auf.

Die Katze fauchte sie wieder an und verschwand dann im Gebüsch.

Anna ging wieder nach drinnen und hielt ihren Arm unter kaltes Wasser, um die paar Tropfen Blut abzuwaschen, die der Kratzer der Katze hinterlassen hatten.

Sie tupfte die Wunde trocken und beschloss daraufhin wieder ein bisschen zu lesen.

Sie schnappte sich das Buch, machte es sich gemütlich und legte los.

Seite um Seite laß sie weiter, gefesselt von der Handlung.

Einige Stunden später sah Anna auf die Uhr.

15:28 Uhr.

Hatte sie so lange gelesen? Scheinbar.

Das Buch fesselte sie wirklich. Aber das taten viele Bücher.

Anna legte das Buch bei Seite und zog sich Jacke und Schuhe an.

Sie beschloss einen kleinen Spaziergang zu unternehmen. Vielleicht würde sie ja auch eines der Mädels treffen.

Sie marschierte aus der Tür, vor der kürzlich noch die schwarze Katze gesessen hatte.

Die Sonne schien hell und wärmte Annas Gesicht. Sie genoss die warmen Strahlen und ging los.

Sie bog nach links ab und wanderte den Gehweg entlang.

Dabei kam sie an etlichen Häusern vorbei. Sie betrachtete deren Gärten und war manchmal schon ein bisschen neidisch, wie schön es manche Leute doch hergerichtet hatten.

Manchmal wünschte sie sich das auch, doch dann fiel ihr ein, dass sie zu faul war, um so einen schönen Garten schön zu halten.

Sie ging weiter und kam am Spielplatz vorbei, an dem einige Kinder spielten.

Anna erinnerte sich an früher, wie sie zusammen mit Jacky diesen Spielplatz besuchte.

Fast täglich verabredeten sich die beiden hier zum Spielen.

Sie spielten Verstecken, Fangen, der Boden ist Lava und alle möglichen Rollenspiele.

Einmal hatten sie sich als Piraten verkleidet. Das Klettergerüst war das Piratenschiff und die Rutsche die, fern im Meer gelegene, Insel die es zu erobern galt. Mit Papprollen als Fernrohr standen sie oben auf dem Klettergerüst und riefen »Land in Sicht!«.

Es waren schöne Zeiten.

Manchmal wünschte sich Anna diese Zeiten zurück... Nochmal Kind sein, Spaß haben, nicht an die Arbeit denken, an Rechnungen und Politik. Mietverträge, Kredite und Autoraten.

Aber Anna mochte auch ihr Erwachsensein. Sie war zufrieden mit allem, so wie es war. Sie war glücklich.

Mittlerweile war Anna auf Feldwegen, außerhalb von Derbersdorf unterwegs.

Sie betrachtete die Landschaft.

Das Gebiet war flach gelegen, sodass Anna weit sehen konnte. In der Ferne betrachtete sie die Windräder, die sich bei der leichten Brise, die um sie herum wehte, langsam drehten. Sie sah viele

Wälder.

Meist Nadelbäume, aber zwischendrin konnte man ein paar Laubbäume entdecken. In den Feldern, die vor Anna lagen, gab es kaum Bäume.

Nur eine Buche stand allein und verlassen am Wegesrand.

Es war ein sehr alter Baum. Wer weiß, was diese Buche schon alles erlebt hatte?

Gute Jahre, schlechte Jahre, Hitze, Kälte. Krieg und Versöhnung. Liebe und Hass.

Wie alt würde sie sein? 100 Jahre? Vielleicht sogar 150?

Die Buche war riesig, zumindest schien es so. Ihre Krone ragte weit in den Himmel hinauf und die Äste verzweigten sich zu einem riesigen Gewirr.

Erst als Anna ihren Kopf wieder nach unten neigte, bemerkte sie, dass unter der Buche, an der eine Holzbank stand, ein Mann saß.

Anna ging weiter, Richtung Buche und irgendwie hatte sie das Gefühl, dass ihr dieser Mann bekannt vorkam.

Er hatte braune, kurze Haare. Er saß einfach da und betrachtete die Landschaft, genau wie Anna es eben noch getan hatte.

Anna sah, dass er noch jung war. Vielleicht etwas unter dreißig. Er trug einen schwarzen Mantel und eine olivenfarbene Jeans. An den Füßen trug er graue Sneaker.

Anna ging näher und plötzlich fiel ihr ein, wer dort saß.

Es war der Polizist, von dem sie in letzter Zeit ein wenig schwärmte. Erst jetzt bemerkte Anna, dass er auch eine Brille trug.

Oliver, Anna kannte seinen Namen ja jetzt endlich wieder, sah hoch und schaute sie direkt an.

Er begann zu lächeln.

Anna erstarrte innerlich bei der Schönheit dieses bezaubernden Lächelns und sah verlegen nach unten, während sie dabei grinste.

»Hey!«, ertönte es leise von Oliver, während Anna wieder nach oben sah.

»Hallo«, entgegnete Anna, überrascht, dass er mit ihr sprach. Wahrscheinlich wollte er sie nur begrüßen, wie man das auf dem Dorf eben so machte.

»Du bist doch die, mit dem Wildunfall, oder nicht?«, fragte er mit einem leicht nervösen Unterton.

»Ja, genau die. Ich bin bekannt für diesen Unfall«, sagte Anna belustigt, »Ich heiße übrigens Anna. Nicht dass sie das mit dem Wildunfall noch durchsetzt!«, lachte sie.

Auch Oliver begann zu lachen.

»Es tut mir leid, ich wusste nur grade nicht, wie ich dich sonst ansprechen sollte«, er lachte wieder.

»Ich heiße Oliver. Aber du kannst mich natürlich auch *den Polizisten vom Wildunfall* nennen, wenn dir das lieber ist.«

Beide lachten.

»Darf ich mich setzen?«, fragte Anna nervös. Oliver rückte ein Stück auf der Bank, um Platz für Anna zu machen. Sie setzte sich neben ihn.

»Was treibst du hier?«, fragte Oliver.

»Ach, ich suche mir Verstecke für meinen nächsten Mord. Und du so?«, entgegnete sie, gedanklich ganz stolz auf ihren Spruch.

Oliver grinste.

»Ah okay, dann weiß ich ja, wen ich ab jetzt im Auge behalten sollte!«, sagte er, »Ich suche nach Serienkillern, die hier rumspazieren. Viele suchen sich hier Plätze, an denen sie ihre Opfer

66

vergraben können!«

Wieder lachten beide.

»Und? Schon einen Verdächtigen gefunden?«, fragte Anna neugierig.

Oliver nickte.

»Ja, also grade sitzt eine höchst verdächtige Person neben mir. Ich sollte versuchen, ihr Vertrauen zu gewinnen. Vielleicht sollte ich sie nach einem Treffen fragen, um mehr über sie herauszufinden!«

Anna lächelte und schaute verlegen nach unten.

»Ich denke, die Person möchte das gleiche von dem Polizisten, um ihn besser kennen zu lernen, weil er das nächste Opfer sein soll«, erklärte Anna.

Oliver lächelte sie an.

»Vielleicht wollen wir uns mal auf einen Kaffee treffen?«, fragte er, leicht nervös.

»Aber nur, wenn du mich nicht verhaftest!«, lachte Anna und strich sich eine ihrer Haarsträhnen aus dem Gesicht.

»Abgemacht. Im Gegenzug dazu, tötest du mich nicht, einverstanden?«, fragte er.

Anna nickte und wieder lachten beide.

»Würdest du mir deine Nummer geben?«, fragte Oliver.

Anna zückte ihr Smartphone und die beiden tauschten ihre Nummern aus.

Oliver bedankte sich.

»So, ich muss jetzt weiter. Ich muss noch mehr Serienkiller finden«, sagte er belustigt.

Auch Anna stand auf.

»Alles klar und ich suche noch mehr Opfer und Plätze zum Vergraben der Leichen«, lachte sie.

Oliver ging zurück in Richtung Derbersdorf. Anna setzte ihren Spaziergang in den Feldern fort. Sie sah Oliver noch einmal hinterher und in genau diesem Moment, sah auch Oliver hinter sich und sah Anna an.

Den Rest des Weges, musste Anna die ganze Zeit an Oliver denken. Sie bekam das Grinsen nicht mehr aus dem Gesicht.

Nachdem sie jetzt etwa eine halbe Stunde unterwegs war, dreht sie sich um und ging zurück nach Hause.

Kurz bevor sie zur Haustür rein ging, es waren inzwischen etwa 17 Uhr, klingelte ihr Smartphone. Zuerst dachte sie, es wäre Oliver und sie begann wieder zu grinsen.

Doch als sie auf ihr Display sah, las sie den Namen ihres Chefs.

»Anna! Gut, dass ich dich erreiche! Kannst du kurzfristig für heute Abend einspringen? Ich weiß, du hast eigentlich noch bis morgen Urlaub, aber Tom ist krank und wir brauchen jemanden der kocht!«, flehte er.

»Ja klar, kein Problem. Ich bin etwa in einer halben Stunde da«, sagte Anna und machte sich schnell für die Arbeit fertig.

11

Anna fuhr in Richtung Kingsbach, zum *Kingsbacher Ross*.

Auf dem Weg dorthin, sah sie Bremsspuren, die zum Straßenrand führten.

Wahrscheinlich hatte jemand einen kleinen Wildunfall gebaut, es würde schon nichts Großartiges passiert sein, dachte sich Anna, während sie die Straße entlangfuhr.

Sie schaltete das Radio ein und es ertönte, zufälligerweise, eines ihrer liebsten Lieder. Sowas kam recht selten vor, denn ihre Musik, wurde meistens nicht im Radio gespielt.

Anna war inzwischen in Kingsbach angekommen und fuhr in Richtung Stadtmitte, wo sich das Restaurant befand. Sie bog auf den Parkplatz ein, stellte ihr Auto ab und nahm ihre Tasche mit.

Im Restaurant angekommen, begrüßte sie direkt ihr Chef.

»Oh Anna, gut, dass du da bist! Tom ist krank und wie du weißt ist Annette noch immer zu Hause, weil sie sich letzte Woche an der Hand verletzt hat...«, erklärte er.

»Alles gut Siggy, ich bin ja jetzt da. Du weißt, du kannst mich immer rufen, auch wenn ich Urlaub habe«, beschwichtigte Anna.

Sie zog sich rasch ihre schwarze Kochjacke an, die sie von ihrer Mutter zum Abschluss ihrer Ausbildung geschenkt bekommen hatte. Ihre Mutter wartete damals schon zu Hause auf sie, um das Ergebnis ihrer Prüfung zu erfahren. Sie ahnte, dass Anna bestehen würde. Warum auch nicht? Sie war topfit, sowohl praktisch als auch in der Theorie.

Sie stand da, mit einem Geschenk in der Hand und wartete, bis Anna endlich zur Tür hereinkam.

Anna verkündete ihr Ergebnis und daraufhin bekam sie ihre Kochjacke.

Vielleicht sollte Anna ihre Mutter nochmal anrufen oder besuchen. Sie war zuletzt vor einigen Wochen bei ihren Eltern gewesen.

Anna stellte sich in die Küche und wartete darauf, dass Gäste kamen. Das Restaurant öffnete um 18 Uhr, bis dahin waren es noch ein paar Minuten.

»Gibt es Reservierungen?«, fragte sie Svenja, die Auszubildende, die in diesem Jahr ihre Lehre abschließen würde. Auch sie war eine gute Köchin. Die beiden verstanden sich gut.

Die Tür der Küche öffnete sich und Thea kam hereingestürmt.

»Ich bin zu spät, entschuldigt!«, bat sie, völlig aus der Puste.

Anna wusste gar nicht, dass Thea heute arbeiten musste. Aber sie merkte sich natürlich auch nicht die Arbeitspläne ihrer Kollegen. Anna versuchte sie zu beruhigen.

»Ach ist doch nicht schlimm, es ist ja eh noch niemand da«, sagte sie.

Thea bemerkte erst jetzt, dass Anna auch da war.

»W-w-as machst du denn hier? Ich dachte du hättest noch Urlaub?«, fragte sie irritiert.

»Ja, aber Tom ist ausgefallen, da bin ich eingesprungen«, erklärte Anna.

Thea nickte und lächelte dabei. Sie freute sich, dass ihre liebste Kollegin heute auch da war.

Thea deckte noch schnell die Tische ein und dann warteten alle darauf, dass Gäste hereinkamen.

Anna begann, die Küche vorzubereiten, Gemüse zu schnibbeln und Gewürze aufzufüllen.

Die ersten Gäste kamen herein und Anna bekam ein paar Minuten später die Bestellung gereicht.

Als Vorspeise eine pikante Tomatensuppe mit selbst gebackenem Brot.

Danach wollten die beiden gerne ein Forellenfilet auf Tagliatelle in Hummersauce, sowie ein Schweinelachsschnitzel mit frischem Gemüse, Kroketten und Waldpilzsauce.

Anna begab sich direkt an die Suppe, für die Svenja schon soweit vorbereitet hatte.

Sie musste sie nur noch aufkochen und richtig würzen, damit sie auch so schön pikant schmeckte. Anna schaltete den Herd ein und würzte die Suppe. Nebenbei holte Svenja alles für das Schnitzel und das Forellenfilet herbei.

Anna würzte die Suppe mit Pfeffer, Basilikum und ein wenig Chili. Zum Schluss, wie könnte es anders sein, griff sie zum Salzstreuer. Er befand sich in einem Regal, dass direkt hinter ihr stand.

Sie drehte sich um und spürte einen kalten Luftzug. Anna erschrak kurz, sah sich um und bemerkte, dass keine Tür offenstand.

Vielleicht war ihr nur kalt oder sie hatte es sich eingebildet.

Sie wandte sich wieder dem Regal zu und griff nach dem Salzstreuer.

Mit dem Salz in der Hand drehte sie sich zum Suppentopf um und wollte grade eine Prise Salz hinzugeben als sie eine leise Stimme hörte.

Es war nur ein Flüstern.

»Anna!«, ertönte eine weibliche Stimme.

Durch ihren Körper fuhr eine Woge voller Schreck und in der gleichen Sekunde ließ sie den Salzstreuer in die Suppe fallen.

»Oh scheiße!«, fluchte sie.

»Was ist passiert?«, fragte Svenja erschrocken und besorgt.

»Ach, mir ist das Salz in die Suppe gefallen«, erklärte sie leicht gereizt und noch immer etwas irritiert von der Stimme, die sie rief.

»Warte, ich hol dir schnell den anderen Topf, ich habe zwei vorbereitet!«, sagte Svenja und flitzte los.

Anna stützte sich kurz mit den Armen an der Küchenzeile ab und atmete tief ein und aus.

Indes kam Svenja mit dem zweiten Topf Suppe wieder und stellte ihn schnell auf den Herd.

Anna würzte vorsichtig und richtete die Suppe an.

Sie gab Thea Bescheid, dass sie die Suppe nun zu den Gästen bringen konnte. Svenja legte noch schnell zwei Scheiben des knusprigen, selbstgebackenen Brotes daneben. Thea brachte die Bestellung zu den Gästen.

Derweil begab sich Anna an das Schnitzel und Svenja kümmerte sich um das Filet.

In der Küche wurde es warm und Anna öffnete eines der Fenster.

Jetzt würde sie sich zumindest einen kalten Luftzug erklären können.

Anna nahm das Schnitzel und klopfte es weich, damit es später schön zart werden würde.

Sie stellte eine Pfanne auf den Herd, würzte das Schnitzel grob mit Salz und Pfeffer und panierte es dann.

Die Pfanne war inzwischen heiß und Anna legte das Schnitzel hinein.

In der Zwischenzeit kümmerte sie sich um das frische Gemüse und die Waldpilzsauce. Um die Kroketten würde sich Svenja kümmern. Anna sah kurz nach dem Schnitzel. Die Panade wölbte sich ein wenig, genauso sollte es sein.

Sie holte eine weitere Pfanne für das Gemüse und bereitete es zu.

Zwischendurch wendete sie das Schnitzel.

Das Gemüse war fertig gewürzt und angebraten, so dass es noch schön knackig war.

Sie rührte die Sauce an und füllte sie danach in eine Sauciere.

Svenja richtete den Teller mit den Beilagen an.

Anna kümmerte sich weiter um das Schnitzel.

Erneut spürte sie einen kalten Luftzug, der sich aber bei der Hitze in der Küche sehr angenehm anfühlte.

Anna summte ein wenig, das tat sie immer, wenn sie kochte.

Während sie so vor sich hin summte, ertönte wieder die weibliche Stimme.

»Hey du!«, flüsterte sie wieder leise und Anna erschrak.

Was war das?

Wer war das?

Warum hörte sie plötzlich eine Stimme?

Wurde sie vielleicht krank?

Ihre Mutter war auch mal krank, eine etwas schwerere Erkältung. Zwischendurch war sie so fiebrig, dass sie sich Dinge einbildete...

Aber hatte Anna überhaupt Fieber?

Woher sollte das sonst kommen?

Sie hörte doch nicht einfach so Stimmen...

Und sie würde auch nicht verrückt werden.

Aber was, wenn es kein Fieber war?

Der Geruch von verbranntem Schnitzel holte Anna aus ihren Gedankengängen heraus.

Schnell schob sie die Pfanne vom Herd und sah sich das Schnitzel an.

Die Unterseite war komplett verbrannt.

Anna legte die Pfanne, sichtlich genervt, neben

den Herd und bereitete ein neues Schnitzel vor.

Sie legte es in die Pfanne und blieb diesmal die ganze Zeit davorstehen. Dabei versuchte sie, nicht in Gedanken zu versinken, sondern sich vollkommen auf das Schnitzel zu konzentrieren.

Nachdem es fertig war, richtete sie es an und gab Thea wieder Bescheid.

Sie brachte das Essen zu den Gästen und brachte die leeren Teller der Vorspeise wieder mit.

Anna bekam im Laufe des Abends noch weitere Bestellungen.

Es gab keine Zwischenfälle durch irgendwelche Stimmen oder gedanken-versunkene Köche mehr.

Anna fuhr um etwa halb 12 abends nach Hause. Vorher verabschiedete sie sich noch von Thea.

12

Was war das?

Was war da nur mit mir los?

Habe ich mir das eingebildet oder war das alles echt?

Mir passiert sowas doch sonst nicht.

An der Arbeit habe ich noch nie etwas anbrennen lassen, vor allem nicht, wenn ich nur zwei Gerichte zubereitet habe.

Das kann doch nicht sein...

Ich habe mich völlig unfähig dargestellt. Was denkt Svenja jetzt nur? Was denkt Siggy? Ich hoffe nur, dass die Gäste davon nichts mitbekommen haben.

Was war das für eine Stimme, die ich da gehört habe?

Ich kenne diese Stimme nicht und ich verstehe auch nicht, warum ich überhaupt irgendwelche Stimmen höre!

Was soll das?

Will mir jemand einen Streich spielen und hat das irgendwie inszeniert?

Aber wer sollte sowas tun?

Und wäre es überhaupt möglich, das so hinzubekommen?

Ich verstehe das einfach nicht...

Sollte ich mir überhaupt so viele Gedanken darüber machen oder es lieber ignorieren?

Ich weiß es einfach nicht...

Ich fühle mich seit eben komplett unfähig und habe ein wenig Angst davor, nächste Woche wieder zur Arbeit zu gehen...

Morgen ist zum Glück Ruhetag und ich kann versuchen, das zu vergessen.

Ich denke, ich werde es einfach ignorieren. Es wird schon nichts Schlimmes gewesen sein.

Wahrscheinlich war es einfach nur Einbildung.
Vielleicht habe ich ja doch Fieber?

Anna fuhr nach Hause. Ihre Gedanken quälten sie. Sie war unsicher, nervös und auch etwas ängstlich.

Der Himmel zeigte sich in dieser Nacht von seiner besten Seite.

Keine Wolke war am Himmel zu sehen, die Sterne strahlten hell und auch der Vollmond schenkte der Natur ein leichtes Schimmern.

Anna war in wenigen Minuten zu Hause.

Sie war müde und ziemlich geschafft. Nicht unbedingt von der Arbeit. Die machte ihr Spaß und sie liebte das Kochen, doch diese Stimme, die sie gehört hatte, verschaffte ihr mehr Gedanken als ihr lieb waren.

Das Ignorieren war gar nicht so einfach, wie sie sich das vorgenommen hatte.

Nicht mal aufs Auto fahren konnte sie sich richtig konzentrieren. Immer drifteten ihre Gedanken ab und stellte sich die Stimme vor, die sie hörte.

War sie vielleicht doch verrückt?

Quatsch, alles Einbildung.

Sie versuchte sich ab jetzt zusammen zu reißen und nicht mehr daran zu denken. Anna konzentrierte sich auf die Straße, denn noch einen Wildunfall wollte sie nicht bauen.

Obwohl sie dann Oliver sehen würde.

Also eventuell...

Aber was machte sich Anna Gedanken darüber?

Sie haben doch Nummern ausgetauscht und würden sich demnächst sowieso treffen.

Anna freute sich und sobald sie an Oliver dachte, erschien ein breites Grinsen in ihrem Gesicht.

Die Gedanken um die Stimme waren wie weggepustet und sie musste nur noch an sein Lächeln und seinen Charme denken. Sollte sie ihm gleich einfach mal schreiben? Oder hatte er ihr vielleicht schon längst geschrieben?

Sie hatte schließlich vor Arbeitsbeginn zuletzt auf ihr Smartphone geschaut.

Anna fuhr in ihre Einfahrt, stieg aus dem Auto aus, das sie dringend mal wieder waschen müsste, und ging in die Küche.

Sie machte sich zunächst eine heiße Schokolade und holte dann ihr Smartphone aus ihrer Handtasche.

Die Benachrichtigungsleuchte blinkte weiß. Das bedeutete,

dass jemand ihr geschrieben hatte.

Sie schaltete das Display ein und grinste wie ein Honigkuchenpferd:

Hey Frau Mörderin!
Der Polizist, den du so gerne umbringen und in der Derbersdorfer Landschaft verscharren möchtest, würde dich gerne mal auf einen Kaffee einladen.
Morgen Mittag 14 Uhr im Café in Kingsbach?
Ich besorg dir auch ein Alibi, wenn du möchtest ;)
Der aufmerksame Polizist

Anna konnte gar nicht aufhören die Nachricht anzuschauen und immer und immer wieder durchzulesen.

Es kam ihr so vor, als müsste sie bei jedem

erneutem Durchlesen noch mehr grinsen.

Nach etwa zehnminütigem Daueranstarren ihres Smartphones entschloss sie sich endlich dazu, darauf zu antworten.

Was sollte sie schreiben?

Wie sollte sie anfangen?

Wollte er sich auch wirklich mit ihr treffen oder sollte das alles nur ein dummer Scherz sein?

Anna versuchte, wie sie es immer tat,

alles positiv zu sehen und freute sich jetzt umso mehr auf das Date mit dem hübschen Polizisten.

Nach reichlicher Überlegung tippte sie los:

Hallo mein nächstes Opfer!
Gerne treffe ich mich mit dir (kommt mir
übrigens sehr gelegen)! Ort und Zeit
passen, ein Alibi habe ich mir bereits
besorgt. Aber darüber dürftest du dir
bald keine Gedanken mehr machen müssen ;)
Die Serienkillerin

Sie schickte die Nachricht ab und legte das Smartphone bei Seite.

Anna würde es sowieso alle fünf Minuten in die Hand nehmen, um nachzusehen, ob Oliver schon geantwortet hatte.

Sie war nervös und unruhig, aber auch gespannt und aufgeregt, wie ein kleines Kind. Wann fühlte sie sich zuletzt so?

Es muss ewig her sein.

Zwar war sie immer gut drauf, aber so wie in diesem Moment war es Jahre her.

Sie glaubte sich zu erinnern, wann ein solcher Moment gewesen sein könnte, und erinnerte sich wieder an ihre Oma, die sie nach langer Zeit wiedersehen durfte.

Sie war damals so glücklich, als sie sie wieder in den Arm nehmen durfte.

Anna packte ihre Sachen und tänzelte freudestrahlend und voller Energie in ihr Schlafzimmer.

Sie war verliebt, so richtig verknallt. Und als sie noch stundenlang wach blieb und immer wieder auf das Display schaute und Oliver endlich zurückgeschrieben hatte, ließ sie sich glücklich in ihr Kissen fallen und schlief langsam ein.

13

Um etwa zehn Uhr morgens öffnete Anna ihre Augen und schaute auf ihren Wecker.

Sie hatte noch genug Zeit, um sich für ihr Date fertig zu machen.

Sie stand auf und zog sich ihre graue Jogginghose und den schwarzen Hoodie an.

Danach ging sie in die Küche, um sich etwas zu essen zu machen.

Vorher öffnete sie die Haustür, um sich die Tageszeitung ins Haus zu holen.

Vor der Tür entdeckte sie wieder die Katze, die auch schon am vorigen Tag dort gesessen hatte.

Sie sah Anna an und fauchte daraufhin.

»Ja du kleines Mistvieh, ich weiß, dass du mich nicht leiden kannst...«, sagte sie und hielt der Katze ihren Arm hin, um ihr die Kratzspuren zu zeigen.

Wahrscheinlich wartete die Katze einfach darauf, dass Anna ihr etwas zu fressen gab.

Sie ließ sie einfach dort sitzen und nahm die Zeitung mit in die Küche. Als sie die Tür schloss, hörte sie noch einmal, wie die Katze sie anfauchte.

Anna setzte sich in die Küche, schmierte sich ein Brötchen und laß dabei halb abwesend die Zeitung.

Ständig musste sie an Oliver denken.

Die Titelseite zeigte nichts sonderlich Neues. Hier ein Krieg, da eine Demonstration und dort wieder ein irrer Politiker. Es war wie immer.

Und so schlimm sich das auch anhörte, aber die Menschheit hatte sich an ihren Zustand gewöhnt. Täglich waren sie unzufrieden mit ihrem eigenen Leben, weil sie sich vielleicht nur einen

Kleinwagen leisten konnten oder weil sie nicht das neuste Smartphone besaßen. Aber mal an andere Menschen zu denken oder mit dem glücklich zu sein, was man hatte, das ging nicht. Gier, Hass, Egoismus.

So viele Menschen und so wenig Liebe, Zuneigung und Verständnis für andere.

Aber Anna glaubte ohnehin, dass sich die Menschheit irgendwann selbst zerstören würde. Sei es durch Kriege oder die Zerstörung der Natur.

Nach den Gedanken ihres Weltbildes, blätterte sie die dünnen Seiten der Zeitung weiter um. Sie landete im Lokalteil.

Schwerer Unfall auf der L301

In der Nacht zu Sonntag, um etwa 21:30 Uhr, mussten Polizei, Feuerwehr und Rettungswagen anrücken.

Auf der L301, zwischen Derbersdorf und Kingsbach, verlor ein Mann (52) aus bisher ungeklärten Gründen, die Kontrolle über seinen Combi und fuhr dabei gegen einen Baum.

Der eingeklemmte Mann wurde von der Feuerwehr aus dem Auto befreit und daraufhin schwer verletzt ins Kingsbacher Krankenhaus gebracht.

Anna laß sich den Artikel durch. Sie hatte Garnichts von einem Unfall mitbekommen. Hätten sie nicht alle am Samstag Sirenen hören müssen?

Naja, vielleicht waren sie zwischendurch auch einfach etwas zu laut.

Sie laß weiter und entdeckte am Ende des Artikels ein kleines Foto vom Unfallort.

Das Kennzeichen war unkenntlich gemacht, aber das Auto erinnerte sie an jemanden.

Sie wusste wem es gehörte, nur kam sie nicht direkt drauf.

Anna dachte nach.

Und da fiel es ihr plötzlich wieder ein.

Gehörte dieser Wagen nicht Kurth?

Der Kerl, der im Supermarkt so über ihre Nachbarin schimpfte, weil sie sich umgebracht hatte?

Anna war sich sicher, dass er es war. Was wohl passiert war, dass er von der Straße abkam und die Kontrolle verlor?

Sie versuchte sich darüber keine weiteren Gedanken zu machen und biss erneut in ihr Brötchen, das somit aufgegessen war.

Anna stellte den Aufwasch bei Seite, legte die Zeitung zusammengefaltet auf den Tisch und ging nach oben ins Badezimmer, um sich zu duschen.

Sie drehte die Heizung auf, schloss das Fenster und holte sich ihre Klamotten aus dem Schlafzimmer.

Für danach reichten eine neue Jogginghose und ein Sweatshirt. Was sie später, zu ihrem Date tragen sollte, wusste sie noch nicht ganz.

Bevor sie duschen ging, betrachtete sie sich noch einmal im Spiegel.

Sie sah vielleicht nicht perfekt aus, aber für sie

reichte es. Und wenn Anna mit sich zufrieden war, dann würde es bestimmt auch Oliver sein.

Der Raum füllte sich mit Dampf, als Anna das heiße Wasser anstellte und in die Dusche stieg.

Als sie fertig war, lüftete sie kurz durch und marschierte zurück ins Schlafzimmer.

Grade, als sie die Handtücher auf der Heizung aufhängen wollte, durchfuhr sie ein kalter Luftzug, der sie schaudern ließ.

»Anna!«, flüsterte die Stimme, die sie auch gestern schon hörte.

Anna erschrak und sah auf.

»Wer spricht da?«, rief sie in den leeren Raum, »Will mich da jemand verarschen? Was soll das? Wer ist da?!«

Doch es kam keine Antwort und Anna beschloss, die Stimme wieder zu ignorieren.

Die Zeit verging wie im Flug, denn inzwischen waren es 13:00 Uhr und Anna müsste sich langsam auf ihr Date vorbereiten.

Sie legte sich ihre Klamotten zurecht.

Aber was sollte sie eigentlich anziehen?

Welche Jeans sollte sie nehmen?

Blau? Schwarz? Grau?

Sie entschied sich für eine schwarze Jeans, ein Shirt ihrer Lieblingsband und dazu ihr kleines Leder Jäckchen.

Dazu trug sie schwarze Sneaker, die sie erst vor kurzem gekauft hatte.

Ihre Haare trug sie offen und sprühte sich noch Unmengen Haarspray hinein.

Sie schminkte sich ein wenig mit Mascara und schnappte sich dann ihre Tasche.

Anna ging die Treppe hinunter und öffnete die Haustür.

Wieder saß dort die schwarze Katze.

Anders als die letzten zwei Treffen mit ihr, war

sie diesmal ganz still und wirkte sogar zahm. Sie kam langsam auf Anna zu und schlich ihr um die Beine.

Anna traute ihren Augen nicht.

Was war denn jetzt los

?

Aber sie hatte keine Zeit, sich darüber Gedanken zu machen.

Sie schloss die Haustür, versuchte die Katze von ihren Beinen zu lösen und ging dann zum Auto.

Eingestiegen und angeschnallt konnte sie endlich losfahren und wusste gar nicht wohin mit ihren ganzen Gedanken zum Date. Sie freute sich wie ein kleines Kind, war nervös, hibbelig und hatte Schmetterlinge im Bauch.

Würde alles gut gehen?

Oder würde sie sich blamieren?

Wie würde er reagieren?

All das schoss ihr durch den Kopf und ehe sie ihre Gedanken ordnen konnte, war sie auch schon in Kingsbach angekommen und fuhr auf den Parkplatz des Cafés.

14

Anna öffnete die Tür des Cafés und schaute sich um. Das Café war schön eingerichtet, sie kam öfter hierher, um sich eine heiße Schokolade oder ein leckeres Stück Kuchen zu holen.

Am liebsten hatte sie den Erdbeerkuchen, weil er sie so an ihre Kindheit erinnerte.

Den gab es früher immer, wenn jemand in der Familie Geburtstag hatte.

Ein leckerer Erdbeerkuchen mit Sahne!

Da hätte Anna auch jetzt Lust drauf, aber würde es nicht vielleicht etwas... naja... verfressen vorkommen, wenn sie sich einen Kuchen bestellen würde? Sie hatten sich ja eigentlich nur zum Kaffee trinken verabredet.

Anna schaute in die Kuchentheke und entdeckte ein schönes Stück ihres Lieblingskuchens. Sie schaute es an und beschloss, sich vielleicht nach dem Date ein Stück mitzunehmen.

Sie ging weiter ins Café hinein und schaute sich um.

Oliver war noch nicht da.

In der hintersten Ecke war ein schöner Platz am Fenster frei, den sie sich aussuchte.

Sie setzte sich und wartete auf Oliver.

Würde er überhaupt kommen?

Warum war er noch nicht da?

Wollte er überhaupt kommen?

Anna war nervös und schaute skeptisch auf ihre schwarze Armbanduhr, die sie von ihrer Mutter zum Geburtstag geschenkt bekommen hatte.

Es waren noch keine 14 Uhr. Dann war es ja nicht so schlimm, dass er noch nicht da war - oder doch?

Was, wenn er nicht kommen würde?

Anna dachte nur noch darüber nach, dass Oliver sie versetzt haben könnte.

Die Tür des Cafés öffnete sich wieder und wieder, doch Oliver war nicht dabei.

Es kamen die verschiedensten Menschen herein.

Ein alter Mann, vielleicht 60 Jahre alt, mit seiner Frau. Er hielt ihr die Tür auf, als sie hinein ging. Sowas wollte Anna auch mal.

Einen richtigen Gentleman. Jemand der genau weiß, was er an ihr hat und sie so behandelt, wie sie es verdient hätte.

Das alte Pärchen setzte sich und Anna schaute wieder zur Tür.

Sie wartete und wartete und wartete.

Auch wenn vielleicht nur zwei oder drei Minuten vergingen, kam es ihr vor wie Stunden, die sie dort saß und auf Oliver wartete.

Die Tür öffnete sich, Anna schaute schon gar nicht mehr hin.

Immer wieder hörte sie die kleine Klingel, die an der Tür hing und den Leuten das Zeichen gab, dass Kundschaft hereinkam.

Sie starrte gedankenversunken nach unten.

Da bewegte sich plötzlich der Stuhl, der an ihrem Tisch stand und jemand setzte sich dort hin.

»Na Frau Serienkillerin? Heute schon jemanden zur Strecke gebracht?«, fragte eine männliche Stimme.

Anna schaute nach oben und erblickte Oliver, mit dem sie eigentlich gar nicht mehr gerechnet hatte.

Sie schaute erneut auf ihre Uhr.

Es waren gerade mal eine Minute nach zwei. Sie hat sich die ganze Zeit unnötige, negative Gedanken gemacht. Das tat sie sonst nie. Aber da

Oliver jetzt da war, dachte sie nicht weiter drüber nach.

»Was schaust du denn so verdutzt? Hast du einen anderen Polizisten erwartet?«, fragte Oliver leicht amüsiert.

Anna versuchte ihre Gedanken zu ordnen und wandte sich dann endlich Oliver zu.

»Was? N-nein, tut mir leid, ich war grade, also... Hi erstmal!«, stammelte sie nervös vor sich hin.

Oliver lächelte.

»Nervös? Hast du etwa Angst, dass ich dich verhafte?«, fragte er.

Anna lachte.

»Quatsch nein, bevor du mich verhaften kannst, bist du schon längst von mir um die Ecke gebracht worden«, lachte Anna.

»Ach ist das so? Und woher weißt du, dass ich das SEK nicht schon längst hier herbestellt habe?«, fragte Oliver.

Anna schaute verlegen nach unten.

»Bis die hier sind, habe ich dich schon längst vergiftet! Ich habe die Angestellten bestochen, die tun nachher ein paar Tropfen Gift in deinen Kaffee«, erklärte sie.

»Oh, dann weiß ich ja, dass ich heute besser keinen Kaffee trinken sollte«, grinste er.

Eine der Bedienungen kam vorbei und nahm die Bestellung der beiden auf.

»Ich nehme eine heiße Schokolade!«, antwortete Anna auf die Frage der Bedienung, die einen einfachen, kleinen Block und einen viel zu kurzen Bleistift in der Hand, um die Bestellung aufzuschreiben.

»Ich hätte gerne einen Kaffee«, entgegnete Oliver. Die Bedienung schrieb auf.

»Aber bitte ohne Gift«, lachte Oliver.

Die Bedienung schaute verdutzt und begab sich

dann wieder zurück hinter die Kuchentheke, um die Bestellung vorzubereiten.

»Spinnst du?«, lachte Anna und haute ihn freundschaftlich auf den Arm, um ihm ihre Empörung zu veranschaulichen, »Was soll sie denn jetzt denken?!«

Oliver lachte und erfreute sich an Annas Empörung.

»Hey das war doch nur ein Witz! Ist doch egal, was sie denkt«, lachte er.

Beide grinsten und warteten auf ihre Getränke.

Sie unterhielten sich über alles Mögliche. Seine Kindheit, ihre Kindheit. Ausbildung, Freunde, Interessen.

Oliver erzählte, wie er als Kind in Kingsbach aufwuchs, auf welcher Schule er war und wie er denn eigentlich darauf kam, Polizist zu werden.

Zur Verwunderung beider, fanden sie heraus, dass sie sogar auf der gleichen Schule waren. Er war damals nur ein paar Klassen höher als Anna eingestuft.

Oliver schaute irritiert auf Annas Hand, die von einem verband umwickelt war.

»Was ist passiert?«, fragte er besorgt, während er seine Hand zu ihrer führte.

Anna zog ihre Hand reflexartig weg und erzählte ihm von dem kleinen Glas Unfall, der sich am Samstag kurz vor dem Mädelsabend ereignete.

»Autsch«, sagte Oliver und verzerrte dabei sein Gesicht, als könnte er sich die Schmerzen vorstellen.

»Ach ist nicht so schlimm, es tut kaum noch weh«, erklärte Anna und strich sich vorsichtig über die verletzte Hand, »Beim Kochen hat es eigentlich auch nicht gestört, es zieht manchmal ein wenig, aber sonst geht es.«

»Na dann ist's ja gut!«, sagte Oliver erleichtert, »Nicht, dass unsere Serienkillerin auf einmal den Beruf wechseln muss.«

Sie lachten.

Inzwischen bekamen die beiden auch ihre Getränke. Anna nippte an ihrer heißen Schokolade und stellte die Tasse schnell wieder hin, nachdem sie bemerkte, wie heiß es noch war.

Oliver füllte seine Tasse Kaffee mit Milch und Zucker auf und verrührte alles gründlich.

»... Naja und nach meiner Ausbildung bin ich dann nach Derbersdorf gezogen. Es ist einfach so schön ruhig hier und ehrlich gesagt auch viel schöner als Kingsbach«, sagte er, wobei er beim letzten Teil des Satzes flüsterte und sich dabei zu Anna rüber beugte, damit niemand im Café seine Meinung hörte.

Anna kicherte.

»Ja, Kingsbach ist jetzt nicht gerade der schönste Ort in der Umgebung«, sie nippte an ihrer heißen Schokolade und erhielt dadurch einen kleinen Bart aus Milchschaum.

»Du hast da was«, sagte er zögerlich und zeigte auf ihr Gesicht.

Anna begriff schnell und wischte sich, peinlich berührt, den Milchschaum von der Oberlippe.

»Wie dem auch sei«, versuchte sie auf das Thema Kingsbach zurückzukommen, »Hier haben sie einfach den besten Erdbeerkuchen!«

»Ach ist das so?«, fragte Oliver neugierig nach.

Im selben Moment kam eine der Bedienungen vorbei.

Es war eine andere als zuvor. Diese hier hatte lange, blonde Haare, die sie zu einem Dutt hochgesteckt hatte. Eine einzelne Strähne fiel heraus. Sie trug Lippenstift und einen kurzen Lederrock, der für diese Jahreszeit vielleicht für etwas Kälte an den Beinen sorgte.

Sie kaute, sichtlich genervt von der Arbeit, auf einem Kaugummi herum.

»Entschuldigung?«,

warf Oliver in den Raum und hob dabei die Hand, um die Dame auf sich aufmerksam zu machen. Sie blieb stehen und schaute Oliver an.

»Ja?«,

fragte sie entnervt und kaute weiter, laut schmatzend auf ihrem Kaugummi herum.

»Könnten sie uns vielleicht zwei Stückchen Erdbeerkuchen bringen? Vielen Dank«, sagte er und wandte sich wieder Anna zu.

Die Bedienung nahm die kleine Bestellung auf und erledigte ihren neuen Arbeitsauftrag.

Anna schaute verdutzt.

»Woher weißt du...-«, fragte sie irritiert, doch Oliver unterbrach sie direkt.

»Na wer so von dem Erdbeerkuchen schwärmt und so oft zur Kuchentheke rüber schaut, der will doch garantiert ein Stück essen«,

erklärte er.

Anna lächelte und bedankte sich.

Sie war verwundert und erfreut von Olivers Aufmerksamkeit.

Nach ein paar Minuten bekamen die beiden ihr Stück Kuchen.

Die Bedienung stellte die Teller lieblos auf den kleinen, runden Tisch und ging wieder.

Sehr wohl fühlte sie sich sicher nicht in ihrem Beruf.

Anna und Oliver griffen beide zur Gabel und begannen damit, den Kuchen zu probieren.

Sie führte das erste Stückchen in ihren Mund und genoss den wunderbar süßen Geschmack von Erdbeeren.

Dabei sah man ihr im Gesicht an, wie sehr ihr

90

der Kuchen schmeckte.

Oliver sah sie zufrieden an und lächelte.

»Was ist? Willst du nicht probieren?«, fragte sie, noch nicht ganz fertig mit dem Stückchen Kuchen im Mund.

Sie hielt sich die Hand vor den Mund und entschuldigte sich.

Oliver lächelte.

»Nein, nein, alles gut. Ich bin nur fasziniert davon, eine Frau zu sehen die auch gerne isst und nicht direkt die Kalorien des Stück Kuchens erfragt oder wissen möchte, ob er denn auch komplett vegan ist«, erklärte er zufrieden.

»Warum sollte ich das auch?«, fragte sie, ohne eine Antwort zu erwarten, »Ich genieße das Essen und verbringe sicher nicht meine Zeit damit irgendwelche Kalorien zu zählen, die mir den Spaß am Essen verderben.«

Oliver nickte zufrieden.

»Ja, bring das mal noch den Millionen Mädels da draußen bei, die sich für jedes Gramm zu viel schämen«, sagte er.

»Naja, die könnten dir ja eigentlich egal sein«, versuchte Anna ihm unterschwellig klarzumachen. Sie sah dabei nervös unter sich, weil der Satz vielleicht doch etwas zu riskant war.

Oliver sah sie überrascht an.

»Ach, will mich die Serienkillerin etwa ganz für sich alleine haben?«, fragte er, jetzt auch etwas nervös.

Anna lachte.

»Nein, also, naja...«, stammelte sie vor sich hin.

»Hey, das war ein Witz, ich versteh schon was du meinst«, beruhigte er sie, »Ich mag dich sehr Anna!«

Sie konnte kaum glauben, was sie dort hörte. Vor ein paar Stunden hatte sie noch Angst er würde gar nicht auftauchen oder sie gar nicht wollen und jetzt gestand er ihr, dass er sie sehr mag? Anna war überrascht und glücklich. In ihrem Bauch rumorte es und sie fühlte endlich einmal die sprichwörtlich bekannten Schmetterlinge im Bauch.

Bei ihrem Ex-Freund durfte sie dieses Gefühl leider nie kennenlernen. Klar, irgendwie war er am Anfang toll, aber so richtig geliebt hat sie ihn nie. Es war mehr eine Schwärmerei.

Sie wollte nicht weiter über diesen Idioten nachdenken und widmete sich wieder Oliver zu, der sie förmlich anstarrte, weil er eine Reaktion ihrerseits erwartete.

Anna griff nach einem ihrer Ohrstecker. Immer wenn sie nervös war, drehte sie den Stecker. Während sie ihn jetzt hin und her drehte, sah sie Oliver an und lächelte.

»Ich mag dich auch«, gestand sie ihm nervös, voller Unruhe, aufgeregt, ängstlich, aber irgendwie auch zufrieden.

Auch Oliver lächelte.

Er hatte ein so schönes Lächeln. Es erwärmte Annas Herz und ließ sie förmlich dahin schmelzen.

Sie verlor sich aber nicht nur in seinem wundervollen, perfekten Lächeln, sondern auch in seinen blauen Augen, die sie so herzerwärmend ansahen. Anna mochte ihn. Sehr sogar. Und das nicht nur, weil er Polizist war.

Ihr gefiel sein Äußeres, aber das ist lange nicht das Wichtigste an einem Menschen. Es sind viel mehr die inneren Werte. Das Auftreten, das Verhalten anderer Menschen gegenüber, seine Macken und Vorlieben, seine Interessen, einfach das, was man vielleicht nicht auf den ersten Blick sieht.

Anna fand sowieso, dass die Menschen viel zu sehr auf das Äußere schauen. Das war mittlerweile allgemein bekannt, doch ändern tat kaum jemand etwas.

Es war schlimm, wie oberflächlich die Menschheit war und wie manche Menschen sich verhielten, wenn einem der Pullover des anderen vielleicht nicht gefiel oder er die falsche Sneaker Marke trug.

Was sollte das? Wozu war das gut?

Anna hatte es nie verstanden und würde es wahrscheinlich auch nie verstehen.

Sie akzeptierte Menschen so wie sie waren. Mit allen Ecken und allen Kanten. Mit jeder Vorliebe und jedem Fehler im Leben. Jeder konnte sich bessern, wenn er nur wollte.

Ihre Gedanken schweiften immer wieder ab. Sie hatte doch vorher nie so viel nachgedacht, wie jetzt?

Oliver sah sie an.

»Ist alles in Ordnung? Habe ich was falsches gesagt?«, fragte er ängstlich, aber auch zuvorkommend.

Anna merkte, dass sie schon wieder nicht richtig bei der Sache war. Dabei war dieser Moment doch grade so schön und vor allem so wichtig!

»Nein, nein, alles in Ordnung«, beschwichtigte sie ihn und schämte sich dafür, dass sie ihre Gedanken immer wieder verlor.

Beide lächelten sich an, verloren Zeit und Raum um sich herum. Sie fühlten sich allein im Café, niemand anderes war da. Nur sie beide, wie sie sich ansahen. Es schienen Minuten zu sein, die sie nur dort saßen und sich in die Augen schauten.

Sie spürte ihre Nervosität.

Er spürte seine Angst.

Durch die genervte Bedienung, die ein Tablett inklusive Tasse und Teller fallen ließ, erschraken die beiden und wurden aus ihrem romantischen Moment gerissen.

Die zwei sahen sich irritiert um, mussten erst wieder kurz realisieren, was grade passiert war und warum dieser wunderschöne Moment enden musste.

Anna griff wieder zur Gabel und aß genüsslich ihren Erdbeerkuchen auf, während sie bei jeder Gabel, die sie aufnahm zu Oliver herüberschaute. Und auch Oliver sah fast jeden Moment zu ihr rüber.

Anna musste ständig lächeln. Sie war glücklich, fühlte sich wohl.

Oliver hob die Hand, um der Bedienung zu zeigen, dass er gerne bezahlen möchte.

Wie erwartet, kam die genervte Bedienung zu ihnen an den Tisch die, nach ihrem kleinen Tablett Fauxpas noch genervter war als zuvor.

»Ja bitte?«, fragte sie, während sie desinteressiert auf ihren kleinen Schreibblock starrte und dabei den kurzen Bleistift in der Hand hielt.

»Wir würden gerne zahlen«, erklärte Oliver und holte seine Geldbörse aus der hinteren, rechten Hosentasche.

»Einen Moment bitte«, entschuldigte sich die Bedienung und entfernte sich in Richtung Kasse, um ihre dortige Kollegin nach den Bestellungen des Tisches zu fragen.

Sie rechnete den Kaffee, die heiße Schokolade und die zwei Stückchen Kuchen zusammen und schlenderte gelangweilt zurück zu Oliver und Anna.

»Das macht dann 11 Euro und 75 Cent«, bat sie

und hielt Oliver die offene Hand hin, um das Geld entgegenzunehmen. Oliver gab ihr 13 Euro. Die Bedienung nahm das Trinkgeld leicht erfreut entgegen, obwohl sie es eigentlich nicht verdient hatte, doch Oliver wollte höflich sein und nicht knickerich wirken.

Sie bedankte sich und verschwand im anderen Teil des Cafés. Oliver und Anna standen auf und gingen nach draußen.

Das Wetter war schön. Die Sonne schien hell am Himmel und erwärmte ihre Haut.

Da standen die beiden nun voreinander.

Sie sahen sich an und keiner von beiden brachte ein Wort heraus. Aber das mussten sie auch nicht, denn irgendwie verstanden sie sich ohne Worte.

Anna war die erste, die das Schweigen unterbrach, denn langsam wurde es doch unangenehm. Sie mochte Oliver, keine Frage, doch langer Augenkontakt und das auch noch, ohne ein Wort zu sagen, war dann doch zu viel.

»Das war ein schöner Nachmittag«, sagte sie, während sie sich wieder an ihren Ohrstecker fasste und dran drehte.

»Das finde ich auch«, sagte Oliver und schaute sie mit seinen wundervollen, blauen Augen an.

»Wollen wir das vielleicht mal wiederholen?«, fragte sie neugierig.

»Auf jeden Fall«, sagte Oliver erleichtert und froh.

»Schön«, sagte sie, während sie ihm wieder in die Augen sah und sein Lächeln bewunderte, »Ich muss dann auch los, ich habe noch so viel Haushalt zu erledigen«, sagte sie leicht genervt von der Arbeit, die zu Hause auf sie warten würde.

»Kein Problem, ich muss jetzt auch los. Ich habe

heute Abend noch Dienst«, erklärte er.

»Oje, dann schlaf doch gleich noch ein wenig. Nicht, dass auf einmal eine Serienkillerin auftaucht und du zu müde bist, um sie zu schnappen!«, lachte Anna.

»Ja, wie gut, dass ich die Nummer dieser ominösen Killerin habe, um ihr zu schreiben«, entgegnete er grinsend.

Die beiden gaben sich eine leicht gezwungen schienende Umarmung und verabschiedeten sich.

Anna setzte sich freudestrahlend und überglücklich in ihr Auto, um die Fahrt nach Hause anzutreten. Sie schaltete ihre Lieblingsmusik ein, drehte den Lautsprecher voll auf und genoss die Fahrt nach Hause, indem sie lautstark mitsang. Zwar nicht immer textsicher, aber dafür laut. Sie liebte das und bei der Musik konnte sie entspannen und war immer gut drauf. Es war ihr egal, ob die Leute sie ansahen, weil sie so laut durch die Gegend fuhr. Sie machte das nur für ein gutes Gefühl, denn die Musik löste in ihr noch mehr Freude aus und in Verbindung mit ihren Gefühlen für Oliver spürte sie nichts als Freude und Glück in ihrem ganzen Körper.

Auch Oliver fuhr nach Hause und legte sich dort bis zu seinem Dienstbeginn schlafen.

15

Während sie die Wäsche aus dem Trockner holte und sie im Wäschekorb nach oben in ihr Schlafzimmer trug, dachte sie immer wieder an Oliver. Sie war verliebt und wusste das auch. Sie hoffte, dass etwas Ernstes draus werden würde und war sich dessen auch ziemlich sicher.

Im Schlafzimmer angekommen, legte sie ihre Klamotten zusammen und sammelte sie geordnet auf dem Bett. Hosen, Pullover, Shirts. Alles ordentlich aufeinandergestapelt.

Sie nahm das letzte Shirt in die Hände und legte es sorgfältig zusammen.

»Hey Anna«, ertönte wieder eine Stimme.

Anna erschrak und ließ das Shirt auf den Boden fallen.

Sie sah sich hektisch um.

»Wer bist du? Was willst du von mir?«, fragte sie in den leeren Raum.

Keine Antwort.

»Wo bist du verdammt nochmal?«, rief sie etwas lauter und energischer.

Wieder keine Antwort.

Wo kam nur ständig diese Stimme her, die sie hörte?

Was sollte das nur immer?

Anna versuchte die Stimme zu ignorieren. Was sollte sie sonst tun? Sie konnte ja wohl kaum zu ihren Freundinnen gehen und ihnen erzählen, sie würde Stimmen hören... Sie hob das Shirt vom Boden auf und legte es zusammen, bevor sie die anderen Klamottenstapel in den Schrank räumte. Die Körbe ließ sie im Zimmer stehen und ging in die Küche, um sich Abendessen zuzubereiten.

Indes spürte sie wieder die Vibration ihres

Smartphones und sah aufs Display.

Heyho Frau Killerin,
der Polizist beginnt nun seine Schicht
und freut sich drauf, das Mädchen vom
Wildunfall so bald wie möglich wieder zu
sehen.
Tatort: Die Bank unter dem Baum
Tatzeit: Freitag, 17 Uhr
Tatwaffe: noch unbekannt

Die Anwesenheit der Killerin wird
erwartet.
- Der Polizist

Anna laß die Nachricht und lächelte das Smartphone an, als wäre es Oliver.

Sie freute sich auf Freitag und war glücklich, dass er sie so gerne wiedersehen wollte.

Hoffentlich würde diese Woche schnell vergehen.

Sie kochte sich ihr Abendessen - Spaghetti Carbonara - und setzte sich mit ihrem Teller gemütlich ins Wohnzimmer vor den Fernseher, wo sie ihre Lieblingsserie schaute.

Nach einer Weile hatte sie aufgegessen und stellte den Teller bei Seite. Sie machte es sich auf dem Sofa gemütlich und schaute weiter fern. Es wurde später und später und irgendwann konnte sie ihre Augen nicht mehr offenhalten und schlief langsam ein.

Sie träumte von Oliver. Wie er sie zum Essen ausführte und sie danach gemeinsam spazieren gingen. Händchenhaltend schlenderten sie durch die Derbersdorfer Feldwege und unterhielten sich stundenlang über alles Mögliche. Sie lachten gemeinsam und in manchen Momenten brauchten sie gar keine Worte, um sich zu verstehen.

Anna stand vor Oliver und sah ihm tief in seine strahlend blauen Augen.

Ihre Gesichter näherten sich an. Sie schlossen beide ihre Augen und wollten sich gerade küssen, da wurde sie von dem gellenden Geräusch einer Autohupe aus dem Schlaf gerissen.

Sie schreckte auf und bemerkte, dass sie es nicht ins Bett geschafft hatte und auf dem Sofa eingeschlafen war. Der nächste Tag war schon längst angebrochen und sie musste sich schnell fertig machen, denn in einer Stunde müsste sie los zur Arbeit.

Sie hoffte, dass der heutige Arbeitstag besser verlaufen würde als vergangenen Sonntag...

Sie fuhr zur Arbeit und eigentlich verlief alles ganz reibungslos. Erst auf der Rückfahrt, eines sehr unspektakulären Arbeitstages, hörte sie wieder die Stimme, die ihren Namen flüsterte. Mal leise, mal laut.

Anna versuchte immer weiter sie zu ignorieren und schaffte das auch ganz gut.

Die nächsten Tage verliefen ziemlich ruhig. Ab und zu telefonierte sie mit Oliver, stundenlang. Sie sprachen über ihre Interessen, dass er lesen genauso sehr liebte, wie sie, dass sie demnächst viel gemeinsam unternehmen würden, und, und, und. Sie telefonierten stundenlang und es wurde ihr nie langweilig. Immer fanden sie ein Thema, über das sie sprechen konnten. Und manchmal telefonierten sie bis tief in die Nacht hinein, wenn Anna grade von der Arbeit kam.

Ihre Gespräche wurden immer länger und intensiver und Anna freute sich, wie ein kleines Kind, wenn Olivers Name auf ihrem Display erschien.

Anna erzählte ihm fast alles von ihr. Von ihrer Familie, ihren Freundinnen, ihrer Vergangenheit, den Interessen. Was man eben so erzählt. Nur von der Stimme erzählte sie nicht. Die versuchte sie die Tage über zu ignorieren und schaffte das auch ganz gut. Manchmal hörte sie ein leises »Anna!«, aber das war immer schnell vergessen, wenn eine Nachricht von Oliver kam oder sie miteinander sprachen.

Sie fühlte sich geborgen, allein vom Klang seiner Stimme. Ihr Bauch kribbelte, wenn sie an ihn dachte, und sie freute sich ungemein auf das nächste Treffen mit ihm, dass am Freitag stattfinden würde.

Die Woche über arbeitete sie nachmittags und abends. Es gab keinerlei Besonderheiten, bis auf die paar Momente, in denen sie die Stimme wieder hörte.

Doch sie war nun geübt darin, sie zu ignorieren und nicht zu beachten.

Manchmal kam es anderen in ihrer Umgebung vielleicht komisch vor, wenn sie ein paar Sekunden lang ins Leere starrte, weil sie wieder die Stimme hörte. Doch bisher fand das niemand allzu seltsam, sodass man Anna darauf hätte ansprechen müssen. Anna schaffte es gekonnt, ihr kleines Stimmendesaster zu verbergen. Mit den ständigen Gedanken an Oliver war das auch nicht allzu schwer.

Wenn Anna nach Hause kam, saß aus irgendeinem Grund immer die schwarze Katze vor ihrer Haustür und fauchte sie manchmal an und mal auch wieder nicht. Ein seltsames Tier.

Wenn Anna Lust hatte, fütterte sie die Katze manchmal, aber auch nur, wenn sie Anna nicht anfauchte und kratzen wollte. Sie sah schon ziemlich alt aus und ihr Fell war nicht sehr gepflegt. Anna tat die Katze leid. Sie überlegte sich einen Namen für sie und beschloss sie *Luci* zu nennen. Anna fand, dass das irgendwie zu ihrem gemeinen, aber manchmal doch zärtlichem Wesen passte.

Während sie also die Woche über mit Oliver telefonierte, arbeitete, Stimmen ignorierte und teuflische Katzen namens Luci fütterte, vergingen die Tage wie im Flug.

16

Mittwoch, 27. März 2019

Es regnete und die Luft draußen war kälter als die Tage zuvor. Ein leichter Wind wehte und die Bäume neigten sich ein wenig.

Als die Glocken des Kirchturms läuteten, waren es 13 Uhr und am Derbersdorfer Friedhof standen seit wenigen Minuten ein paar Autos.

Wenige Menschen stiegen aus. Vielleicht zehn an der Zahl und sie alle waren tiefschwarz gekleidet und schauten trauernd nach unten, während sie über den Schotterparkplatz hin zum Eisentor des Friedhofs schlenderten.

Sie gingen langsam hintereinander in die Halle, in der gleich die Beerdigung von Vanessa Peters stattfinden würde, die am letzten Samstag aufgrund eines Suizides verstarb.

Die Menschen setzten sich auf die vorher zurecht gestellten Stühle. Nicht viele der Plätze waren besetzt und die Menschen, die da waren sahen sich irritiert um.

Wo waren nur die anderen?

Oder waren sie etwa die einzigen?

Warum kamen nur so wenige Menschen zu Vanessas Beerdigung?

Die zwei vordersten Reihen waren besetzt von ein paar wenigen Arbeitskollegen, Vanessas Nachbarn und einer ehemaligen Freundin, zu der sie eigentlich keinen Kontakt mehr pflegte, die aber aus Mitleid und ein wenig Neugier zur Beerdigung kam. Wie auch die anderen.

Auch der Pfarrer, der die Beerdigung abhielt, kam nun in seinem Pfarrgewand herein und stellte sich an das Rednerpult und begutachtete das Mikrofon nach seiner Funktionsfähigkeit, indem er es antippte.

Er hielt seine Rede ab, wie er es oft bei Beerdigungen tat. Jedes Mal bereitete er sich gut vor, besuchte die Angehörigen. Doch bei Vanessa war das nicht möglich, da sie keine richtigen Angehörigen hatte, die etwas über sie hätten erzählen können. Seine Rede fiel dementsprechend kurz aus und war ziemlich unpersönlich.

Nachdem er seine Rede abgehalten hatte und keiner der Anwesenden eine Träne vergossen hatte, gingen sie nach draußen. Einige der Anwesenden holten ihren Regenschirm aus der Tasche und öffneten ihn, während sie zum Grab gingen, an dem gleich der dunkle, hölzerne Sarg heruntergelassen werden würde.

Die Regentropfen plätscherten auf die Schirme. Man hörte die Schritte der Anwesenden in der matschigen Wiese, wie sie zu dem noch leeren Loch schlenderten.

Am Grab angekommen, sprach der Pfarrer noch die üblichen Worte...

»Asche zu Asche, Staub zu Staub...«, sagte er, während er eine Schaufel Erde auf den bereits heruntergelassenen Sarg kippte.

Die Anwesenden sahen zu und warteten eigentlich nur noch darauf, dass die Zeremonie vorbei war, denn der Regen störte sie und es wurde ihnen ohnehin zu kalt und windig.

Der Wind wurde von Minute zu Minute stärker und behinderte die Beerdigung, da die Schirme sich neigten und kurz davor waren vom Wind mitgenommen zu werden.

Der Pfarrer sprach noch seine letzten Worte, schnell, hektisch und leicht nervös, denn es stürmte immer heftiger. Die Bäume, die um den

Friedhof herumstanden, neigten sich im Wind, kleinere Äste flogen herunter und einer der Anwesenden konnte seinen Schirm nicht mehr halten, wodurch dieser in Richtung Straße und danach in die Büsche flog.

Der Pfarrer beendete die Beerdigung und alle Beteiligten liefen entweder zu ihren Autos oder zurück in die Halle. Während sie schnell den Friedhof verließen, wehte der Wind noch stärker und einer der Bäume, die sich schon seit Minuten langsam zum Boden neigten, konnte dem Wind nicht mehr gegenhalten. Seine Wurzeln rissen aus dem Boden und er fiel mit lautem Krach auf den Parkplatz des Friedhofs.

Die Anwesenden erschraken, stiegen schnell in ihre Autos, aus Angst, es würde noch mehr passieren, und fuhren schnell davon.

Damit war die Beerdigung von Vanessa beendet. Und sie war noch etwas trauriger als andere Beerdigungen, auch wenn keiner der Anwesenden wirklich getrauert hatte.

17

Es war Freitag. Anna sprang förmlich aus dem Bett, als ihr Wecker klingelte. Heute hatte sie ihr nächstes Treffen mit Oliver. Sie fühlte sich wie eine Teenagerin, die für den süßen Jungen aus der Parallelklasse schwärmte. Aber das war ihr egal. Sie fühlte sich gut und das war für sie das wichtigste.

Die Arbeit brachte sie an diesem Tag schnell hinter sich. Abends hatte sie frei, sie musste nur mittags arbeiten.

Sie machte sich fertig, stieg ins Auto und fuhr zur Arbeit.

Dort bereitete sie alles vor, schnibbelte Gemüse und kochte anschließend die verschiedenen Gerichte, die bestellt wurden.

Spaghetti Bolognese, Rouladen mit Rotkraut und Kartoffelstampf, Schnitzel, Braten, alles was die deutsche Hausmannskost so hergab. Gut, die Spaghetti gehörten nicht direkt dazu, aber ein bisschen international durfte und musste man als Restaurant heutzutage ja sein.

Anna gefiel es an ihrer Arbeit. Sie hatte dort ihre Ausbildung gemacht und kochte nirgendwo so gerne wie hier. Sie erinnert sich noch an ihren ersten Tag, als sie wie ein kleines Kind, so hilflos und verlassen vor der Küchentür stand und auf ihren Ausbilder wartete, der ihr alles zeigen sollte.

Am ersten Tag sah sich erst einmal alles in der Küche an. Herd, Töpfe, Pfannen, alles was es dort so gab. Ihr Ausbilder erklärte ihr die verschiedenen Messer und wie sie sie einzusetzen hatte. Anna wusste schon vieles, weil sie sich sehr fürs Kochen interessierte, aber ihr

Ausbilder, Jörg hieß er, brachte ihr doch noch jeden Tag etwas Neues bei. Sie sollte erstmal Zwiebeln schneiden lernen. So banal das auch klang, aber das war eine kleine Kunst für sich. Zwiebeln muss man im Handumdrehen geschnitten und kleingewürfelt haben, sonst kommt man dem zeitlichen Druck in der Küche nicht nach. Schneiden will gelernt sein, wurde ihr immer eingetrichtert, sowohl in der Schule als auch von Jörg.

Sie liebte das Kochen einfach. Auch an diesem Tag war sie mit Leib und Seele dabei, wobei die Gedanken an das Treffen mit Oliver sie noch mehr strahlen ließen, während sie Zwiebeln schnibbelte und Saucen andickte.

Ein paar Stunden später war auch dieser Arbeitstag voller schöner Gerichte zu Ende und Anna begab sich zurück nach Hause, um sich für ihr Date schick zu machen.

Duschen, Haare föhnen, Klamotten raussuchen. Die ewige Frage »Was ziehe ich an?«

Sie entschied sich diesmal für etwas *schickeres* als letztes Mal. Sie wählte die schwarzen Boots mit den goldfarbenen Reißverschlüssen, die enge, dunkelblaue Jeans und das schicke Langarmoberteil, bei dem dezente und feine Cut-Outs an den Armen zu sehen waren. Darüber zog sie ihren Mantel, denn im März war es noch nicht sonderlich warm. Vor allem nicht abends, ab 17 Uhr.

Sie schminkte sich noch dezent, steckte Smartphone und Schlüssel ein und stolzierte voller Freude aus der Haustür heraus, vor welcher sie erneut von Luci angefaucht wurde. Sie ignorierte die Katze und begab sich zur Bank unter dem Baum, an dem sich Oliver und sie das erste Mal richtig unterhalten hatten.

Langsam schlenderte sie durchs Dorf, mit einem Dauergrinsen im Gesicht.

Nach ein paar Minuten kam sie zu dem Feldweg, der sie zu dem großen Baum führte.

Oliver saß bereits auf der Bank und wartete sehnsüchtig und voller Vorfreude auf Anna.

»Na, Arbeit gut überstanden?«, fragte er, während Anna näherkam und sich dann neben ihn setzte.

Sie nickte.

»Klar. Und du? Viele Verbrecher gefangen und eingebuchtet?«, fragte sie lächelnd.

»Ja natürlich! Die bösen Falschparker und nicht-blinkenden Autofahrer habe ich heut alle zur Strecke gebracht. Ein sehr erfolgreicher Arbeitstag«, schwärmte er sarkastisch.

Anna lachte und schaute verlegen nach unten.

»Und was machen wir jetzt hier?«, fragte sie neugierig, während sie sich umschaute, um zu überlegen, was er geplant haben könnte.

Er stand auf und reichte ihr seine Hand.

»Komm mit, dann zeig Ichs dir«, bat er.

Sie stand auf und ging mit ihm. Er nahm ihre Hand und umklammerte sie fest. Sie erwiderte den Versuch des Händchenhaltens. Ihr Herz klopfte wild, als sich ihre Hände berührten.

Langsam wurde es dämmerig, die Sonne verschwand langsam hinter den Feldern.

»Wo gehen wir hin?«, fragte Anna.

»Das siehst du gleich. Wir sind fast da«, sagte er.

Sie liefen noch ein Stückchen weiter und kamen an eine kleine Hütte, die wahrscheinlich als Unterstand für Tiere gedacht war.

Oliver steuerte darauf zu und Anna fragte sich, was sie nur hier wollten.

Er tastete an der Wand herum und fand einen Schalter, den er betätigte.

»Wir sind da!«, sagte er erfreut, während der Unterstand hell erleuchtet wurde. Lichterketten hingen an den alten Holzbalken, die sicherlich schon einige Jahre hier draußen standen. Das Holz war dunkel und hatte ein paar Risse, was aber nicht zur Benachteiligung der Standfestigkeit des Unterstands führte. In der Mitte des Unterstandes sah Anna eine kleine Bank, auf der eine Decke lag und dahinter eine Kühlbox, dessen Inhalt sie noch nicht kannte. Vor der Bank entdeckte sie Steine, die zu einem Kreis zusammengelegt wurden und in diesem Kreis lag ein Gemisch aus Stroh und Ästen verteilt. In der Ecke stand eine Musik Box, die romantische Melodien spielte.

»Moment, es ist noch nicht alles fertig!«, sagte Oliver und holte ein Feuerzeug aus seiner Jackentasche. Er ging zu dem Holz-Stroh-Gemisch und zündete es vorsichtig an. Langsam sah man kleine Funken aufsteigen und rasch brannte das Stroh und auch die kleineren und dickeren Ästchen.

»Darf ich bitten?«, fragte Oliver und bot Anna einen Platz auf der Bank an. Er hob die Decke auf, legte sie Anna um die Schultern und setzte sich neben sie.

»Und? Wie findest du es?«, fragte er hoffnungsvoll.

Sie sah sich langsam um, war immer noch etwas sprachlos, weil noch nie jemand etwas so Schönes für sie vorbereitet hatte.

»Es...es. Ist wunderschön! Danke Oliver«, sagte sie und wagte einen Annäherungsversuch, indem sie weiter zu ihm rückte und ihren Kopf an seine Schulter lehnte.

Er erwiderte den Versuch und legte seinen Arm um sie.

Gemeinsam saßen sie nun da am Feuer, beobachteten zusammen, wie der Himmel immer dunkler wurde und man langsam die Sterne sehen konnte.

Sie saßen da und genossen den Moment. Keiner musste etwas sagen, es reichte beiden, einfach nur dort zu sitzen und zu kuscheln.

Nach einer Weile drehte Oliver sich um und öffnete die Kühlbox, die hinter ihm stand. Er holte eine kleine, silberne Dose heraus.

»Hunger?«, fragte Oliver, während er die Dose langsam öffnete und dabei ein Stück Erdbeerkuchen zum Vorschein kam.

Anna machte große Augen, wie ein kleines Kind saß sie auf der Bank und war förmlich überwältigt von der ganzen Atmosphäre und jetzt auch noch einem Stück ihres Lieblingkuchens.

Sie nickte und griff zur Gabel, die mit in der Dose lag. Auch Oliver nahm sich eine Gabel und zusammen saßen sie nun da in dieser milden, sternklaren Nacht vor dem Feuer und aßen ein Stück Erdbeerkuchen in einem kleinen, hübsch geschmückten Unterstand.

Stunden vergingen, während sie sich am Feuer wärmten. Sie beobachteten die Sterne und einmal kam sogar eine Sternschnuppe vorbei.

Sie kam von Westen und hinterließ einen weißen Schweif am Himmel.

»Jetzt kannst du dir was wünschen«, sagte Oliver, als er mit dem Finger auf die Stelle deutete, an der die Sternschnuppe grade eben hergeflogen war.

»Ich muss mir Garnichts mehr wünschen«, seufzte sie zufrieden, »Aber du hast doch bestimmt noch was, was du dir wünschen könntest.«

Er sah sie an und legte seine Hand an ihr Kinn, um ihr Gesicht zu sich zu drehen. Seine blauen, strahlenden Augen betrachteten sie zärtlich und ihre Gesichter näherten sich langsam an.

Annas Herz klopfte schneller und schneller und in ihrem Bauch kribbelte alles.

In diesem Moment berührten sich ihre Lippen und beide spürten eine wahre Explosion ihrer Gefühle. Ihre Herzen schlugen gemeinsam wie wild und er spürte ihre sanften, zarten Lippen an seinen. Sie spürte, wie er seine Hand durch ihr braunes, weiches Haar strich.

Es war ein zärtlicher Kuss, der nicht allzu lange andauerte, sich aber dennoch sehr intensiv anfühlte und die beiden kurzzeitig in eine andere Welt entführte.

Als sie ihre Lippen wieder voneinander entfernten, sahen sie sich tief in die Augen.

»Mein Wunsch ist gerade Wirklichkeit geworden«, schwärmte Oliver, während er ihr eine Haarsträhne hinters Ohr strich.

Sie lächelte und lehnte sich wieder an seine Schulter an.

»Das ist schön«, seufzte sie zufrieden.

Als das Feuer langsam kleiner wurde und man immer weniger Lichter in Derbersdorf strahlen sah, machten sich auch Oliver und Anna langsam auf den Heimweg. Sie liefen den dunklen Feldweg entlang, den Oliver mit seiner Handytaschnlampe erhellte, damit keiner von ihnen stolperte.

Sie hielt seine Hand und so schlenderten sie gemeinsam und glücklich zurück nach Derbersdorf.

Oliver entschloss sich dazu Anna zu ihrem Haus

zu bringen, um sicher zu gehen, dass sie auch heile ankam.

»Danke, dass du mit mir kommst«, sagte sie erleichtert, als sie schon fast an ihrem Haus ankamen.

»Das versteht sich doch von selbst. Nicht, dass hier noch irgendwer rumläuft, der dir was antun will. Derbersdorf ist voller Mörder, Diebe und Vergewaltiger!«, sagte er mit einem leicht sarkastischen Unterton.

»Jaja, wer kennt sie nicht? Die fiesen Verbrecher in Derbersdorf«, lachte Anna, »Trotzdem danke Oliver!«

»Immer wieder gerne«, sagte er mit gesenkter Stimme und küsste sie erneut.

Sie standen jetzt vor Annas Haus und hielten sich in den Armen, während sie den Kuss genossen und einfach nur glücklich waren.

Als der Kuss beendet war, sah Oliver zu ihrer Haustür.

»Du hast 'ne Katze?«, fragte er erstaunt.

Anna sah zur Tür.

»Ach die? Ne, die gehört nicht mir. Sie schlendert nur immer vor meiner Tür herum. Manchmal mag sie mich, manchmal nicht. Ich habe sie Luci genannt. Mal schauen, wie sie gleich so drauf ist«, sagte sie und verabschiedete sich langsam von Oliver, »Ich geh dann mal langsam rein. Es war ein sehr schöner Abend Oliver. Danke dafür! Ich habe mich sehr wohl bei dir gefühlt und tue es auch jetzt noch.«

Sie beugte sich zu ihm vor und griff mit der rechten Hand nach seiner schwarzen Softshelljacke, um ihn zu sich zu ziehen. Ein letztes Mal an diesem Abend küssten sie sich und Anna ging zufrieden und glücklich in ihr Haus. Auch die fauchende Luci konnte ihr ihre gute

111

Laune nicht nehmen.

Anna schloss die Haustür und ging nach oben in ihr Schlafzimmer, um sich schlafen zu legen.

Sie dachte an den wundervollen Abend und schlief langsam ein.

In dieser Nacht träumte sie wieder von Oliver.

18

Schon stand wieder ein neuer Mädelsabend vor der Tür. Anna hatte an diesem Samstagmorgen bereits eingekauft und auch die Arbeit hatte sie in den Mittagsstunden hinter sich gebracht.

Auch Thea war an diesem Tag im Restaurant und sie unterhielten sich über den kommenden Abend. Thea freute sich, auch wenn ihre schüchterne Art manchmal etwas anderes zeigte. Anna beschloss, dass Thea diesmal das Essen aussuchen und mitbringen könnte.

»Meinst du, das ist in Ordnung für die anderen Mädels?«, fragte sie unsicher.

»Klar, die sind zufrieden, solange es überhaupt etwas zu essen gibt. Und natürlich Wein!«, lachte Anna, »Aber den besorge ich.«

»Nagut, dann such ich was aus und bring was mit«, knickte Thea ein. So ganz sicher war sie sich nicht, aber es ging ja nur um etwas zu essen. Das würde sie schon hinbekommen.

Zu Hause bereitete Anna alles vor. Sie stellte den Wein bereit, legte das Besteck an die Seite und lud den Akku ihrer Musikbox auf, um später Musik hören zu können.

Anna war sich noch unsicher, ob sie den Mädels von Oliver erzählen sollte. Wie würden sie reagieren?

Sie war sich nicht ganz sicher, entschloss sich aber dazu, es zu erzählen. Nicht direkt, aber im Laufe des Abends.

Ein paar Minuten, nachdem sich Anna zurecht gemacht hatte, klingelte es an der Tür und die gesamte Mädelsgruppe stand davor und wartete nur darauf von Anna herein gelassen zu werden.

»Hallöchen!«, rief Nele und ging wie selbstverständlich ins Haus.

Marleen und Jacky folgten ihr und Thea bildete das Schlusslicht der Gruppe.

Sie trug eine Tüte bei sich, in der sie vermutlich das Essen transportierte.

»Und, für was hast du dich entschieden?«, fragte Anna neugierig, als sie auf die Tüte deutete.

»Chinesisch«, verkündete sie stolz.

»Uhh, eine vortreffliche Wahl!«, schwärmte Anna und nahm ihr die Tüte ab, um Thea zu entlasten. Ihr fiel auf, dass Thea sich heute etwas selbstbewusster gekleidet hatte. Zuvor hatte sie immer recht farblose Rollkragenpullover, alte Jeans oder geschlossene Strickjacken getragen. Doch heute trug sie eine dunkelblaue, enge Jeans, ein schwarzes Shirt und ein schwarz-rot-kariertes Hemd, das sie offen trug.

Anna fand, dass sie sowas ruhig öfter tragen könnte. Der Look sah wunderbar an ihr aus und passte gut zu ihr.

Alle gingen in die Küche und setzten sich an den Tisch, an dem bereits die Weingläser standen.

Marleen griff direkt zur Weinflasche und schenkte allen, zunächst sich selbst, ein halbes Glas des süßlich riechenden Rotweins ein.

»Mädels, wir müssen anstoßen, ich habe meine letzte Prüfung mit einer zwei bestanden!«, sagte Marleen, während sie ihr Glas hob.

»Dir auch Hallo«, sagte Anna in einem neckischen, sarkastischen Ton, während auch sie das Glas hob, »Glückwunsch!«

Auch die anderen Mädels hoben die Gläser und stießen gemeinsam auf Marleen an.

»Leute, Thea hat uns was vom Chinesen

mitgebracht. Ich würde sagen, das wird sofort verschlungen oder was meint ihr?«, fragte Anna, während sie schon die Tüte auf den Tisch stellte.

Die anderen machte große Augen, denn chinesisches Essen hatten sie alle am liebsten. »Thea, du hast voll ins Schwarze getroffen!«, schwärmte Nele, während sie bereits die Gabel in die Hand nahm, um zu essen.

Auch die anderen griffen zu und verschlangen das Essen, während sie sich zwischendurch immer wieder bei Thea bedankten.

Es tat ihr gut, sowas zu hören und sie lächelte mehr als sonst. Sie hatte ein schönes Lächeln, welches sie ruhig öfters zeigen könnte.

Nachdem die Mädels alles leer gefuttert hatten und nun ziemlich gesättigt waren, schüttete Marleen ihren Freundinnen wieder das Glas Wein voll.

»Was machen wir jetzt?«, fragte Thea neugierig. Sonst war sie immer still, doch heute war irgendwas an ihr anders und sie traute sich mehr zu.

Sie war tatsächlich selbstbewusster geworden.

Die Mädels sahen sie an und überlegten, was sie nun tun könnten.

»Habt ihr Lust auf Monopoly?«, fragte Nele.

»Hmm, naja, also irgendwie hätte ich mal Lust auf was Neues!«, entgegnete Marleen und sah die leere Weinflasche an, die auf dem Tisch stand. Sie dachte nach und da kam ihr eine Spielidee.

»Wie wäre es mit Flaschendrehen?«, fragte sie.

»Flaschendrehen? Wirklich? Letzte Woche war es Wahrheit oder Pflicht und jetzt Flaschendrehen? Irgendwie benehmen wir uns hier wie 14-Jährige auf ihrer ersten Party...«, entgegnete Nele leicht gereizt und enttäuscht.

115

»Warum? Ist doch bestimmt lustig! Wir können uns die Aufgaben und Fragen selbst ausdenken und sonst hat das Internet bestimmt auch einiges zu bieten«, warf Anna in den Raum.

Nele seufzte.

»Nagut, aber danach will ich ein Spiel aussuchen!«

Die anderen nickten und ließen sich auf die Abmachung ein.

Der Tisch wurde freigeräumt. Nur die Weingläser, die Marleen wieder füllte, standen noch auf dem Tisch. In der Mitte lag die leere, grüne Weinflasche und wartete auf ihren Einsatz.

»Ich schlage vor, Anna fängt an«, sagte Marleen, während sie die Gläser füllte.

Anna nahm die Flasche und hielt inne bevor sie begann, sie zu drehen.

»Was ist denn überhaupt die Aufgabe?«, fragte sie.

Jacky überlegte.

»Wir können ja ganz einfach anfangen... Vielleicht »Mit wem war dein erster Kuss?« oder sowas...«, entgegnete sie.

Anna nickte und bestätigte damit die Idee.

Sie drehte die Flasche mit einem leichten Schubser und alle sahen gespannt zu, wie die grüne Flasche mit dem schwarzen Etikett sich drehte und drehte. Nach ein paar Umdrehungen wurde sie langsamer und zeigte zunächst auf Jacky, dann Marleen und anschließend auf Nele, bei der die Flasche dann auch Halt machte.

Alle sahen Nele an und warteten gespannt auf die Antwort, mit wem sie denn ihren ersten Kuss hatte.

»Reden wir von dem ersten richtigen Kuss mit Zunge und so oder nur so 'n Küsschen?«, fragte sie in die Runde.

Fast gleichzeitig antworteten sie im Chor »Richtiger Kuss!«

Nele nickte und dachte kurz nach.

Sie begann zu erzählen.

»Also, ich war damals glaube ich in der achten...Moment, nein, in der neunten Klasse. Da war dieser Kerl, Leo hieß er, der ist neu in die Klasse gekommen. Vom Gymnasium runter auf die Realschule. Und irgendwie geriet er mit in unsere kleine Clique. Ein paar Wochen nach Beginn des Schuljahres sind wir alle zusammen was trinken gegangen und da haben Leo und ich uns ein bisschen näher kennen gelernt. Danach haben wir uns ein paar Mal getroffen und irgendwann saßen wir zusammen auf dem Sofa, haben 'ne DVD geschaut und auf einmal küsst er mich, einfach so, ohne Vorwarnung. Das war schön damals. Also der Kuss, er eher nicht so, denn kurz danach war er mit 'na anderen aus der Klasse zusammen. Keine Ahnung was das sollte, aber naja... So war das eben. Das war die Geschichte meines ersten Kusses...«

»Das tut mir leid, dass das damals so scheiße gelaufen ist Nele«, sagte Anna bemitleidend.

»Ach, alles gut. Passiert schonmal sowas«, entgegnete sie optimistisch aber mit leicht unterdrückter Enttäuschung, »Jetzt bin ich dran, oder?«

Anna nickte.

»Also, was ist das Peinlichste, was dir jemals passiert ist?«, fragte Nele und drehte die Flasche langsam.

Sie drehte sich, bis sie schließlich auf Jacky zeigte und dort stehen blieb.

Jacky lächelte verschmitzt, während sie überlegte, was ihre bisher peinlichste Situation war.

117

Sie schmunzelte.

»Naja, also vor ein paar Jahren, ich war vielleicht 14 oder so, war ich auf einer Familienfeier... Wir kamen irgendwie auf das Thema Yoga und ich berichtete den Familienmitgliedern stolz, dass ich den Lotussitz kann, bei dem man die Füße auf die Oberschenkel legt. Das wollten sie natürlich sehen, also habe ich mich auf den Boden gesetzt, den linken Fuß auf den rechten Oberschenkel gelegt und dann den rechten Fuß auf den linken Oberschenkel. Allerdings kam ich nicht ganz bis dahin, denn meine Jeans, die schon etwas älter und abgenutzt war, riss in diesem Moment... Ich stand schnell auf, während mich alle auslachten, aber ich musste auch irgendwie mitlachen, weil es schon komisch war«, lachte sie.

Auch die anderen begannen zu lachen, auch wenn sie diesen peinlichen Moment mitfühlen konnten.

Anna sah auf ihr Smartphone, dass grade in ihrer Hosentasche vibrierte. Oliver hatte ihr geschrieben und gefragt, was sie so treibt. Während sie die Nachricht las und zurückschrieb, lächelte sie.

»Was machst 'n du da?«, fragte Nele neugierig und leicht ahnend, was Anna da machte.

»Hm?«, fragte sie unkonzentriert und abgelenkt von ihrem Smartphone und Olivers Nachricht.

»Welcher Kerl dir da schreibt, will Nele wissen«, erklärte Marleen, da sowieso alle wussten, dass es sich bei einem solchen Lächeln beim Blick aufs Smartphone nur um einen Mann handeln konnte.

»Also? Wie heißt er? Wo habt ihr euch kennen gelernt? Ist es was ernstes?«, fragte Nele weiterhin voller Neugier.

118

»Nele, nicht immer so neugierig!«, schimpfte Thea leicht, weil sie mit Neles neugieriger Art noch nicht so ganz zurechtkam.

»Entschuldige... Also Anna, erzähl!«, sagte Nele gespannt, während Thea zwar lächelte, aber die Augen verdrehte.

Anna sah wieder nach oben zu den Mädels, nachdem sie die Nachricht an Oliver verfasst hatte und überlegte nun, wie sie anfangen sollte.

»Wir haben uns doch letzte Woche über Oli-«

»Oliver! Genau! Ich wusste es doch gleich!«, rief Nele aufgeregt dazwischen.

Anna sah sie amüsiert an und wartete darauf, wieder weiter erzählen zu können.

»'Tschuldigung«, sagte Nele leicht beschämt.

»Also, nachdem ich so nett unterbrochen wurde«, sagte Anna, während sie Nele anlächelte, »kann ich ja jetzt weiter erzählen...«

Sie erklärte den Mädels, wie das Treffen mit Oliver zu Stande kam und dass sie gestern ein wunderschönes zweites Date hatten. Dass sie sich auch geküsst hatten, erzählte sie den anderen noch nicht. Sie wollte es vorerst für sich behalten und erst später mit dieser Information rausrücken. Nele und Marleen würden sonst wahrscheinlich schon Hochzeitspläne schmieden.

Während Anna erzählte, hörten die anderen aufmerksam zu. Sie freuten sich für sie, obwohl Thea nicht sonderlich begeistert aussah und sich ihre Gesichtsmuskeln immer weiter ins Negative zogen, je mehr Anna von Oliver schwärmte.

Nachdem sie alles erzählt hatte und bei jedem Satz über Oliver merkte, wie sehr sie ihn mochte, schüttete Marleen erneut die Gläser mit Wein voll und gemeinsam stießen sie auf Annas neue Liebe an, die hoffentlich zu etwas ernstem werden würde.

»Spielen wir noch 'ne Runde?«, fragte Thea, nachdem sie das Thema Oliver einfach nicht mehr hören konnte.

Sie sah zwar leicht genervt in die Runde, versuchte sich aber noch zusammen zu reißen, um keine Aufmerksamkeit zu erregen und den Mädels womöglich noch erklären zu müssen, warum sie sich so verhielt.

Alle nickten und Jacky nahm die Flasche, die noch auf sie zeigte.

»Ich glaube wir machen jetzt mal was ausgefalleneres als Fragen nach dem ersten Kuss oder der peinlichsten Situation«, sagte sie während sie verschmitzt lächelte, »Ich würde vorschlagen, diejenige, auf die die Flasche gleich zeigt, muss die Person küssen, die ihr gegenübersitzt!«

Die Mädels sahen sich an. Sie waren einverstanden.

»Was für ein Kuss denn?«, fragte Marleen interessiert und mit leicht belustigtem, aber dennoch erotischem Unterton.

»Ein richtiger Kuss«, forderte Jacky und begann die Flasche zu drehen, da alle einverstanden waren.

Sie sahen der Flasche gespannt zu, wie sie sich drehte. Das Licht der Deckenleuchte reflektierte in der Flasche und warf grüne Streifen an die Wand, die sich bewegten.

Nach ein paar Umdrehungen blieb die Flasche langsam stehen.

Erst bei Jacky, dann bei Marleen und letztendlich bei Thea, die zunächst schockiert die Flasche ansah und dann merkte, dass die anderen Mädels sie ansahen.

Thea sah in die Runde und bemerkte, dass es Anna war, die ihr heute direkt gegenübersaß.

Die beiden sahen sich an, lächelten leicht beschämt und wussten nicht so recht, wie sie das ganze nun anfangen sollten.

»Okay«, sagte Anna, während sie aufstand und zu Thea herüber ging.

Sie reichte hier die Hand und benahm sich scherzhaft wie ein Gentleman.

»Darf ich bitten, gnädige Frau?«, fragte sie lachend und bat Thea auch aufzustehen.

Sie stellten sich voreinander.

Die anderen sahen sie gespannt an und warteten auf den Kuss, der gleich folgen würde. Sie alle fühlten sich wie 13-jährige Teenager bei ihrer ersten geheimen Party ohne Eltern.

Anna schloss die Augen, während sie noch immer Theas Hand hielt.

Auch Thea schloss ihre Augen. Sie war nervös und hatte etwas Angst vor dem gleich folgendem Moment. Als schüchterner Mensch, war das kein normaler Mädelsabend mehr, wobei es wahrscheinlich auch für die anderen eine Ausnahme war.

Thea atmete tief ein und aus und beugte sich nach vorne, um Anna zu küssen. Ihre Lippen berührten sich und in ihrem Körper kribbelte es, von oben bis unten. Sie bekam eine Gänsehaut und ihr Herz raste wie wild, als sie Annas sanften und zarten Lippen spürte, die ihren Mund umschlossen.

Sie spürte, wie sie noch immer ihre Hand festhielt und beide leicht mit den Fingern spielten. Thea genoss den Kuss und als sich ihre Zungen berührten, schoss die Erregung wie ein Blitz durch sie hindurch. Ihr Herz raste noch wilder und es kribbelte immer mehr in ihr. Sie wünschte sich, dass dieser Moment niemals enden würde, denn so etwas wunderschönes wie jetzt, hatte sie bisher noch nie gespürt oder gefühlt.

Anna war erstaunt, dass Thea, die sonst immer so schüchtern war, den ersten Schritt bei diesem Kuss machte.

Es fühlte sich gut an.

Sie hielt noch immer Theas Hand und in ihrem Bauch kribbelte es, fast so wie an dem Abend, als Oliver sie küsste.

Die anderen sahen Thea und Anna gespannt zu, wie sie sich leidenschaftlich küssten und es schien, als wollten sie damit gar nicht mehr aufhören.

Sie verloren sich und fühlten sich allein. Die Mädels, die sie beobachteten, waren für sie in diesem Moment nicht existent und um sie herum war eine Totenstille. Thea genoss den Kuss immer mehr. Sie wagte mehr, spielte mehr mit ihren Fingern und nahm ihre Hand, um Anna durchs sanfte Haar zu streicheln.

Jedoch bemerkte Jacky in diesem Moment, was da eigentlich grade vor ihren Augen passierte und beendete die leidenschaftliche Auseinandersetzung des eigenen Geschlechts.

»So, ich würde sagen die Aufgabe wurde erfüllt!«, sagte sie etwas lauter, sodass die beiden es auch sicher hörten.

Thea ließ Anna erschrocken los, denn sie bemerkte, dass sie sich verraten haben könnte. Wussten es nun alle?

Sie könnte sagen, dass es nur ein Spiel war und dass sie einfach nur gut schauspielern konnte oder sowas in der Art.

Auch Anna ließ von ihr ab und sie sahen sich noch kurz in die Augen, bevor sie vor Scham beide auf den Boden sahen mussten und sich wieder still und peinlich gerührt auf ihre Stühle setzten.

»Okay, wollen wir noch was anderes spielen?«, fragte Nele und die anderen stimmten ihr zu. Sie entschieden sich für Monopoly.

Nachdem die letzten zwei Stunden der Kapitalismus in seiner reinsten Form namens Monopoly gespielt wurde, ist der Abend zu seinem Ende gekommen.

Die peinliche Stille zwischen Anna und Thea dauerte bis zum Ende an und beim Abschied wurde nur ein leises »Mach's gut!« ausgesprochen, bevor sich die Wege der Mädels für diesen Abend trennten und alle nach Hause gingen.

Auch die anderen bemerkten die angespannte Stimmung, von der sie noch nicht ganz wussten, was es genau war, was da in der Luft lag.

Anna ging an diesem Abend mit gemischten Gefühlen ins Bett, die sie nicht richtig definieren konnte. Und auch Thea wusste nicht so recht, was da eben geschehen war und wie sie damit gedanklich, und auch nach außen hin, umgehen sollte.

19

Auch Nele machte sich nach dem Mädelsabend auf den Heimweg. Ein bisschen angetrunken vom vielen Wein, den Marleen, wie immer, allen ohne Unterlass einschenkte. Der Wein schmeckte gut, keine Frage. Aber Nele bevorzugte es, sich ihr eigenes Glas zu füllen und das auch erst wenn es wirklich leer war und nicht schon nach einem kleinen Schlückchen.

Naja, so war Marleen eben und Nele akzeptierte es.

Die Nacht war kalt. An diesem Abend, mitten im März, war es ziemlich frostig draußen und als Nele über den Bürgersteig spazierte nieselte es zudem ein wenig. Die kleinen, nassen Tropfen fielen auf ihre Haare und ihre Schultern. Nur wenn Nele unter dem Licht einer der wenigen Straßenlaternen hindurchging, sah man den Regen. Er glitzerte leicht im flackernden Schein der Lampen.

Der Himmel war trotz des Regens ziemlich klar und man konnte die Sterne sehen. Nele schaute nach oben und betrachtete das Sternbild des großen Wagens, dass ihr damals ihre Mutter gezeigt hatte, als sie noch ein kleines Kind war.

»Schau nur, wie schön die Sterne heute Nacht zu sehen sind!«, sagte sie damals und zeigte nach oben.

Manchmal wünschte sich Nele die alten Zeiten zurück. Nochmal Kind sein, das wär's...

Sie spazierte weiter die Straße entlang, balancierte ab und zu am Bordstein, hörte aber direkt damit auf, als sie merkte, dass ihr Gleichgewicht nicht so sicher war, wie wenn sie nüchtern wäre. Ein leichter Wind kam auf und fegte den Müll, der verteilt auf dem Bürgersteig neben einem Mülleimer lag, ein wenig umher. Der Windstoß ließ Nele frieren und sie zog sich ihren Mantel fester zu und schob ihren dicken Wollschal nach oben, damit auch ihr Gesicht wenigstens ein bisschen Wärme erhielt.

Der Wind wehte etwas stärker, doch Nele war bereits vor ihrem Haus angekommen und ging zur Haustür hinein. Sie wollte grade die Tür schließen, da wehte der Wind sie mit einem lauten Knall ins Schloss, während noch ein Stück von Neles Schal in der Tür hing.

Sie erschrak und schrie kurz auf. Sie blickte zur Tür, öffnete sie und befreite den Schal aus der Tür, welche sie daraufhin schloss und zudem den Schlüssel umdrehte.

Sie zog ihre Jacke aus, stolperte dabei leicht, fing sich aber wieder und merkte, dass sie doch etwas mehr getrunken hatte, als sie eigentlich wollte.

Die Treppe nach oben kam ihr ewig lang vor und sie hielt sich am Holzgeländer fest, aus Angst, erneut zu stolpern und womöglich noch die Treppe hinunterzufallen.

Oben angekommen, zog sie sich zunächst ihre engen und unbequemen Klamotten aus, die eigentlich nur für die Ästhetik da waren und sonst keinen Zweck erfüllten. Die viel zu enge Jeans legte sie über den Stuhl, der in ihrem Zimmer stand, genauso wie das hauteng Shirt, dass immer kratzte, aber eben verdammt gut an ihr aussah. Sie löste die Haarspangen aus ihrer dunkelblonden Mähne und riss sich dabei ein paar Haare mit aus, bei denen sie jedes Mal kurz zusammenzuckte.

Manchmal fragte sie sich, warum sie sich überhaupt so schick machte, und dann fiel ihr wieder ein, dass sie das irgendwie auch sehr gerne tat. Außerdem wusste man nie, was der Abend so bringen würde und es könnte ja auch passieren, dass der Mädelsabend mal in einen Club oder eine andere Party-Location verlegt werden würde. Da musste man natürlich vorbereitet sein.

Nele fand sowieso, dass sie öfters mal was anderes machen sollten, als immer nur in Annas Küche herumzusitzen und Wein zu trinken. Sie wollte auch einfach mal raus, in Clubs, auf Partys oder sonst wohin.

Es wurde ihr manchmal einfach zu langweilig, aber irgendwie war es auch schön mit den Mädels zu quatschen. Wobei man das genauso gut auf einer Party machen könnte.

Es kam ihr manchmal so vor, als wären sie alle totale Langweiler... Wenn das so weitergehen würde, sitzen sie in zehn Jahren nicht mehr bei Wein zusammen, sondern bei einem Kaffeekränzchen oder einer Runde Tee! Nele hatte da keine Lust drauf, auch wenn sie insgeheim wusste, dass das völlig unbegründete und übertriebene Gedanken waren. Jedoch hatte sie auch Angst davor, nie jemanden kennen zu lernen. Denn wo lernt man besser einen Mann kennen als auf einer Party? Zu Hause bei Wein kommt kein Mann vorbei, klingelt an der Tür und fragt, ob du ein Bier trinken möchtest. Dafür muss man schon vor die Tür gehen.

Nele fürchtete, immer allein zu bleiben und irgendwann so zu enden, wie Vanessa, die sich vor ein paar Tagen das Leben nahm, was Neles Ansicht nach, daran lag, dass sie alleine war. Zumindest glaubte sie das, obwohl sie sie kaum kannte. Trotzdem zog sie immer wieder über sie her und auch jetzt dachte sie wieder darüber nach, wie bescheuert es doch war sich umzubringen. Ja, vielleicht war sie allein, aber das war doch kein Grund sich die Pulsadern aufzuschlitzen, meinte Nele. Wobei sie nur glaubte, dass es so passiert war. Die richtige Todesursache kannte sie nicht und sie wollte es auch ehrlich gesagt nicht wissen. Ihrer Meinung nach hatte das ganze sowieso nicht die Aufmerksamkeit verdient, die es darum gab. Genauso nervte sie es, dass Anna sich so Gedanken darum machte, obwohl sie Vanessa doch gar nicht kannte. Es konnte ihr doch völlig egal sein.

Nele verwarf die Gedanken an Vanessa und Anna, nachdem sie von einem Luftzug erwischt wurde, der sie frieren ließ. Sie bekam eine Gänsehaut und zog sich schnell ihre bequeme Jogginghose und das Shirt an, dass noch auf ihrem gemachten Bett lag. Daraufhin schlenderte sie ins Badezimmer.

Dort angekommen schloss sie das Fenster, ließ sie die Rollläden herunter und stellte sich vor das Waschbecken und den darüber hängenden Spiegel, in dem sie sich nun betrachtete. Sie wusch sich das Make-Up aus dem Gesicht und bemerkte danach ein paar Unreinheiten an ihrer Haut, weswegen sie eine Gesichtscreme auftrug, die nun kalt an ihren Wangen und ihrer Stirn hing. Während die Creme einzog, schnappte sie sich die Haarbürste, die rechts neben ihr auf dem kleinen Schränkchen lag, dass dort stand. Sie bürstete ihre Haare und betrachtete sich erneut im Spiegel. Demnächst müsste sie wohl wieder zum Friseur, dachte sie sich, als sie ihre Haare ansah.

Wieder erwischte sie ein kalter Luftzug und

das, obwohl sie doch alle Fenster geschlossen hatte.

Sie ignorierte das Ganze und widmete sich wieder ihrem Äußerem.

Dabei dachte sie wieder an Vanessa und fragte sich, wie sie wohl ausgesehen hat.

War sie hässlich?

Vielleicht hat sie sich deswegen umgebracht? Hässlich wie die Nacht und keinesfalls tageslichttauglich. Vielleicht sah man sie deswegen kaum draußen oder beim Einkaufen.

»Nele«, flüsterte es in ihr Ohr.

Sie erschrak und wich zur Seite. Doch vor was wich sie da eigentlich zurück. Da war doch niemand. Wieder hörte sie es.

»Nele!«

Diesmal erschien es lauter.

»Wer ist da?«, fragte sie verängstigt und suchte alle Ecken nach einem potenziellen Angreifer ab, der sich in ihr Haus geschlichen haben könnte.

»Hallo?«, warf sie erneut in den leeren Raum, durch den nun wieder ein kalter Luftzug wehte.

»NELE!«, schrie ihr jemand ins Ohr und sie musste sich hinknien, weil sie sich so vor der Lautstärke erschrak.

»Wer bist du?«, fragte sie voller Angst und mit Tränen in den Augen.

Halluzinierte sie etwa? Hatte sie heute Abend so viel Alkohol getrunken, dass sie Stimmen hörte?

»Ich bin die, die so hässlich ist wie die Nacht und sich deswegen unnötigerweise umgebracht hat«, erklärte die Stimme in einem verachtenden, aber ruhigen Ton.

Erst jetzt registrierte Nele, dass es eine weibliche Stimme war, die da zu ihr sprach. Doch wer da zu ihr redete, hatte sie noch nicht ganz verstanden. Zu verängstigt war sie, während sie langsam wieder aufstand und sich umschaute.

»Mein Tod war bescheuert und es soll sich doch niemand darum scheren, dass ich mich umgebracht habe. So denkst du doch!«

Und nun verstand Nele.

»D-d-du...Was...Warum?«, stotterte sie ängstlich und zitternd vor sich hin.

»Du wirst nie wieder schlecht über mich oder abwertend über meinen Tod sprechen!«, drohte ihr die Stimme an.

Nele sah sich weiter um. In der Ecke stand niemand, am Fenster war niemand zu sehen und auch an der Tür war keiner.

Sie drehte sich um und sah in den Spiegel.

Und dort erschien sie. Sie war nur kurz zu sehen und verschwand sofort wieder. Nele sah ihr in diesem kurzen Moment in die Augen und betrachtete nebenbei ihre offenen Arme, an denen das Blut herunterlief und auf ihren Badezimmerboden tropfte. Als sie sich umdrehte stand dort niemand und auch kein Blut war auf den Fliesen zu sehen.

Sie sah wieder in den Spiegel und das Mädchen, dass eben noch weit hinter ihr stand, lauerte nun direkt hinter ihr und wartete nur darauf, dass sie erschrak.

Und so passierte es auch.

Nele war so schockiert von dem Mädchen, das sie dort im Spiegel erblickte, dass sie zurückwich und auf dem Blut ausrutschte, dass sie nicht sah, das Mädchen aber dennoch auf den Fliesen hinterlassen hatte.

Sie rutschte aus, versuchte sich noch irgendwo festzuhalten, doch es war nichts Greifbares in der Nähe und so fiel sie nach hinten und knallte mit dem Hinterkopf auf den Badewannenrand.

Der Aufprall war laut und Nele spürte den Knall, den es dadurch gab, überall in ihrem Körper. An ihrem Kopf klaffte eine riesige Platzwunde und als Nele zu Boden gefallen war, hinterließ sie eine Blutlache auf den Fliesen. Sie sah nur noch verschwommen.

Sie blinzelte mehrfach, um wieder klar zu sehen und beobachtete das Mädchen, das sie ebenso erschrak, wie es auf sie zu lief, sich zu ihr herunterbeugte und ihr ins Ohr flüsterte.

»Du wirst nie wieder über mich reden.«

Dann verschwand das Mädchen.

Nele blinzelte noch ein paar Mal, fühlte den Schmerz, der von ihrem Kopf ausging und spürte, wie ihr Herz raste.

Danach wurden ihre Augen langsam müde und sie konnte sie nicht mehr offenhalten.

Um sie herum wurde alles schwarz und nun lag sie da, in ihrer Blutlache und dachte an Garnichts mehr.

20

Thea schloss die Tür hinter sich, als sie nach dem Mädelsabend in ihre Wohnung kam, die in einem kleinen Wohnhaus am Rande von Derbersdorf lag. Sie zog ihre Jacke aus, hing sie an den silbernen Wandhaken und stellte ihren schwarzen Sneaker darunter.

Noch immer dachte sie darüber nach, was vorhin passiert war und versuchte dabei die Situation zu realisieren. Bisher vergebens.

Was war da passiert?

Ein Kuss, das stand außer Frage.

Aber was für einer?

War er wirklich nur gespielt?

Waren das echte, reale Zärtlichkeiten, die sie dort austauschten?

War Anna eine so gute Schauspielerin?

Viele Fragen schossen Thea durch den Kopf und sie wusste nicht mehr, was sie noch denken sollte und was nicht.

Was war das für ein Gefühl, das sie während des Kusses verspürte?

War das so etwas wie verliebt sein? Sie war schon mal verliebt, natürlich, aber noch nie fühlte es sich so an, wie an diesem Tag.

Noch immer waren ihre Beine ganz zittrig und auch das Kribbeln spürte sie noch im Bauch, während sie in die Küche marschierte, um sich ein Glas Wasser zu holen. Vielleicht war es auch einfach nur der Alkohol, der ihre Knie zittern ließ und ihr dieses Kribbeln verpasste.

Sie trank ein paar Schlucke und beschloss dann ins Bett zu gehen, nachdem sie das Glas in die bereits volle Spülmaschine stellte, die sie am nächsten Morgen anstellen wollte. Sie zog sich

131

um und legte sich ins Bett, das sie erst gestern frisch, mit der neuen, mintfarbenen Bettwäsche bezogen hatte. Ihr Kissen war noch schön aufgeschüttelt und es fühlte sich so schön weich und kuschelig an, als sie sich, noch immer leicht angetrunken, ins Bett fallen ließ.

Sie schloss die Augen und sah Anna vor sich. Und wieder spürte sie dieses Kribbeln, das mit jedem Gedanken an sie stärker wurde und sie immer tiefer in ihre Fantasie hineingleiten ließ.

Sie lag einfach da, in ihrem kuscheligen und warmen Bett und dachte darüber nach, wie es wohl wäre Anna noch einmal zu küssen. Aber das würde wohl kaum passieren.

Sie hoffte, dass die anderen nicht gemerkt hatten, wie sehr sie diesen Kuss genossen hatte. Denn sie hatte ewig keinen Kuss mehr, den sie so genießen konnte wie diesen. Eigentlich war ihr letzter Kuss schon ewig her. Nachdem die anderen in ihrem letzten Wohnort rausfanden, wie Thea wirklich war und wen sie eigentlich mochte, wurde sie dort beleidigt, gemobbt, persönlich angegriffen und es wurde ihr sogar gedroht.

Es war ein zurückgebliebenes Örtchen, das es nicht Wert war, dort zu bleiben, weswegen Thea beschloss, es vor etwa einem dreiviertel Jahr zu verlassen und nach Derbersdorf zu ziehen.

Die Menschen in ihrem alten Ort waren allesamt homophobe Arschlöcher, die ihre Liebe nicht akzeptieren konnten.

Dabei hatte sie nicht mal eine Beziehung, mit der sie die Öffentlichkeit hätte erregen können, wie etwa durch Rumknutschen im Park oder gemeinsames Händchen halten, während man spazieren geht. Zwei Frauen die Händchen halten. Das geht doch nicht. Da fühlt man sich direkt persönlich angegriffen, wenn zwei Menschen ihre Liebe genießen. So dachte sie sich oft, denn so wurde es ihr eingetrichtert. So wurde sie behandelt und so sahen es die Menschen in ihrem alten Ort wahrscheinlich wirklich.

Eigentlich war sie immer ein sehr selbstbewusster Mensch, doch durch die Angriffe, sowohl wörtlicher als auch tätlicher Art, wurde sie immer weiter eingeschüchtert und wusste bald nicht mehr, was richtig war und was falsch.

Sie war in dem Glauben weggezogen, dass ihre Interessen gefährlich, böse, wenn nicht sogar von teuflischer und sündiger Art waren.

Die Bewohner dort hatten dieses wundervolle, selbstbewusste Mädchen so sehr niedergemacht, dass sie nun ein schüchterner, klein gemachter und stiller Mensch geworden war, der sich nicht traute, das zu sagen, was ihn bewegte und was er fühlte.

Thea dachte nicht gerne an diese Zeit zurück, in der sie gedemütigt und beleidigt wurde.

Sie dachte lieber an Anna, wie sie vor ihr stand, ihre Hand nahm und sie leidenschaftlich, liebevoll und zärtlich küsste, sodass sie alle negativen Gedanken und die Welt um sich herum völlig vergaß.

Sie konnte ihre Gedanken nicht umlenken. Das wollte sie aber auch gar nicht. Sie genoss das Gefühl der Zärtlichkeit und fragte sich, ob sie es nochmal so intensiv spüren könnte, wie bei dem Kuss.

Würde es nochmal passieren?

Das war nur eine Wunschvorstellung von Thea. Sie wusste doch, dass Anna jetzt diesen Typen datete. Oliver, oder wie der auch immer hieß. Es interessierte sie nicht. Wobei, schon, aber sie hatte kein gutes Gefühl bei diesem Kerl.

133

Sie lenkte ihre Gedanken wieder zum Kuss, schloss die Augen und konzentrierte sich darauf, dass Kribbeln wieder zu erlangen, dass sie so gerne fühlte.

Während sie in Gedanken weiter für Anna schwärmte, wurde sie immer müder und schläfriger und schlief langsam ein.

21

Anna starrte ihren Wecker an, der inzwischen 6:23 Uhr anzeigte.

Sie hatte in der letzten Nacht kaum ein Auge zu gemacht. Die ganze Zeit über, dachte sie darüber nach, was gewesen war und was passiert wäre, wenn Jacky diesen Moment nicht beendet hätte.

Anna wusste nicht, was sie noch denken sollte. Sie hatte so ein seltsames Gefühl, als Thea sie küsste. Ähnlich, wie bei Oliver. Doch das konnte doch eigentlich gar nicht sein? Sie mochte doch ihn und allgemein Männer. Wahrscheinlich war das alles nur eine Fantasie, Einbildung oder sonst was. Vielleicht war sie verkatert und dachte deswegen so viel nach oder sowas.

Aber sicher war sie sich nicht mehr.

Sie stand auf, legte die Bettdecke zusammen und zog sich an.

Während sie nach unten ging, hörte sie Luci, die vor der Tür saß und nach Futter rief.

Anna öffnete die Haustür und legte der Katze ein paar Wurststückchen vor die Pfoten, die sie eben aus dem Kühlschrank geholt hatte.

Heute war Luci wieder zutraulich und benahm sich wie eine zahme Hauskatze. Warum das so war, wusste Anna noch immer nicht.

Sie beugte sich zu Luci hinunter und streichelte sie vorsichtig.

»Finger weg!«, rief eine Stimme.

Anna blickte auf und suchte das Gesicht, dass zu der Stimme gehörte. Doch sie sah niemanden. Die Straßen waren leer und kein Mensch spazierte durchs Dorf. Anna ignorierte die Stimme, streichelte Luci erneut und schloss dann die Tür, während sie wieder ins Haus ging.

Sie schlenderte, noch immer leicht müde und verkatert, in die Küche, um sich Frühstück zu machen.

Dort angekommen, sah sie auf den Boden und bemerkte eine seltsame Blutspur. Nur ein paar Tropfen, doch woher kam das Blut? Hatte sie sich gestern Abend verletzt? Oder eines der anderen Mädels? Nein, daran würde sie sich erinnern.

Aber was war es dann? Anna schnappte sich ein Tuch, das auf der Küchenzeile lag und wollte grade das Blut wegwischen, als sie ein Geräusch von draußen hörte.

Luci miaute wie wild und kratzte an der Tür. Das hatte sie vorher noch nie gemacht, aber die Katze war Anna sowieso sehr suspekt.

Sie beschloss später nach Luci zu sehen. Sie kniete sich auf den hellen Fliesenboden und musste kräftig wischen, um das Blut davon zu entfernen.

Als sie wieder aufstand, drehte sie sich um und bemerkte, dass jemand am Tisch saß.

»Hallöchen«, sagte das Mädchen, das blutüberströmt, aber ganz gelassen am Tisch saß.

Anna stand einfach nur da. Völlig regungslos und wusste nicht, was sie sagen oder tun sollte. Sie konnte sich nicht bewegen, so schockiert war sie von dem Anblick, der sich ihr da grade bot.

Sie saß da, den Stuhl zur Seite gerückt und starrte Anna förmlich an. Ihre Haare waren aschblond und sie trug eine Flechtfrisur, bei der zwei Strähnen von vorne nach hinten geflochten waren. Das Mädchen hatte hellblaue Augen, die müde und erschöpft aussahen, was zudem durch ihre dunklen Augenringe betont wurde. Sie war blass und trug einen schlichten, grauen Pullover, der vom Blut getränkt war, das an ihren Armen heruntergeflossen war und nun leicht trocknete.

136

Am blutigsten waren ihre Handgelenke und Hände. Tiefe Schnitte waren dort zu sehen. Einige verheilt und schon ewig her, andere frisch. Kleine und große Narben zierten ihre Handgelenke.

Sie trug eine schwarze Jogginghose und weiße Sneaker, welche auch vom Blut verfärbt waren.

»Was?«, fragte das Mädchen neugierig, weil Anna sie immer noch anstarrte.

Diese Stimme kam Anna bekannt vor. Doch woher sollte sie das Mädchen kennen, das dort blutüberströmt vor ihr saß und wartete, dass sie antwortete.

»Noch nie 'nen Geist gesehen, he?«, fragte das Mädchen mit gelassener, aber auch vorwurfsvoller Stimme.

Anna sah sie noch immer schockiert an und begriff noch nicht so ganz, was hier grade passierte.

»W-w-er, also...was...?«, stotterte sie leise vor sich hin, noch immer starr vor Angst.

»Gut, dann erklär Ichs nochmal für extra langsame, wie dich: Ich bin ein Geist. Nur du kannst mich seh'n, also bringt's eh nichts, jemandem von mir zu erzählen, da dir kein Mensch glauben wird. Aber probier es doch bitte trotzdem, damit ich was zu lachen hab«, erklärte das Mädchen mit leicht genervtem Ton und einem Hauch Schadenfreude in der Stimme.

»A-aber, warum, was?«, stotterte Anna weiter.

Das Mädchen seufzte und verdrehte die Augen. Sie zeigte ihre Handgelenke.

»Nach was sieht das für dich aus, he?«, fragte sie Anna, »Was meinst du, wer ich sein könnte? Hast doch schon Mitleid geheuchelt, erkennst mich aber nicht, wenn ich direkt vor dir sitze!«

Langsam begriff Anna.

»Vanessa...«

Sie wich einen Schritt zurück, stützte sich an der Wand ab, um nicht umzukippen.

Das war die Stimme, die sie die letzten Tage gehört hatte, die sie verunsichert und verwirrt haben, die sie erschrecken ließ und von der sie dachte, sie sei nur Einbildung.

Doch dieses Wunschdenken war jetzt vorbei, denn der Grund für ihr Verhalten in den letzten Tagen saß direkt vor ihr und sprach mit ihr, als wäre es das normalste der Welt, einen Geist vor sich sitzen zu haben.

Anna konnte es nicht wahrhaben. Sie schloss die Augen, atmete tief durch, flüsterte sich selbst zu.

»Das ist nicht real. Das ist nicht real. Das ist nur in deinem Kopf!«

Sie zählte bis drei und öffnete dann langsam die Augen. Der Stuhl, auf dem eben noch das blutverschmierte Mädchen gesessen hatte, war nun leer.

Anna war erleichtert, seufzte zufrieden und schüttelte ihren Kopf, weil sie sich fragte, wie sie sich sowas nur einbilden konnte.

Nachwirkungen vom Alkohol? Wahrscheinlich vertrug sie ihn einfach nicht mehr so wie früher.

Draußen an der Tür hörte man wieder, wie Luci kratzte. Anna drehte sich langsam um, damit sie zur Haustür gehen konnte. Sie griff die Türklinke und öffnete die Tür.

Vor ihr standen Luci und das blutverschmierte Mädchen.

Anna wich zurück, erschrak und Tränen bildeten sich in ihren Augen, aus lauter Verzweiflung.

»So schnell wirst du mich nicht los. Hast' gedacht, ich wäre 'ne Spinnerei in deinem Kopf,

138

he? Nene, Fräulein. Wir zwei werden noch so richtig Spaß haben. Naja, zumindest ich«, erklärte Vanessa leicht gehässig und voller Schadenfreude.

Anna schloss die Tür. Sie wollte sie nicht mehr sehen, sie sollte einfach weggehen. Es sollte nur Einbildung sein, eine Spinnerei.

Anna setzte sich auf die Treppe und als sie dort saß und das Gesicht in den Händen vergrub, um zu weinen, spürte sie, wie ein Tropfen Blut auf ihr Knie fiel. Der Tropfen verteilte sich schnell in dem Jeansstoff. Anna sah nach oben.

»Süß, wie du immer noch glaubst, ich würde weg gehen«, sagte das Mädchen und lächelte hämisch.

In ihrem Gesicht erkannte man eine Bosheit, die Anna bisher noch nicht untergekommen war. Ein niederträchtiger, gemeiner, gehässiger Mensch stand vor ihr. Gut, was heißt Mensch? Sie war ja schon tot, aber was war es dann? Ein Geist? In Annas Kopf klang das alles so banal und unwirklich, aber dennoch stand dieses Mädchen, Vanessa, die bis vor ein paar Wochen noch ihre Nachbarin war, ihr gegenüber und versuchte.... Ja, was versuchte sie eigentlich? Warum war sie überhaupt hier?

Anna stellte sich so viele Fragen, dass ihr Kopf langsam anfing zu schmerzen. Sie reib sich die Schläfen mit Zeige- und Mittelfinger.

»Was willst du eigentlich von mir?«, fragte sie mit zittriger Stimme.

Das Mädchen sah sie an.

»Was ich vorhabe? Ich will dich quälen, dich innerlich zerreißen, deine Seele schwärzen und deine Gedanken immer auf das schlechteste hinauslaufen lassen, sodass du verstehst, wie es mir ging und warum ich das getan habe!«, dabei zeigte sie wieder ihre blutigen Handgelenke. Ein Anflug von Wut und Hass kochte in ihr auf, während sie Anna ansah und ihr energisch klar machte, was passierte. Und je wütender sie wurde, desto mehr Angst machte sie Anna. Sie stand bedrohlich vor ihr, bedrängte sie, sah sie mit wutentbrannten Augen an und ihre Stimme veränderte sich auf eine seltsame, dunkle Weise, die Annas ganzen Körper durchfuhr, wenn sie sprach.

Anna sah sie sich an und stand dann von der Treppenstufe auf, auf der sie gesessen hatte.

»Du wirst mich nicht quälen! Du bist ein komischer Geist eines depressiven und vor allem toten Mädchens! Was willst du schon anrichten?«, fragte Anna, die nun etwas lauter wurde. Sie wollte sich das alles nicht gefallen lassen.

Die dunkle Atmosphäre, die sie verbreitete, verschwand und ihre Miene verzog sich von wütenden, starren Blicken und gefletschten Zähnen zu einem entspannten Blick und sogar einem leichten, entspannten Lächeln.

»Süß, versuch's nur weiter«, sagte sie und blickte herablassend an Anna hinunter.

Anna marschierte vorwärts, durch Vanessa hindurch und öffnete die Haustür. Luci stand noch immer davor und ging nun zum ersten Mal ins Haus.

»Oh, hey Mauzi! Na, meine kleine?«

Das Mädchen beugte sich zu der Katze herunter und begrüßte sie freundlich.

Anna sah sie dabei an.

»Das ist also *deine* Katze, die mich seit Tagen belagert, anfaucht und kratzt?«, kombinierte sie.

»Was meinst du, warum sie gerade vor deiner Tür sitzt, Anna?«, grinste Vanessa hämisch. Anna begriff und wich einen Schritt zurück. Ihr wurde alles zu viel, sie schloss die Tür und rannte nach draußen. Sie rannte und rannte und rannte, bis sie nach einer Weile keine Puste mehr hatte und nur noch langsam weiterlief. Sie wollte vor all dem davonlaufen. Es war zu unreal, so seltsam, so unmöglich.

Anna war an dem Feldweg angelangt, an dem sie sonst auch immer spazieren ging. Sie atmete tief durch, um ruhiger zu werden und sich diese Situation vielleicht irgendwie logisch erklären zu können.

Doch sie kam zu keiner Erklärung. Sie lief weiter und Tränen liefen an ihrer, vor Aufregung, Anstrengung und Adrenalin rot gefärbten Wange herunter.

Sie kam zur Bank, an der sie sich das erste Mal mit Oliver unterhielt. Erschöpft setzte sie sich hin und vergrub das Gesicht in den Händen.

Nachdem sie einige Minuten lang schluchzte, hob sie ihr Haupt an und lehnte sich zurück, während ihre Augen vom Weinen noch immer leicht geschwollen und rot unterlaufen waren. Ihre Wangen waren nass von den salzigen Tränen, die die letzten Minuten über ihr Gesicht liefen.

Langsam beruhigte sie sich wieder. Und während sie so darüber nachdachte, was eben geschehen war, begann sie zu lachen. Kein Lachen vor Freude oder Erheiterung. Ein Lachen, das sich zur puren Verzweiflung und Angst entwickelte. Sie saß noch einige Minuten dort. Still, regungslos.

Ihre Gedanken kreisten umher und sie versuchte alles zu verstehen, was passierte, doch wie sie auch überlegte, es funktionierte nicht.

»Hey du!«, rief eine tiefe Stimme hinter ihr.

Anna erschrak und drehte sich schnell um, weil sie Angst hatte, dass Vanessa wieder vor ihr stehen und sie bedrohen könnte.

22

»Hey, na du?«

Anna war noch immer leicht irritiert, als Oliver auf einmal vor ihr stand.

»Ist alles in Ordnung?«, fragte er besorgt, während er auf sie zu kam und sich dann neben sie setzte.

Anna atmete tief durch und hoffte, dass er nicht sah, wie sie geweint hatte.

»Ja, klar, alles in Ordnung!«, ließ sie ihn glauben, während sie ihm ein Lächeln vorlog.

Er schaute sie an und glaubte ihr. Auch er begann zu lächeln und gab ihr einen Kuss. Sie erwiderte und für einen kurzen Moment, vergaß sie alles, was in den letzten Stunden passiert war. Er gab ihr ein Gefühl der Geborgenheit, der Sicherheit. Wenn er bei ihr war, hatte sie keine Angst.

Sie unterhielten sich eine Weile, während sie auf der Bank saßen und die Sonne auf sich schienen lassen.

Am Himmel zogen ein paar Wolken auf.

»Wollen wir vielleicht zu mir gehen?«, fragte er, als er die Wolken betrachtete, die immer dunkler wurden, je weiter er in die Ferne sah.

Anna nickte und stand langsam auf. Oliver nahm ihre Hand und zusammen spazierten sie den Feldweg entlang, zurück ins Dorf. Sie liefen an Annas Haus vorbei.

Sie sah ängstlich rüber.

War sie noch dort?

Wartete sie auf Anna?

In Anna machte sich wieder die Angst breit, die sie erstarren ließ. Ihr Herz schlug schneller, sie bekam eine Gänsehaut und ihre Knie wurden langsam weich.

Dieses Mädchen, dieser Geist...

Vanessa...

Alles war so unwirklich, so surreal, so unecht. Es wollte einfach nicht in ihrem Kopf gehen, dass in ihrem Haus ein Geist wartete, der sie psychisch schädigen wollte. So etwas konnte es nicht geben. Anna kam sich vor, wie in einem Horrorfilm. Und aus ihrer Sicht, war es kein guter Film.

»Spürst du das auch?«

Anna wurde aus ihren Gedanken gerissen, als Oliver sie ansprach.

»Hm?«, fragte sie abwesend.

Er nahm ihre Hand und streckte sie flach nach vorne aus.

»Es fängt an zu regnen«, erklärte er.

Regen...

Eigentlich wäre genau das, Annas perfekter Moment. Sie stellte sich oft diesen romantischen Moment vor, in dem sie mit einem Mann spazieren geht, Hand in Hand. Und plötzlich beginnt es zu regnen. Sie laufen schneller, suchen nach einem Unterschlupf. Sie finden vielleicht einen Baum, einen Unterstand, eine Hütte.

Und dann stehen sie da.

Klitschnass, das Wasser tropft ihnen von den Haaren, von ihrer Kleidung und sie sehen sich tief in die Augen.

Sie vergessen die Welt um sich herum. Es könnten Bäume umstürzen und Blitze einschlagen und sie würden es nicht mitbekommen, weil sie so sehr in sich vertieft sind. Und dann würden sie sich küssen. Anfangs sanft und zärtlich. Dann immer wilder und

144

irgendwann, würden sie dort enden, wo es immer endet.

Doch an sowas konnte Anna jetzt nicht denken. In ihrem Kopf war zu viel los. Ihre Gedanken kreisten immer wieder um Vanessa. Wie sie vor ihr stand, sie bedrohte und dann plötzlich amüsiert lachte. Und wenn ihre Gedanken nicht um den seltsamen Geist kreisten, der zu Hause auf sie wartete, dann dachte sie über Thea nach.

Sie fragte sich noch immer, warum sie diese seltsamen Gefühle hatte, wenn sie an sie und den Kuss dachte.

Es regnete ein wenig mehr und sie liefen schneller.

»Da vorne wohne ich.«

Oliver zeigte auf ein kleines Haus, das am Rande von Derbersdorf lag, ziemlich versteckt, hinter ein paar anderen Häusern.

Er öffnete ihr die Tür und sie ging hinein, während sie noch immer in Gedanken versunken war.

»Soll ich dir was zu essen machen?«, fragte er, schon auf dem Weg zur Küche.

Anna schüttelte abwesend den Kopf. Sie versuchte sich nichts anmerken zu lassen, doch mit jedem Gedanken, den sie an Vanessa verlor, wurde es in ihrem Kopf immer voller und es quälte sie alles immer mehr.

»Bist du sicher?«, fragte er, während er versuchte, ihr in die Augen zu sehen.

Sie blickte unter sich, schaute auf den Boden.

Er sah sie misstrauisch an und holte ein Glas mit Wasser, das er ihr in die Hand drückte.

»Danke«, erwiderte sie kleinlaut. Doch sie versuchte sich jetzt zusammen zu reißen. Sie wollte ihn da nicht mit reinziehen. Außerdem glaubte sie nicht, dass er verstehen würde, wovor sie Angst hatte. Wer würde schon einem Mädchen glauben, das von Geistern erzählte?

Genau.

Niemand.

Man würde sie eher einweisen, als zu glauben, was seit den letzten Stunden in ihrem Kopf vorging.

Sie fragte sich immer wieder, warum das ihr passierte. Warum sie? Warum nur?

In ihrem Kopf hörte sie plötzlich ihre Stimme.

»Na? Kannste mich nicht vergessen?«, sagte sie und Anna konnte sich genau vorstellen, wie Vanessa bei diesem Satz hämisch lachte.

»Oliver, entschuldigst du mich kurz mal? Wo ist dein Badezimmer?«, fragte Anna und versuchte die Angst, die sich grade in ihr breit machte, zu überspielen.

»Die Treppe hoch und dann links die zweite Tür«, erklärte Oliver und zeigte zur Treppe, die sich hinter Anna befand.

Anna bedankte sich schnell und lief dann ins Badezimmer.

Sie schloss die Tür, stellte sich vor den Spiegel, der über dem Waschbecken hing.

»Das ist nicht echt...«, redete sie sich immer wieder ein. Sie stützte sich am Waschbecken ab und atmete tief ein und aus, während ihre Knie immer weicher wurden und sie Angst hatte, jeden Moment umzukippen.

»Nicht echt?!«, rief es laut und energisch in ihrem Kopf, »Hatten wir das nicht schon geklärt?!«

Anna drehte den Wasserhahn auf, füllte ihre Handflächen mit eiskaltem Wasser und vergrub ihr Gesicht kurz darin, um dadurch eventuell aus diesem Alptraum zu erwachen.

»Das hilft nicht!«, rief die Stimme ihr lachend

146

zu.

Die Stimme befand sich jetzt nicht mehr in ihrem Kopf.

Sie hob ihren Kopf wieder an und blickte in den Spiegel.

Hinter ihr stand Vanessa und grinste sie an.

»Ich gehe nicht mehr weg. Ich werde dich jetzt auf Schritt und Tritt begleiten, ob du willst oder nicht«, erklärte sie.

»Das kann nicht wahr sein«, redete sich Anna ein, während sie dabei nach unten sah und sich noch immer am Waschbecken abstützte.

»Und ob das wahr ist!«, sie wurde wieder energischer.

»Lass mich in Ruhe...«, flüsterte Anna mit zittriger Stimme.

Vanessa schüttelte den Kopf und lachte dabei hämisch.

Anna richtete sich auf.

»Ich sagte: LASS MICH IN RUHE!«

Vanessa wich kurz zurück, völlig erstaunt von Annas Reaktion. Doch sie fing sich schnell wieder und führte ihre Aufgabe fort.

»Ach Annalein«, sie schüttelte den Kopf, »Ich lasse dich nicht in Ruhe.« Während sie das sagte, ging sie langsam auf Anna zu und sah an ihr herab. Ihre Stimme war ruhig und doch quälte sie Anna, die sich von ihr wegdrehte und in Richtung Tür ging.

»Na? Willst du zu deinem tollen Freund gehen?«, fragte Vanessa mit sarkastischem Unterton, » Meinst du etwa, der kann dir helfen? Vielleicht ist er ja gar nicht so toll, wie du glaubst. So ist es immer mit Männern...«

Anna drehte sich noch einmal zu ihr um.

»Er ist toll. Du wirst mir das nicht versauen. Nur, weil du enttäuscht wurdest, musst du mir

147

das Leben nicht schwer machen. Ich bin nicht so schwach wie du!«, sprach sie ihr selbstbewusst entgegen.

Vanessa lächelte nur leicht und machte eine abweisende Handbewegung.

»Geh du nur«, sagte sie.

Anna drehte sich wieder zur Tür und als sie noch einmal den Kopf drehte, um hinter sich zu sehen, war Vanessa bereits fort.

»Ist alles in Ordnung? Ich dachte, ich hätte dich sprechen hören, als du im Bad warst?«, fragte Oliver besorgt.

»Nein, nein. Alles in Ordnung«, erklärte Anna, »Du musst dich verhört haben.«

Oliver zuckte mit den Schultern und legte dann seinen Arm um Anna.

»Wollen wir uns vielleicht einen Film anschauen«, fragte er.

Anna nickte und zusammen gingen sie in sein Wohnzimmer. Ein großer Flachbildfernseher schmückte die Wand und in dem Regal rundherum standen etliche Bücher, DVDs und Videospiele.

Oliver stellte sich präsentierend vor das Regal.

»Du hast die freie Auswahl«, sagte er mit ausgebreiteten Armen.

Anna sah das Regal voller DVDs an und wusste gar nicht, wo sie anfangen sollte zu suchen. Sie hatte ohnehin keinen Kopf dafür.

»Ach weißt du was, du kannst ruhig was aussuchen«, sagte sie still, aber lächelnd.

»Wie du meinst«, gab Oliver nach, »Aber dann mach dich auf Horror und blutrünstige Gestalten gefasst«, warnte er noch.

Anna nickte. Sie würde dem Film wahrscheinlich sowieso nicht folgen können.

Er stand vor dem Regal und suchte nach dem Film, den er gerne schauen wollte. Seine DVDs waren nach Genre und dann alphabetisch sortiert. Horror bildete das größte Genre, weniger DVDs waren von Komödien vorhanden und das Schlusslicht bildeten Action- und sonstige Filme. Er durchsuchte das linke Regal, das voller Horrorfilme war. Wenn Anna nicht grade im realen Leben mit Geistern oder seltsamen Gefühlen für eine Freundin beschäftigt war, sah sie sich auch gerne Filme an, in denen Menschen abgeschlachtet, verstümmelt oder psychisch gequält werden. Filme, bei denen dem Zuschauer das Gruseln gelehrt wird, er einen schnelleren Herzschlag und eine Gänsehaut bekommt. Bei denen er sich fürchtet, Tage danach noch Angst hat, im Dunkeln durch den leeren Flur zu laufen und ständig und überall das Licht einschaltet, aus Angst, hinter der nächsten Ecke würde ein Dämon lauern.

So wie es den meisten Protagonisten in diesen Filmen erging, so fühlte sich Anna zurzeit. Es würde nicht lange dauern, bis Vanessa sich ihr wieder zeigen würde oder wieder zu ihr sprach und in ihren Gedanken einistete.

Oliver nahm die DVD aus der Hülle. Anna konnte noch nicht erkennen, um welchen Film es sich handelte. Auf dem Cover bemerkte sie eine Katze. Der Hintergrund war ziemlich dunkel, aber das war bei Horrorfilmen ja meistens so. Anna konnte erahnen, welchen Film er in den Händen hielt.

Als er die DVD-Hülle wieder schloss und sich zu ihr umdrehte, grinste er.

»Also ganz so blutrünstig wird es doch nicht, ich will dich ja nicht gleich verschrecken«, erklärte er sanftmütig.

»Schon ok, ich mag Horror«, sagte sie ein wenig verlegen.

Als Oliver die Hülle neben seinen Fernseher legte, erkannte sie den Film. Es war einer ihrer liebsten Filme - Friedhof der Kuscheltiere. Sogar die Erstverfilmung. Anna hatte vor etlichen Jahren das Buch gelesen, das Stephen King schrieb. Zwar liebte Anna ihre Sammlung von Fantasyromanen, doch zwischendurch schnappte sie sich auch mal ein gutes Buch des bekannten Horrorautors.

Sie mochte das Buch und auch den Film, der vielleicht nicht alle Infos aus dem Buch mitaufnimmt, aber das ist bei Buchverfilmungen ja oft so.

Oliver zeigte auf die Wohnlandschaft, die anthrazitfarben an der anderen Seite des Wohnzimmers stand und darauf wartete, dass die beiden es sich gemütlich machten.

Auf den Glastisch, der davorstand, stellte Oliver zwei Gläser Wasser und setzte sich dann neben Anna, die es sich augenscheinlich gemütlich gemacht hatte. Zwar sah sie nach außen hin entspannt aus, doch in ihr staute sich eine Menge Angst und Verzweiflung, die sie sich nicht anmerken lassen wollte.

Oliver nahm die Fernbedienung, schaltete den Fernseher ein und begann den Film zu starten.

Er lehnte sich nach hinten und zeigte Anna dabei eine Geste, damit sie sich zu ihm legte. Das tat sie auch, denn sie fühlte sich wohl bei ihm. Er ließ ihre Gedanken verblassen, doch gänzlich verschwinden würden sie nicht.

Der Film begann und die Familie Creed zog in ihr neues Zuhause ein, dass später ihr Unglück sein würde.

Anna versuchte so gut es ging ihre Gedanken zu

150

verdrängen und den Film zu genießen, doch es funktionierte einfach nicht. Immer wieder schlich sich Vanessa in ihre Gedanken. Sie sagte vielleicht nichts, doch sie war dort. Das spürte Anna. Sie verseuchte ihren Kopf mit negativen Gedanken, die sie nicht mehr loswurde, so sehr sie sich auch bemühte positiv zu bleiben, wie sie es immer tat.

Während im Film der erste blutige Zwischenfall seinen Lauf nahm, begann Oliver Annas Haare sanft zu streicheln. Es fühlte sich gut an und lenkte Anna für ein paar Sekunden ab. Doch lange ließen ihr die Gedanken keine Ruhe.

Während Oliver ihr zärtlich durchs Haar strich, dachte sie zwar nicht an Vanessa, dafür aber an Thea, deren Kuss sie einfach nicht vergessen konnte und der sich so gut angefühlt hatte. Während sie so neben Oliver lag, fühlte sich plötzlich alles seltsam und falsch an. Nicht so, wie es eigentlich sein sollte. Wie es sich anfühlen sollte, wenn man jemanden liebte oder zumindest sehr gern hatte.

Doch Anna spürte es nicht mehr. Das Herzklopfen, das Kribbeln, die Gänsehaut. Es war alles weg. Gut, vielleicht ist das Vanessa geschuldet, doch was, wenn sie damit Garnichts zu tun hat und es wirklich der Kuss war?

Anna durchforstete ihre Gedanken, fragte sich immer wieder, warum das nur grade alles passierte. Oliver sah sie an, Anna reagierte kaum. Ihr Blick starrte ins Leere. Erst nach ein paar Sekunden, die sich anfühlten, wie eine kleine Ewigkeit, bemerkte sie, dass Oliver sie ansah.

Sie sahen sich in die Augen. Auch jetzt, kein Kribbeln. Er streichte ihr weiter durchs braune, glatte Haar und seine Hand schweifte ab, an ihre Wange. Er zog ihr Gesicht zu sich und küsste sie zärtlich. Anna erwiderte den Kuss, auch wenn sie kaum etwas fühlte, außer Angst, Frust und einen Teil Verzweiflung. Doch der Kuss lenkte sie auch auf eine gewisse Weise ab. Olivers andere Hand berührte Anna am Oberschenkel und streichelte sie leicht und zärtlich. Seine Hand wanderte runter und wieder rauf. Mit langsamen Schritten wanderte er Annas Oberschenkel immer weiter nach oben. Mal streichelte er, mal packte er etwas fester zu. Seine Hand wanderte weiter.

Anna unterbrach den Kuss.

»Tut mir leid, aber ich kann das grade nicht...«, erklärte sie bedrückt.

Oliver sah sie an, verstand erst nicht. Doch dann realisierte er und gab ihr wieder einen Kuss.

»Nein«, sagte Anna und drückte ihn von sich weg. Diesmal gereizter als zuvor.

Doch Oliver gab nicht nach und küsste sie weiter. Er hielt sie an den Beinen und den Haaren fest. Sie versuchte sich von ihm wegzudrücken, doch er war zu stark. Sie nahm ihre Hand und boxte ihm in den Schritt, damit er sie endlich loslassen würde. Er erschrak und sie konnte für einen Moment aus seinen Fängen flüchten. Sie versuchte vom Sofa zu krabbeln, lief in die Küche, während er dasaß, sich in den Schritt fasste und das Gesicht vor Schmerz verzog.

»Du Miststück!«, rief er, stand auf und rannte ihr hinterher. Er packte sie an ihrem Pullover und zog sie zu sich zurück. Grob schmiss er sie aufs Sofa und hielt sie dann wieder fest.

Anna bekam Panik, sie wehrte sich, versuchte ihn zu schlagen, zu treten, doch er wusste immer, was sie vorhatte. Sie versuchte zu schreien, doch inzwischen hielt er ihr mit einer Hand den Mund zu, sodass man nur ein leises, dumpfes »Hilfe«

hörte, das nicht mal bis zur Küche durchdrang. Er küsste sie am Hals, den sie sich fast verrenkte, um ihm zu entkommen. Sein Gesicht wanderte weiter herunter, er zog ihren Pullover aus, küsste sie an der Brust und öffnete ihren BH.

Anna lag dort, hilflos, verloren, ängstlich, verzweifelt. Sie versuchte zu schreien, doch es ging nicht. Sie konnte sich nicht wehren, sie konnte sich nicht befreien.

Er wurde immer grober und ruppiger. Wenn sie versuchte sich zu wehren, packte er sie fester, schlug sie, damit sie stillhielt. Er öffnete ihre Jeans, zog sie rasch aus und packte sie dann wieder fest. Während er auf ihr lag und ihr den Mund zu hielt, versuchte er mit der anderen Hand seine Hose auszuziehen.

Sie hielt ihre Beine zusammen, presste die Knie so fest gegeneinander, wie sie nur konnte, doch es brachte nichts. Er packte sie und drückte ihre Knie an die Seite, sodass der Weg für ihn frei war. Sie versuchte sich weiter zu wehren, versuchte ihn zu treten, doch er hielt sie gefangen. Sie konnte nichts tun und in diesem Moment flossen ihr Tränen die Wangen herunter.

»Hör auf zu heulen!«, keuchte er energisch, während er sie festhielt. Er legte sich immer mehr auf sie, hielt sie fest, ließ sie nicht entkommen.

Anna konnte nicht denken, nichts tun, nicht schreien und sich nicht wehren. Sie lag da und musste alles über sich ergehen lassen.

Er schlug sie, er kratzte sie und dann passierte, was passieren musste.

23

Anna lag auf dem Sofa, die Augen halb geschlossen, vor Erschöpfung. Er zog seine Hose an und verschwand dann stumm aus dem Wohnzimmer. Sie hörte noch, wie er die alte Holztreppe nach oben ging. Bei jedem Schritt knarrte sie.

Langsam fasste sie wieder einen klaren Gedanken. Sie setzte sich auf. Ihre Beine schmerzten, ihr Unterleib fühlte sich an, als würde ein Messer darin stecken. Ihre Hände zitterten noch, als sie sich abstützte und Tränen liefen ihr übers ausdruckslose Gesicht.

Vor dem Fernseher, an dem die Story des Films noch immer ihren Lauf nahm, lagen Annas Klamotten wild verteilt. Sie suchte ihre Sachen zusammen und bei jedem Mal, das sie in die Knie gehen musste, um sich zu bücken, schmerzte es. Ihre Beine waren von Kratzern übersäht und morgen würde sie überall blaue und grüne Flecken haben.

Langsam und unter schmerzverzerrtem Gesicht zog sie sich an. Erst untenrum, damit sie nicht mehr sehen musste, was er ihr angetan hatte. Wenn sie ihre Beine und die weiter oben liegenden Partien ansah, brach sie in Tränen aus und versuchte wegzusehen. Doch es half nichts, denn die Bilder hatten sich bereits in ihren Kopf gebrannt.

Sie zog ihren Pullover an, suchte nach ihrem Smartphone und der Jacke und schlich sich dann leise und verängstigt aus seinem Haus.

Sie schloss die Tür hinter sich und ging, so gut sie konnte, nach Hause. Ihre Beine zitterten und jeder Schritt, den sie tat, schmerzte. Sie schaute sich um, um sicher zu gehen, dass sie niemand sah, wie sie mit wackeligen Beinen und unter Tränen aus Olivers Haus geschlichen kam.

Auf den Straßen war niemand zu sehen, also ging sie weiter, bis sie nach einer Weile zu ihrem Haus kam.

Als sie vor der Haustür stand, suchte sie ihren Schlüssel in der Jackentasche und öffnete dann mit zittrigen Händen die Tür. Beim ersten Versuch fiel ihr der Schlüsselbund herunter und sie musste sich wieder bücken, wobei sie wieder das Gesicht vor lauter Schmerz verzog.

Sie öffnete die Tür und ging hinein. Beim Schließen der Tür, lehnte sie sich mit dem Rücken an und sank langsam herab. Sie fühlte sich schwach und ihre Augen konnten sich nicht mehr richtig offenhalten. Nun saß sie dort an der Tür, weinte und bemerkte ein Gefühl, dass sie so noch nie fühlte.

Sie fühlte sich schmutzig. Dreckig, verseucht. Olivers Schmutz klebte an ihr und so viel anderes. Sie wollte dieses Gefühl loswerden und ging nach oben ins Badezimmer.

Jeder Schritt schmerzte. Sie weinte. Der Schmerz strahlte von ihrem Unterleib aus, in die Beine, den Bauch, bis hoch zur Brust.

Anna betätigte den Wasserhahn, der die Badewanne füllen sollte und zog sich aus.

Bis die Wanne sich füllte, sah sie sich im Spiegel an. Zerzauste Haare, rote, glasige und geschwollene Augen. Sie bemerkte einen Tropfen Blut an ihrer Unterlippe. Er hatte wohl hineingebissen. Sie wischte sich das Blut ab und sah sich weiter ausdruckslos an.

Die Wanne war inzwischen gefüllt und Anna stieg langsam hinein, auch wenn fast jeder Teil ihres Körpers schmerzte.

Als sie sich in die Wanne legte, bemerkte sie noch mehr Blut, das sich nun im Wasser verteilte und immer weiter verblasste. Ihr Blick starrte weiter ins Leere, als sie sich geistesabwesend in die Wanne legte. Ihr liefen Tränen über die Wangen und dann brach es aus ihr heraus.

Sie weinte, sie schluchzte, sie schrie.

In ihrem Kopf spielten sich die Bilder wieder und wieder ab und sie wollte all dem entkommen. Sie hatte die Augen geschlossen, strampelte mit den Beinen und bewegte ihre Arme, als wenn sie wieder in seinen Fängen wäre und sich befreien wollte. Sie erinnerte sich, wie er sie festhielt, sie quälte, sie erniedrigte, sie beleidigte. In ihr kam eine Wut hoch, die sie vorher noch nie gespürt hatte. Sie fühlte sich benutzt, hintergangen, schmutzig, schwach und naiv. Diese Gefühle quälten sie. Nun kauerte sie in der Badewanne und hoffte, dass es irgendwann aufhören würde. Sie starrte die Wand an, versuchte ihre Gedanken zu ordnen.

Was war passiert?

Warum war das passiert?

Warum sie?

Doch das konnte sie sich nicht beantworten und es würde auch kein anderer können.

Sie saß da, weinte, schluchzte.

Sie wusch sich den Dreck, den sie spürte, von der Haut. Stunden saß sie in der Wanne und wusch sich. Dreimal, viermal, fünfmal. An manchen Stellen mehr, an manchen weniger. Manche schmerzten, manche machten ihr nichts aus. Doch auch nach zwei Stunden in der Wanne fühlte sie sich noch immer schmutzig und langsam begann sie zu begreifen, dass dieses Gefühl vorerst nicht verschwinden würde.

Sie stieg aus der Wanne, trocknete sich langsam

und vorsichtig ab, um nicht noch mehr Schmerzen zu verursachen. Sie wickelte sich das Handtuch um ihren schmalen, von Kratzern übersäten Körper und ging ins Schlafzimmer.

Dort ließ sie die Rollläden herunter, schaltete das Licht ein und kramte ein Shirt und eine kurze Hose aus ihrer Kommode. Beides zog sie an und legte sich dann ins Bett, um hoffentlich schlafen zu können.

Sie schaltete das Licht wieder aus, versuchte sich so hinzulegen, dass sie keine Schmerzen hatte und schloss, dann die Augen, die sie kurz darauf wieder öffnete, weil die Bilder des heutigen Tages sie verfolgten und quälten. Wieder liefen ihr Tränen über die Wangen und sie schluchzte.

Die Nacht war stürmisch. Nachdem Anna stundenlang nicht einschlafen konnte, schloss sie um 3 Uhr morgens endlich die Augen und versank in einen tiefen Schlaf.

Sie begann zu zucken. Mit den Beinen, den Armen und den Händen. Immer wieder zuckte sie. Sie wurde unruhig. Sie drehte ihren Kopf. Nach links, dann wieder nach rechts, und zurück. Immer wieder. Sie stöhnte, flüsterte: »Nein...Lass mich gehen...Bitte...«

Sie wälzte sich im Bett hin und her. Immer wieder, immer heftiger. Die Decke lag inzwischen auf dem Boden. Wieder flüsterte sie etwas.

»Stopp...Nein...«

Aus dem Flüstern wurde ein Murmeln, aus dem Murmeln ein lautes Sprechen. Sie wälzte sich weiter. Auf die linke Seite des Bettes, dann wieder auf die rechte. Das Bett knarrte. Der Wind zog durchs Fenster, verpasste ihr eine Gänsehaut.

24

Erschrocken wachte sie auf. Die Augen weit offen, holte sie tief Luft, als wäre sie eben kurz vorm Ersticken gewesen. Ihr Herz schlug rasend schnell. Schweißgebadet saß sie nun in ihrem Bett. Sie sah sich um, realisierte, dass sie in ihrem Bett lag, in ihrem Zimmer, in ihrem Haus.

Sie beruhigte sich langsam wieder und blickte dann zur Tür.

»Halli Hallo. Na? Schlecht geträumt?«, fragte eine dunkle Gestalt, die Anna erst nicht erkannte.

Sie schaltete das Licht ein und im selben Moment fiel ihr wieder ein, wer dastand. Wer seit gestern Teil ihres Lebens war und sie verfolgte und quälen wollte. Dieser Geist, dieser Dämon, der in ihre Gedanken eindrang.

»Hattest du mich etwa schon vergessen?«, fragte Vanessa vorwurfsvoll, während sie sich von der Tür abwandte und zu Anna hinüber schlenderte.

Anna bemerkte, dass das alles kein böser Traum war. Es war die Realität. Und sie konnte nichts dagegen tun. Eine tiefe Verzweiflung kam in ihr auf.

»Na, wie war denn dein zufälliges Treffen gestern, mit deinem tollen Polizisten-Macker?«, fragte sie provokant.

Anna wandte sich emotionslos ab.

»Was denn? Nicht so gut gelaufen?«, fragte Vanessa weiter.

Anna zog sich die Decke über den Kopf. Sie wollte nicht über gestern nachdenken. Es schmerzte zu sehr. Sowohl körperlich als auch psychisch. Sie wagte es nicht, ihre Beine anzusehen.

Unter der Decke schloss sie die Augen. Keine gute Idee, denn die Bilder des gestrigen Abends, hatten sich bereits in ihr Gedächtnis gebrannt und Anna bekam Angst, dass sie die Szenen nie wieder loswerden würde.

»Ich rede mit dir!«

Vanessas Stimme war energisch und sie klang erbost.

Anna hob langsam die Decke.

Ihre Augen waren glasig und sie war kurz davor, erneut zu weinen. Ihre Mimik zeigte nur wenig Emotionen und ihr Blick war leer.

Vanessa stellte sich vor Annas Bett und beugte sich hinunter zu ihr. Sie sahen sich an.

»Nein«, kam es leise und flüsternd aus Anna heraus.

»Nicht schön? Was ist denn passiert?«, fragte Vanessa mit hinterlistiger Stimme.

»Das weißt du genau«, entgegnete Anna mit zittriger Stimme.

Vanessa sah nach oben und tat so, als wenn sie nachdenken würde.

»...richtig, das weiß ich«, sagte sie hämisch lächelnd, »Und weißt du auch, warum ich das weiß?«

Anna sah sie fragend an.

»Weil ich bei allen schlechten Tagen, bei allen Ereignissen, bei allen Gedanken bei dir bin. Ich werde mir alles anschauen. Ich werde es genießen, wenn du weinst, wenn du verzweifelst, wenn du keine Kraft mehr hast und wenn du die Welt verfluchst und dir wünscht, du wärst niemals geboren worden!«

Vanessa richtete sich auf. Dabei blickte Anna erneut auf die aufgeschnittenen Arme, an denen das getrocknete Blut hing.

Als Anna sich auch aufrichtete sah sie sich im

Zimmer um und bemerkte, dass Vanessa bereits weg war. Sie sah sich weiter um, mit der Angst, dass sie in irgendeiner Ecke lauern würde, um sie erneut zu erschrecken und zu peinigen. Doch sie sah sie nicht.

Anna legte sich wieder hin, um mit ihren Gedanken und den Bildern in ihrem Kopf alleine zu sein, auch wenn das nicht das war, was sie sich wünschte. Doch sie hatte nicht die Kraft heute aufzustehen, geschweige denn, mit jemandem darüber zu reden. Mit wem sollte sie auch sprechen?

Daher beschloss sie, im Bett liegen zu bleiben.

25

Lukas ging aus dem Haus, um sich mit seinem Freund Nico zu treffen. Beide wohnten in der gleichen Straße, nicht weit von Annas Haus entfernt, an dem Lukas in diesem Moment vorbeilief. Ein paar Meter weiter, auf der anderen Straßenseite erblickte er bereits seinen Freund. Die beiden waren im gleichen Alter, kannten sich quasi seit Geburt an. Im Sommer würden sie auch gemeinsam auf die gleiche weiterführende Schule gehen. Sie freuten sich schon darauf, endlich in die fünfte Klasse zu kommen, bei den »großen« mitspielen zu können und nicht mehr mit den kleinen Kindern zu spielen, die in der Grundschule herumalberten. Lukas und Nico waren ihrem Alter sowieso weit voraus, wie sie selbst immer behaupteten. Ihrer Ansicht nach, waren sie »cool«. Sie machten so einiges, was für Kinder in ihrem Alter nicht üblich war.

Im letzten Monat hatten sie es geschafft an Zigaretten zu kommen. Für zwei zehnjährige ist das gar nicht so einfach, doch mit der Hilfe eines weiteren »erwachsenen« Freundes, hatten sie es dann doch geschafft. Zwar merkten sie schnell, dass Zigaretten nicht grade nach Vanilleeis schmeckten und sie doch ziemlich husten mussten, doch es sah eben cool aus und sie konnten damit bei ihren Mitschülern angeben.

Ihre Eltern bekamen von den Eskapaden ihrer Söhne nichts mit. Sie waren immer noch der Meinung, ihre Söhne seien liebe, nette Jungs, die keiner Fliege was zu Leide tun könnten.

Ständig dachten sie sich neue Sachen aus, mit denen sie immer weiter in illegale Aktivitäten rutschten. Sie merkten nicht, wie gefährlich ihre

Aktionen waren und was sie sich selbst und ihren Eltern für Schwierigkeiten bereiten könnten.

Ihrer Meinung nach waren sie ja nicht strafmündig. Sie waren schließlich noch keine 14 Jahre alt.

Ihre Streiche und Mutproben, wie sie sie nannten, gingen weit über den Begriff »kleine Scherze« hinaus. Vom Rauchen bis hin zum Diebstahl, waren schon einige Sachen dabei.

Im letzten Sommer hatten die beiden sich ein paar Steine geschnappt und sie von einer Brücke geworfen unter der auch Autos herfuhren. Getroffen hatten sie glücklicherweise keines, auch wenn sie enttäuscht waren. Wer weiß, was sie angerichtet hätten, wäre einer der Steine auf der Windschutzscheibe eines Autos gelandet.

Erwischt wurden die beiden bisher nicht. Sie machten sich immer schnell aus dem Staub, sobald etwas passierte, das Aufmerksamkeit erregte.

An diesem Morgen trafen sie sich zum gemeinsamen »Abhängen«, wie sie es nannten. Sie hatten auch schon einige Streiche geplant, die sie in nächster Zeit vor hatten durchzuführen.

Lukas hob den Arm in die Luft und begrüßte seinen Kumpel Nico.

»Hee, wie geht's?«, fragte Nico aus einigen Metern Entfernung.

»Ganz gut, nachdem ich mir gestern Abend deine Mutter vorgenommen habe«, scherzte Lukas auf seine mittlerweile alltägliche und perverse Art.

»Oh, dann wirst du mir ja nicht böse sein, wenn ich mir heute Nacht deine Schwester vorknöpfe?«, entgegnete Nico grinsend.

Beide lachten und gaben sich einen Handschlag, als sie sich in der Straßenmitte

162

trafen, auf der ohnehin kaum ein Auto zu sehen war.

»Was machen wir jetzt?«, fragte Nico.

Lukas schaute sich um. Sie gingen gemeinsam auf die Straßenseite zurück, von der Lukas gekommen war und schlenderten in Richtung seines Hauses.

»Ich habe da eben was gesehen, was uns vielleicht Freude bereiten könnte«, entgegnete er hämisch grinsend.

In seinem Blick erkannte Nico, dass Lukas etwas geplant hatte, dass, wie fast immer, ziemlich gemein war. Doch sie beide liebten es, gemeine Dinge zu tun, denn dadurch fühlten sie sich größer und erwachsen. Sie waren der Ansicht, man sei erwachsen, wenn man böse ist, wenn man anderen Leid zufügt und gefährliche Sachen macht. Wie sie zu dieser Ansicht kamen, war ein Rätsel, aber auf eine gewisse Weise, konnte man diesen Irrglauben auch nachvollziehen, sieht man sich doch einmal die Menschheit an.

Lukas lief weiter und blieb vor Annas Haus stehen, vor deren Haustür eine schwarze Katze saß, die sich genüsslich die Pfoten leckte.

»Und was hast du jetzt vor?«, fragte Nico neugierig.

Lukas holte eine Plastiktüte aus seiner Jackentasche.

»Jetzt sag doch mal, Lukas!«

»Pass auf, du schnappst dir die Katze, die da vorne vor der Haustür sitzt und steckst sie in die Tüte hier, klar?«, befahl Lukas ihm.

»Und dann?«, wollte Nico wissen.

»Dann gehen wir runter zum Fluss«, grinste Lukas, wobei eine seiner Zahnlücken hervortrat, bei der sein letzter Milchzahn vor einer Woche herausgefallen war.

Auch Nico begann zu grinsen, denn er wusste, was Lukas vorhatte.

Er nahm die Plastiktüte und schlich zur Katze, die sich in der Zwischenzeit hingelegt hatte.

Als Nico näherkam, bemerkte sie ihn zwar, hob aber nur leicht den Kopf.

»Braves Kätzchen«, flüsterte Nico, während er sich leise und langsam der Katze annäherte.

Als er etwa einen Meter von ihr entfernt ankam, wurde die Katze unruhig und richtete sich auf. Sie wollte grade weglaufen, fauchte noch einmal kurz, wobei ihre kleinen, aber sehr weißen Zähne zu sehen waren.

In diesem Moment streckte Nico seinen Arm nach vorne aus und packte die Katze am Nacken, wie es die Katzenmamas immer taten, wenn sie ihr Junges herumtrugen.

»Ja, komm her du kleines Scheißerchen«, murmelte Nico vor sich hin. Die Katze fauchte, miaute und fuchtelte mit ihren Pfoten umher. Ihre Krallen waren ausgefahren und erwischten Nico am Handrücken, als er sie brutal und ohne Rücksicht auf Verluste in die Plastiktüte stopfte und diese fest zu hielt.

»Ah du Mistvieh!«, fluchte er vor sich hin.

Er schlich zurück zu Lukas, während die Katze in der Tüte ihr bestes gab, um auf sich aufmerksam zu machen.

»Kann das Vieh mal sein dummes Katzenmaul halten?«, fragte Lukas, als Nico mit der miauenden und fauchenden Tüte auf ihn zukam.

»Jetzt schnell zum Fluss, das Vieh soll nicht abkratzen, bevor wir unseren Spaß hatten!«, drängte Lukas und beide liefen schnell zum Fluss, der weiter in der Dorfmitte lag.

164

Sie sahen bereits den Fluss, mussten nur noch die schräge Böschung hinunterrutschen. Nico hielt die Tüte weiter fest, in der es immer noch fauchte und miaute.

Lukas hielt sich an den Ästen fest, die um ihn herumhingen, um nicht in den Fluss zu rutschen. Langsam stiegen sie hinunter und standen nun vor dem kleinen Fluss, in dem das Wasser leise floss.

An einer Stelle, die weiter oben im Flusslauf lag, war das Wasser tiefer als an den anderen Stellen. Dorthin begaben sich die beiden Jungen mit der Katze in der Tüte.

Das Wasser war klar und eiskalt. Lukas drehte sich zu Nico um, der mit der Katze zu kämpfen hatte, die sich hin und her wandte.

»Okay, gib mir das Vieh mal her«, befahl er Nico.

Dieser reichte ihm die Tüte vorsichtig rüber, während er versuchte, nicht aus dem Gleichgewicht zu geraten und ins Wasser zu fallen.

Lukas nahm die Tüte entgegen und öffnete sie vorsichtig. Der Kopf der Katze kam heraus und Lukas packte sie fest am Nacken, wie es auch Nico vor wenigen Minuten getan hatte. Er holte die Katze aus der Tüte heraus und sah sie an.

»Na du kleines Mistvieh? Lust ein bisschen zu schwimmen?«, fragte er die Katze hämisch lachend und mit wütend blickender Miene.

Nico sah lächelnd zu.

Lukas hielt die Katze übers Wasser und das Tier begann noch nervöser und ängstlicher zu werden als zuvor. Sie fauchte wilder, wollte Lukas kratzen, doch kam nicht an ihn ran.

Beide Jungs lachten über die Hilflosigkeit der Katze und sahen ihr genüsslich dabei zu, wie sie

165

verzweifelt versuchte sich aus den Fängen der beiden zu befreien.

Nico und Lukas sahen sich an und Nico wusste, was jetzt kommen würde.

Lukas sah der Katze in die smaragdgrünen Augen, die ihn verzweifelt ansahen. Er grinste sie an und hielt sie immer näher ans Wasser heran. Die Hinterpfoten berührten das kalte Wasser und strampelten wild hin und her.

Lukas tauchte die Katze unter Wasser. Sie strampelte wild mit ihren Beinen, versuchte zu fauchen, doch bei diesem Versuch atmete sie Wasser mit ein und begann wild zu husten. Ihr zierlicher Katzenkörper krümmte sich und sie wandte sich weiter hin und her, um sich aus dieser qualvollen Peinigung dieser beiden unterbelichteten Jungen zu befreien.

Minutenlang quälten sie die Katze, die immer wieder versuchte, sich zu befreien, zu kratzen, sich aus ihren Fängen heraus zu winden. Doch Lukas hielt sie fest und lachte jedes Mal, wenn er die Katze erst untertauchte, einige Sekunden lang zappeln ließ und dann wieder ruckartig aus dem Wasser zog und anschließend wieder untertauchte. Auch Nico fand Freude an dem Vorgehen und lachte gemeinsam mit Lukas. Ihr Lachen hatte etwas krankhaftes in sich und wenn man sie so hörte und beobachtete, merkte man schnell, dass diese beiden Jungen nicht normal waren und einige Probleme mit sich trugen, die sie durch Quälerei und Peinigung anderer Lebewesen nach außen herausließen.

Dabei hatten sie eigentlich keinen Grund gehässig und gemein zu sein. Sie stammten beide aus guten Häusern. Ihre Eltern waren immer für sie da, sie genossen eine gewaltfreie, liebevolle Erziehung und dennoch entwickelten sie sich in den letzten Monaten zu kleinen Biestern.

»Lass mich auch mal!«, bettelte Nico, der auch einmal die Katze quälen wollte, die mittlerweile nicht mehr fauchte und miaute, sondern nur noch leise keuchte. Lukas gab die Katze weiter, als wäre sie ein Ball, mit dem Nico auch einmal spielen wollte.

Respekt vor Lebewesen, vor allem unschuldigen Lebewesen, kannten die beiden nicht. Völlig Empathielos und ohne Rücksicht auf Verluste spielten die Jungen weiter mit dem Tier, als wäre es ein Spielzeug. Auch Nico tauchte die Katze einige Male unter und holte sie wieder ruckartig aus dem Fluss heraus.

»Na du Muschi, gefällt dir das?«, fragte Nico provokant, als er der Katze einmal in die Augen sah, die ihr schon zufielen.

Wieder lachten beide lauthals und genossen die Tierquälerei, die sie in diesem Moment veranstalteten.

»Hey ihr da!«

Eine laute, weibliche Stimme ließ sie hellhörig werden. Die beiden erschraken, ließen die Katze fallen und rannten davon.

»Schnell weg hier!«, rief Nico Lukas zu und sie stolperten die Böschung hinauf. Lukas rutschte aus und schürfte sich dabei die Handfläche auf.

Ihre Tüte blieb am Fluss liegen und die Katze versuchte sich hektisch aus dem Fluss heraus zu bewegen, in Richtung Böschung.

-26-

Mittwoch, 03. April 2019

Ich denke, ich werde versuchen meine Gedanken aufzuschreiben. Ich hoffe, dass es mich ablenkt und die Bilder aus meinem Kopf fernhält, die ich seit vorgestern mit mir herumschleppen muss. Immer wieder sehe ich ihn, wie er mich festhält. Meine Handgelenke verdreht, sodass sie kurz vorm Brechen sind. Mir blaue Flecken zufügt, Kratzer auf meiner Haut hinterlässt und mich beleidigt. Aber all diese Wunden sind nichts gegen die Wunden, die er in meinem Herzen hinterlassen hat. Ich dachte wirklich, nach langer Zeit, dass ich mich nochmal richtig verliebt hätte. Was heißt **hätte**? Ich **habe** mich in ihn verliebt! Ich hatte gehofft, dass er anders ist, dass er meine Liebe erwidert, dass er anständig ist, dass er meine große Liebe sein könnte.

Anders war er, auf alle Fälle. Allerdings nicht so, wie ich es mir erhofft hatte.

Jede Minute, jede Sekunde, die ich darüber nachdenke, schmerzt es tief in mir drin. Was er mir angetan hat, innerlich und äußerlich, tut weh. Mit jedem Gedanken, den ich an dieses kranke Schwein, diesen Bastard verschwende.

Er hat mich erniedrigt und ich fühle mich so schmutzig, wie noch nie in meinem ganzen Leben. Ich traue mich nicht nach draußen zu gehen, aus Angst, er lauert auf mich. Oder ein anderer Mann, der mich einfach nur... ich kann das nicht ausschreiben. Es tut weh, wenn ich darüber nachdenke. Was, wenn ein anderer Mann, mir auch sowas antut? Ich glaube, ich werde niemals wieder einem Mann vertrauen

168

können. Ich habe **ihm** vertraut und das habe ich davon. Wunden am ganzen Körper und tief in meiner Seele, dessen Narben niemals verheilen werden, wie es den Anschein hat.

Mein Herz ist gebrochen und das nicht nur, im Sinne der Liebe. Ich habe mein komplettes Vertrauen verloren und weiß nicht, ob ich es jemals wieder erlangen werde.

Wie konnte ich mich nur so in einem Menschen täuschen?

Wie konnte er mir das antun?

Wie nur?

Werde ich das jemals vergessen können?

Sollte ich das überhaupt vergessen?

Ich werde jetzt erst einmal versuchen aufzustehen, denn heute Nacht habe ich mal wieder schlecht geschlafen. Immer wieder sehe ich die Bilder. Sie haben sich in meinen Kopf gebrannt, wie Brandwunden auf der Haut.

Und als wären diese Bilder nicht schon mein größtes Problem, spukt in meinem Haus und in meinen Gedanken auch noch ein Geist herum.

Der Geist meiner Nachbarin, die sich vor nicht mal zwei Wochen in ihrer Wohnung das Leben genommen hat.

Ich versuche noch immer damit klarzukommen und es gibt Momente, in denen ich versuche, mir bewusst zu machen, dass das alles nur ein böser Traum ist oder dass ich vielleicht einfach nur verrückt werde. Aber dieser Geist, dieses Mädchen. Es ist real und es will mich fertig machen. Sie will mich peinigen, mich erniedrigen, mich quälen. Warum? Eine richtige, vernünftige und logische Antwort kann ich mir nicht zusammenreimen. Weil sie gelitten hat, sagt sie.

Aber was habe ich damit zu tun?

Warum soll ich nun leiden?

Was habe ich ihr getan?

Oder macht sie es rein aus Spaß an der Freude?

Aus Lust? Aus Hass?

Ich weiß es nicht. Momentan weiß ich Garnichts. Ich kann nichts mehr ordnen, was in meinem Kopf herumschwirrt.

*Die Gedanken an **ihn**. An dieses verdammte Schwein.*

*Die Gedanken an **sie**. An dieses hasserfüllte Wesen. Die Gedanken an Thea. An die einzige Person, der ich mich in diesen Tagen eventuell anvertrauen würde, hätte ich nicht eine solche Angst, erneut verletzt und gepeinigt zu werden.*

27

Anna beendete den Tagebucheintrag und schloss das kleine Notizbuch, das sie dafür verwendete. Sie legte es sorgsam unter ihr Kopfkissen und stand aus dem Bett auf. Schwerfällig, müde und völlig kaputt. Sie bewegte ihr linkes Bein auf den Boden zu. Es war schwer. Das rechte folgte und ihre Knochen fühlten sich an wie Blei. Sie fühlte sich, als wäre sie hunderte Kilos schwer. Und jedes Kilo fühlte sich schwerer an als das vorherige. Doch sie musste aus dem Bett raus. Sie konnte nicht liegen bleiben. Aber so richtig Aufstehen konnte sie auch nicht. Sie fühlte sich so nutzlos. So unbrauchbar. So überflüssig.

Heute müsste sie zur Arbeit.

Eigentlich.

Sie trottete die Treppe herunter, öffnete den Kühlschrank, um zu sehen, was sich darin befand und sich vielleicht ein wenig Frühstück zuzubereiten.

Nach dem Blick in die prall gefüllten Fächer, beschloss sie, nichts zu essen. Sie hatte keinen Hunger und bekam ohnehin nichts hinunter.

Sie schloss die Kühlschranktür und setzte sich gedankenversunken und emotionslos an den Tisch.

Dort saß sie eine Weile. Ohne jegliche Regung, ohne Ausdruck im Gesicht, ohne etwas zu sagen oder zu tun.

Sie saß einfach da. Atmete vor sich hin, dachte nach. Etwas anderes tat sie in den letzten Tagen nicht.

Denken.

Denken.

Denken.

In den kurzen Phasen, in denen ihr Gehirn aussetzte und ausnahmsweise mal nicht über die Geschehnisse der letzten Tage nachdachte, aß sie entweder oder holte etwas Schlaf nach. So würde es wahrscheinlich auch die nächsten Tage weiter gehen, dachte sie sich. Vielleicht für immer. Sie würde auf ewig darüber nachdenken, sich den Kopf zerbrechen und sich letztendlich selbst kaputt machen. Wobei Oliver und Vanessa bereits gute Vorarbeit leisteten.

Nachdem sie nun minutenlang einfach nur am Tisch saß, stand sie nach einer Weile auf und ging erneut zum Kühlschrank, um sich eine Flasche Wasser herauszuholen, aus der sie direkt ein paar Schlucke trank.

Sie sah auf die Uhr, die in ihrer Küche hing und vor sich hin tickte.

Für diese Uhr ändert sich nichts. Sie tickt einfach weiter vor sich hin, zeigt mir die Zeit. Und ich sitze hier und es hat sich in so kurzer Zeit alles verändert...

Anna starrte die Uhr an, wie ihr Zeiger einfach weiterlief, als wäre nie etwas gewesen. Er drehte weiter seine Runden.

Erst ein paar Augenblicke später, bemerkte Anna wie spät es eigentlich war und dass sie in wenigen Minuten auf der Arbeit sein müsste.

Sie konnte nicht.

Sie konnte mit niemandem reden, auch wenn es nur einfache Gespräche waren.

Sie brachte kaum ein Wort heraus, konnte sich ja kaum aus dem Bett heraus bewegen.

Jede Bewegung strengte sie an. Nicht nur aus Schmerzen an ihren unteren Extremitäten. Es war der seelische Schmerz, der sie quälte.

Aus ihrer Tasche holte sie ihr Smartphone heraus. Sie suchte die Nummer ihres Chefs.

Als sie auf den grünen Hörer tippe, um ihn anzurufen, bekam sie eine Gänsehaut. Sie wurde panisch.

Es piepte.

Gleich würde er abheben und fragen was los ist.

Ein Knacksen.

»Hallo? Anna?«, ertönte eine tiefe männliche Stimme.

Anna wurde panischer und legte auf. Ihre Hände zitterten. Sie konnte nicht mit einem Mann sprechen. Allein das Hören einer männlichen Stimme löste eine Panikattacke in ihr aus.

Sie fasste sich an die Brust. Unter ihrem Shirt spürte sie, wie ihr Herz immer schneller schlug. Ihre Atmung wurde flacher, sie zitterte und sie wurde hektisch.

Sie legte das Handy schnell bei Seite und während ihr eine einzelne Träne die roten Wangen herunterfloss, begriff sie, dass nichts passiert war.

Ihre Atmung wurde ruhiger, sie atmete tief ein und tief aus.

Nachdem sie sich einigermaßen beruhigt hatte, beschloss sie Thea anzurufen. Auch bei ihr tippte sie auf den grünen Hörer, um ihre Nummer zu wählen.

Wieder piepte es.

»Ja? Anna?«, ertönte ihre weiche, sanfte und liebliche Stimme.

Anna bekam kaum ein Wort heraus. Was sollte sie ihr nur erzählen?

»H-hallo Thea«, sie hustete kurz, »Ich kann heut leider nicht kommen. S-sagst du Siggy bitte Bescheid? Danke.«

Ihre Stimme war leise. Sie stotterte vor sich hin und manche Wörter fielen ihr schwer. In ihrer

173

Stimme erkannte man einen gewissen Grad an Schüchternheit. Und auch Angst. Sie versuchte ihre Unsicherheit zu verbergen.

»Ja klar, kann ich machen. Ich wünsche dir gute Besserung. Aber was hast du denn eigentlich?«, fragte Thea mit ihrer gewohnten zurückhaltenden Art. Doch Anna hatte bereits aufgelegt und atmete tief durch, als sie das Telefonat beendete. Die kleinsten Dinge fielen ihr unfassbar schwer.

Als nächstes würde sie eine Krankmeldung brauchen.

Wie sollte sie das anstellen? Ihr Hausarzt war ausgerechnet ein Mann. Sie konnte nicht mal mit einer männlichen Person telefonieren. Wie sollte sie vor einer stehen und ihr erklären, dass sie krank sei und nicht zur Arbeit kann?

Sie musste sich wohl zusammenreißen.

Wieder nahm sie sich schwerfällig das Smartphone und suchte die Nummer der Arztpraxis heraus.

Bevor sie auf den Hörer tippte, atmete sie noch einmal tief durch.

Es piepte erneut und eine Arzthelferin der Praxis begrüßte sie.

»Schneider, Praxis Dr. Naumann. Wie kann ich Ihnen helfen?«, ertönte die weibliche Stimme.

Anna atmete nochmal tief durch.

»Hallo, hier ist Anna Krüger. Ich bräuchte eine Krankmeldung...«

»Ja, Frau Krüger, worum geht es denn genau?«, fragte sie.

»Also, ja, ich ...«, was sollte sie sagen?

»Ich bin schwer erkältet. Husten, Schnupfen, Kopf- und Gliederschmerzen«, beschrieb Anna ausführlich.

»Ja, dann trage ich mal einen Termin für 14 Uhr ein, dann können Sie vorbeikommen und Herr Dr.

Naumann schaut sich das mal genau an«, bot die Dame am Telefon an.

»J-ja. Ist in Ordnung«, stotterte Anna nervös vor sich hin, »V-vielen Dank. Auf Wiedersehen.«

»Auf Wiedersehen«, ertönte es aus ihrem Smartphone, bevor sie auflegte.

Sie hatte es geschafft. Sie hatte einen Termin vereinbart. Doch nun müsste sie noch zum Arzt fahren und sich untersuchen lassen. Von einem Mann.

Anna wurde angst und bange, bei dem Gedanken, dass ein Mann sie anfassen würde. Wieder schlug ihr Herz schneller und sie atmete flacher als zuvor.

Aus dem Schrank holte sie sich ein Glas, das sie daraufhin mit etwas kaltem Leitungswasser befüllte und trank. Der Beginn ihrer kleinen Panikattacke wurde schnell unterbrochen, doch Angst hatte sie trotz allem.

Was, wenn sie in der Praxis auch eine Panikattacke bekommen würde? Der Arzt würde doch merken, dass etwas nicht stimmte. Anna versuchte sich zu beruhigen und atmete erneut tief ein und aus.

Sie wollte einfach nicht über die Geschehnisse der letzten Tage sprechen. Nicht mit einem Arzt, nicht mit Freunden und schon gar nicht mit einem Psychologen. Anna konnte einfach nicht drüber reden. Mit niemandem. Sie ging wieder nach oben, in ihr Schlafzimmer, um sich umzuziehen. Zumindest, so gut sie konnte. Sie nahm die Jeans, die seit Tagen neben ihrem Bett lag und zog sie langsam und vorsichtig an, denn jede Bewegung schmerzte. Der Pulli, der daneben lag, wurde ebenfalls vorsichtig angezogen und die Haare zu einem Pferdeschwanz gebunden. Mehr brauchte sie nicht, um aus dem Haus zu gehen. Sie trottete die Treppe hinunter und mit jedem Schritt bekam sie mehr und mehr Angst vor dem Arztbesuch. Aber sie musste hin. Sie brauchte eine Krankmeldung. Ohne, würde sie vielleicht ihre Anstellung im Restaurant verlieren.

Annas Gedanken schweiften umher. Sie war verzweifelt, wütend, traurig, besorgt. Doch nach außen hin, zeigte sie keine dieser Emotionen. Ihr Ausdruck war leer, kalt und ihre Miene verzog sich kein bisschen.

28

Die Praxis von Dr. Naumann war, wie jede andere Arztpraxis auch, ziemlich steril eingerichtet. Weiße Wände, vielleicht ein Poster zum Thema Impfen und irgendwo in einer Ecke stand eine grüne Zimmerpflanze. Vielleicht eine Palme oder sowas in der Art. Anna ging zur Anmeldung, an der zwei junge Damen saßen, die jeden freundlich begrüßten und dann die Gesundheitskarte entgegennahmen, welche sie mit so einer Wucht in das kleine Kartenlesegerät schoben, dass sie am Ende einen kleinen Knick hatten.

Manchmal fragte sich Anna, wie lange ihre Karte noch halten würde, wenn sie weiter so gebogen wird. Doch jetzt verschwendete sie keinerlei Gedanken daran, denn sie hatte weitaus größere Probleme und Sorgen, als sich eine neue Karte zu besorgen.

Anna kam dran und ging zu der Frau, auf dessen Namensschild »Schneider« stand.

Sie nahm die Karte entgegen, schob sie in den Kartenleser und erklärte Anna, dass sie noch einen Moment im Wartezimmer Platz nehmen durfte.

Anna steckte ihre Karte ein und trottete langsam ins Wartezimmer. Sie begann, hektisch zu werden und sich umzusehen. Was, wenn hier Männer waren?

Sie ging um die Ecke durch die Tür des Wartezimmers und blieb wie angewurzelt stehen, um sich die Menschen genau anzusehen. Kein Mann, vor dem sie Angst haben müsste. Zwei Männer saßen in dem Zimmer, beide etwa 80 Jahre aufwärts. Die würden ihr nichts tun.

Anna beruhigte sich ein wenig und suchte sich

einen Platz am Fenster. Sie setzte sich auf einen der wackeligen Stühle. Es knarrte kurz, als sie sich setzte. Vor ihr stand ein Tisch mit Zeitschriften, doch zum Lesen hatte sie keinen Kopf.

Anna wartete einige Minuten. Sah sich immer wieder im Wartezimmer um und hoffte, dass nicht gleich ein Mann hereinspazieren würde, der ihr gefährlich werden könnte. Zumindest in ihren Augen.

Sie saß da und versuchte ruhig zu bleiben. In Gedanken sagte sie sich immer wieder:

»Ganz ruhig. Es wird nichts passieren...«

Doch mit diesen Gedanken, kamen auch die Bilder wieder hoch. Anna unterdrückte die Tränen, kniff sich selbst in den Handrücken, um sich abzulenken. Sie behandelte Schmerz mit anderen Schmerzen. Auf ihrem Handrücken waren nun ein paar kleine rote Streifen zu sehen. Aber es half nur kurz.

Anna wartete etwa zehn weitere, langsam vergehende Minuten, bis die Arzthelferin sie aufrief. Sie stand unsicher auf und bewegte sich vorsichtig, denn sie hatte immer noch Schmerzen.

Wieder um die Ecke und dann den gräulich gestrichenen Flur entlang ging sie zum Arztzimmer, in dem Dr. Naumann schon auf sie wartete. Er war ein groß gewachsener Mann, mittlerweile etwa Mitte Dreißig. Erst seit ein paar Jahren, hatte er seine Praxis hier in Kingsbach und Anna galt seitdem auch als seine Patientin. Er kannte sie also schon recht gut und merkte direkt, dass etwas nicht stimmte. Sagte jedoch nichts diesbezüglich und begrüßte Anna lediglich.

»Hallo Frau Krüger, was gibt's denn?«, fragte er

freundlich.

Anna setzte sich vorsichtig hin und versuchte ihn nicht anzusehen. Stattdessen sah sie den riesigen, dunkelbraunen Schreibtisch aus Mahagoni an, der vor ihr stand und das Zimmer fast zur Hälfte ausfüllte. Der Schreibtisch war völlig überfüllt und es war kaum Platz, um etwas aufzuschreiben, geschweige denn eine Patientenakte zu öffnen.

Links stand ein großes Glas mit einer Menge Bonbons darin. Es war etwa zur Hälfte gefüllt und gab dem Raum etwas Kindliches. Rechts stand eine große, schwarze Lampe, die zurzeit ausgeschaltet war, aber wahrscheinlich das ganze Zimmer erhellte, würde man sie anschalten. Auf dem Tisch verteilt, sah Anna eine Menge Stifte, Rezeptvorlagen für Medikamente, Akten, Fachbücher und Notizzettel, die allesamt mit wenigen Wörtern bekritzelt waren. Unter dem Haufen Zettel, Akten und Rezepten befand sich eine Schreibtischunterlage, welche aber kaum zu sehen war.

»Hallo«, sie hustete ein wenig vor sich hin, um glaubwürdiger zu wirken, »Ich bin erkältet und kann nicht zur Arbeit. Ich brauch nur eine Krankmeldung.«

Sie blickte starr nach unten, trug keinerlei Emotionen im Gesicht und ihre Hände umschlungen sich nervös. Ihr Herz klopfte wild und sie war den Tränen nah, hielt sie aber noch angestrengt zurück.

Dr. Naumann sah sie an und beschloss sie kurz zu untersuchen. Kurzes Abtasten am Hals und in den Rachen leuchten. Anna zuckte zusammen, als er sie am Hals berührte und wich zurück. Sie versuchte sich nichts anmerken zu lassen, doch ganz so einfach war das nicht.

Er fühlte, ob ihre Lymphknoten geschwollen waren, wie es bei einer Erkältung oft üblich ist, doch er konnte keinerlei Vergrößerung feststellen.

Um die Schultern hing ihm ein Stethoskop, welches er in diesem Moment abnahm und Annas Atmung damit abhörte. Das Bruststück fühlte sich eiskalt an, als er es an Annas Rücken presste, um ihre Atemgeräusche zu hören.

Sie bekam eine Gänsehaut und ihr Herz klopfte schneller. Ihre Atmung wurde unregelmäßiger, so wie bei ihrer letzten Panikattacke. Sie rief sich in Gedanken immer wieder auf, dass nichts passieren würde. Sie konzentrierte sich und es wurde wieder besser. Wer weiß, was passieren würde, wenn Dr. Naumann merkte, dass etwas nicht stimmte. Er nahm das Stethoskop von ihr und legte es sich wieder um die Schultern. Danach ging er um den Schreibtisch herum, nahm sich eine der Rezeptvorlagen und setzte sich hin, während er schon mit dem Schreiben begann.

»Also«, begann er, während er nur auf die Vorlage starrte, »Sie haben vielleicht einen kleinen Infekt, eine harmlose Erkältung. Aber ich schreibe ihnen ein Medikament auf, dass Ihren Husten etwas lindern sollte. Ansonsten einfach schonen und ab und zu Inhalieren, dann ist das bald vorbei. Außerdem werde ich Sie für diese Woche krankschreiben, falls das erst der Anfang der Erkältung ist.«

Er legte den Stift bei Seite, gab Anna das Rezept und lächelte sie dabei an. Dieses Lächeln war vorgelogen. Er wusste, dass etwas nicht stimme, hatte aber Angst Anna zu verschrecken, wenn er sie darauf ansprechen würde. Viel Erfahrung hatte er ohnehin noch nicht, bestand seine Praxis doch erst seit etwa fünf Jahren. Anna war damals eine der ersten Patientinnen, die zu ihm kamen. Sie war damals gerade einmal 18 Jahre alt, als er als frisch gebackener Allgemeinmediziner seine erste eigene Praxis eröffnete.

Anna kam ihm schon immer als ein sehr offener Mensch vor, der gerne Unterhaltungen führte, aber auch gerne zuhörte. Sie war ein nettes Mädchen, eigentlich immer gut gelaunt.

Doch heute war etwas anders. Sie war zurückhaltend, still, leise und redete kaum ein Wort mit ihm. Auch die Art und Weise, wie sie dort saß, so zusammengekauert, nervös und schüchtern. All das war ihm neu. Vielleicht ging es ihr auch einfach mal nicht gut und sie würde sich wieder ändern, wenn sie ihre Erkältung hinter sich hatte.

Dr. Naumann wollte sie auf jeden Fall im Auge behalten, sollte sie in den nächsten Tagen oder Wochen noch einmal seine Praxis besuchen.

Anna nahm das Rezept entgegen, verabschiedete sich leise und trottete aus der Praxis heraus. Das Rezept knüllte sie in ihrer Hand zusammen und stopfte es in ihre Jackentasche. Sie würde es nicht brauchen, schließlich hatte sie keine Erkältung. Was sie wirklich brauchte, war eine Therapie oder zumindest ein Mensch, mit dem sie reden konnte. Doch das wollte sie sich nicht eingestehen. Zu peinlich und unwirklich war ihr die ganze Geschichte.

Sie fuhr nach Hause und auf dem Weg dorthin dachte sie nach. Wie immer in den letzten Tagen. Ununterbrochen rief sie sich die Geschehnisse der letzten Tage wieder und wieder in

Erinnerung. Und jedes Mal, wenn sie das tat, durchfuhr sie ein leichter, stechender Schmerz durch den ganzen Körper. Sie fühlte sich mit jedem Gedanken unwohler.

Zuhause angekommen holte sie sich aus der Küche eine Scheibe trockenes Brot aus der Plastiktüte, in der sie es lagerte. Irgendetwas musste sie ja essen, knurrte ihr Magen doch schon seit Stunden. Nur verspürte sie keinerlei Hunger geschweige denn Appetit auf etwas zu Essen.

Sie hielt die Brotscheibe vor ihren Mund, sah sie skeptisch an und zwang sich dazu einmal reinzubeißen. Ein kleiner Zahnabdruck entstand am Rand der Scheibe, wo Anna gerade einen kleinen Bissen gekostet hatte. Ihr Gesicht verzog sich und sie kaute unendlich lange auf diesem winzigen Stück Brot herum, bevor sie es mühevoll versuchte, herunterzuschlucken.

Sie konnte nichts essen. Nicht mal eine kleine Scheibe Brot. Danach trank sie einen Schluck Wasser, um den trockenen, mehligen Geschmack loszuwerden, bevor sie nach oben in ihr Zimmer ging. Dort angekommen verdunkelte sie die Fenster und legte sich, mitsamt ihrer Kleidung, in ihr Bett.

»Na? Wie lange hat der Arzt dich krankgeschrieben?«

Vanessa stand am Türrahmen und beobachtete Anna, wie sie, wie ein Häufchen Elend im Bett lag. Ihr Blick war erneut abwertend und Anna fühlte sich immer schlechter, je länger Vanessa sie ansah.

»Das geht dich nichts an. Außerdem weißt du es doch eh«, antwortete Anna kraftlos und ermüdet.

»Natürlich weiß ich das, ich bin schließlich jede

Minute bei dir. Aber ich nerve dich gerne und treibe dich in den Wahnsinn«, erklärte sie mit böser Miene.

»Lass mich in Ruhe.«

Anna zog sich die Decke über den Kopf, wie ein genervter Teenager, der noch im Bett bleiben möchte.

Sie hörte Schritte und bemerkte, dass Vanessa langsam näherkam. Anna lugte aus einem Spalt der Bettdecke heraus und sah Vanessa, die sich zu ihr heruntergebeugt hatte, direkt in die seelenlosen, blauen Augen.

»Ich werde dich aber nicht in Ruhe lassen«, sagte sie mit ruhiger, aber ernster und finsterer Stimme, bevor sie sich wieder hoch beugte.

»Warum quälst du mich derart?«, fragte Anna wimmernd und mit zittriger Stimme. Die Verzweiflung stand ihr ins Gesicht geschrieben.

»Das weißt du doch.«

Vanessas Stimme wurde leiser, wirkte aber doch noch immer angespannt und leicht wütend. Und mit diesem Satz verschwand ihre sichtbare Gestalt für diesen Tag und sie widmete sich wieder Annas Gedanken, während diese das Licht auf dem Nachttisch erlosch und versuchte zu schlafen. Auch wenn sie wusste, dass Vanessa in ihrem Kopf und in ihren Gedanken herum spukte.

29

Donnerstag, 04. April 2019

Es geht mir immer schlechter. Meine Gedanken lassen mich nicht los und so richtig klarkommen, tue ich mit der Situation sowieso nicht. Ein kranker, boshafter Geist, der mich quält, in meinen Gedanken herumirrt und mir mein Leben zur Hölle macht.

Es klingt alles so banal. Ich hoffe einfach, dass das alles nur ein ewiger Alptraum ist, aus dem ich irgendwann erwachen werde. Und dann werde ich darüber lachen, denn so etwas kann es einfach nicht in Wirklichkeit geben. Es kann einfach nicht sein! Aber dieser Schmerz, die Wunden und die vielen Gedanken.

Geht sowas überhaupt im Traum?

Kann es wirklich ein schlechter Traum sein? Der kleine Funken Hoffnung, der noch in mir ist, sagt ja.

Doch der Schmerz, den ich seit Tagen verspüre, beweist mir das Gegenteil.

Das hier ist die Realität. Und ich werde nicht aufwachen. So sehr ich es mir auch wünsche. Und immer wieder geraten diese Bilder in meinen Kopf und ich kann nicht mehr weiter. Ich kann nicht mit jemandem reden, ich kann nichts Essen, ich kann nicht zur Arbeit gehen. Von den Mädels habe ich seit Tagen nichts gehört, aber ich kann mich nicht bei ihnen melden.

Was, wenn sie was merken?

Oder wenn sie mich über ihn ausfragen?

Ich kann es niemandem erzählen, es geht einfach nicht.

Ich habe in der letzten Nacht wieder kaum geschlafen. Vanessa geisterte zu lange in meinen Gedanken herum und rief immer und immer wieder die Bilder auf, als Oliver mich ver-

Ich kann es nicht schreiben. Es tut einfach so unfassbar weh und mir schmerzt der ganze Körper, wenn ich daran denke.

Ich habe das Gefühl, dass ich kein richtiger Mensch mehr bin. Ich fühle mich nutzlos, wertlos, benutzt und immer noch schmutzig. Diese Gefühle werde ich wahrscheinlich nie wieder los.

Vielleicht wird dieser Tag ja anders und es passiert etwas Gutes. Vielleicht.

Der Schultag begann für Nico und Lukas wie immer. Sie trafen sich gemeinsam an der Bushaltestelle, an der sie die einzigen Kinder waren und warteten auf den siffigen Schulbus, der sie jeden Morgen zur Schule brachte. Wie jeden Morgen, hatten die beiden keinerlei Motivation, denn der Kinderkram, der ihnen in der Schule beigebracht wurde, war nichts mehr für sie. Sie wollten endlich auf die Realschule. Nicht wegen des Unterrichts. Den würden sie dort genauso langweilig und dämlich finden, wie in der Grundschule auch. Doch dann konnten sie endlich bei den großen dabei sein! Und darauf warteten sie schon lange.

Doch ein paar Monate hatten sie noch zu überstehen und heute war ein weiterer Tag, der letzten Monate bis zur Realschule.

Der Bus kam, mit der üblichen Verspätung und die beiden Jungs stiegen in das bereits volle Fahrzeug ein. Es waren alle Klassen der Grundschule vertreten, zumindest die aus Derbersdorf. Hier ein paar Erstklässler, die mit ihren viel zu großen Schulranzen nach hinten kippten, sollten sie mal kurz das Gleichgewicht verlieren. Dort drüben ein paar Zweitklässler, die gegenseitig damit angaben, die Uhr richtig lesen zu können.

Gefolgt von den Drittklässlern, von denen schon einige ihr erstes Smartphone hatten und damit nun herumspielten, ohne eine Ahnung davon zu haben, was sie dort eigentlich machten. Die meisten Viertklässler, die im Bus saßen, wussten, dass sie die »Großen« waren und verhielten sich auch dementsprechend »cool«, was in dieser Altersklasse eigentlich nur bedeutete, im Bus in der letzten Reihe zu sitzen. Und das natürlich ganz locker.

Nico und Lukas suchten sich die zwei letzten Sitzplätze in der hintersten Reihe aus und setzten sich gemütlich und locker, wie die anderen, dort hin. Während sie dort saßen, tippten sie auf ihren überteuerten Smartphones herum und schwelgten gemeinsam in Erinnerungen an ihre Mutproben und Streiche, die sie die vergangenen Monate erlebt haben.

Hier das Selfie der beiden, mit einer Zigarette im Mund. Dort das Bild vom Steinewerfen von der Autobahnbrücke letzten Sommer. Sie sahen sich die Bilder an, lachten gemeinsam darüber und zeigten sie stolz den anderen Kindern im Bus.

Ein paar von ihnen zeigten sich beeindruckt und schenkten den beiden Jungen ihre volle Aufmerksamkeit und Anerkennung für ihre Streiche. Doch andere der Kinder merkten, dass das, was die beiden taten alles andere als richtig war. Sie ignorierten die beiden und wandten sich von ihnen ab. Was natürlich dazu führte, dass Nico und Lukas sich dazu gedrängt fühlten, noch mehr Aufmerksamkeit zu erregen. Sie wurden lauter, machten Unsinn, ärgerten die anderen Kinder.

Die beiden verließen ihre Plätze, liefen im Bus hin und her.

»Setzt euch gefälligst hin dahinten!«, rief eine erboste, weibliche Stimme von vorne.

Die Busfahrerin, kräftig gebaut, mit langen, schwarzen Haaren rief den beiden zu. Doch sie ignorierten sie und liefen weiter hin und her. Der

187

Bus fuhr eine Linkskurze. Nico schwankte etwas, konnte aber wieder festen Halt finden, als er sich am Sitz einer Erstklässlerin festklammerte.

»Ey!«, rief die piepsige Stimme des kleinen Mädchens, dass nicht sah, wer hinter ihr stand, »meine Haare!«

Nico hatte sich beim Festhalten in ihren langen, blonden Haaren verfangen und riss ihr ein kleines Büschel aus, als er die Hand vom Sitz entfernte.

Er sah sie herablassend an, während sie sich umdrehte und bemerkte, dass ein Viertklässler hinter ihr stand. Sie wurde ganz still und drehte sich ohne ein Wort wieder um, als Nico sie einschüchternd ansah.

Sie liefen weiter im Bus umher, der auch mal eine Generalüberholung gebrauchen könnte. Die Sitze waren alt und abgesessen und zum Teil fehlte das Polster. Die Stangen, an denen sich die Kinder festhalten sollten, waren verbeult, es blätterte der Lack ab und an manchen Stellen trat Rost hervor. Die Fenster waren zerkratzt, Brandflecken fanden sich an manchen Scheiben, die Jugendliche hinterlassen hatten, als sie im Bus rauchten.

Bis zur Schule waren es jetzt nur noch ein paar Minuten. Nico und Lukas schwirrten weiter im Bus umher, während die Busfahrerin weiter in ihrer gewohnten ruppigen Art der Straße folgte.

Lukas tippte auf seinem Smartphone herum, wischte nach links, scrollte hoch und wieder runter, bis er endlich gefunden hatte, was er suchte. Er drehte das Smartphone zu den anderen Kindern um und zeigte ihnen ein Bild von ihrer letzten Aktion, die sie gemeinsam erlebt haben.

Auf dem Selfie, dass Lukas geschossen hatte, waren er und Nico zu sehen, wie sie eine klitschnasse, schwarze Katze am Nacken packten. Ihre Pfoten und ihr Körper hingen schlaff herunter und sie sah aus, als wäre sie bereits tot. Nur die halb offenen Augen zeigten, dass sie noch lebte. Die beiden Jungen lächelten auf dem Foto frech und hämisch vor sich hin, während sie mit den Daumen nach oben zeigten, um ihre Freude auszudrücken.

Das Bild kam bei den anderen Kindern auf verschiedene Arten an.

»Boah! Wie krass seid ihr zwei denn bitte?«, fragte ein Drittklässler.

»Spinnt ihr?«, erwiderte dessen Kumpel.

»Die arme Katze! Was habt ihr mit ihr gemacht?«, fragte die Erstklässlerin, der Nico eben ein Büschel Haare ausgerissen hatte.

Nico und Lukas genossen die Aufmerksamkeit. Ob sie jetzt gut war oder schlecht war ihnen egal. Sie fanden es befriedigend genug, einfach nur im Rampenlicht des Busses zu stehen und wer weiß, was die anderen Kinder in der Schule noch dazu sagen würden? Das hier war nur ein kleiner Teil der Schüler.

Während Lukas sein Smartphone wieder an sich nahm, betrachtete er noch einmal stolz das Foto, bevor er den Bildschirm schwärzte und das Smartphone in seinen bunten Schulranzen steckte.

Durch den Bus fuhr ein eiskalter Luftzug, den Nico und Lukas spürten und dabei zusammenzuckten.

»Was habt ihr denn?«, fragte ein anderen Viertklässler, der zu Lukas hochschaute.

»Hier war es grade so kalt, hast du das nicht gemerkt?«, fragte Nico, während er sich die

189

Arme rieb, weil ihm kalt wurde.

Der andere schüttelte den Kopf, woraufhin Nico und Lukas beide unbeeindruckt mit den Schultern zuckten und weiter über die Katze sprachen.

»...ja wirklich, die hat richtig gezappelt, aber Nico hat sie festgehalten und-«, Lukas wurde von Nico unterbrochen.

»Ich habe sie am Nacken gepackt und ins eiskalte Wasser getaucht!«

Beide prahlten stolz vor sich hin, streckten die Brust raus und ließen sich von ihren Freunden feiern.

»Sag mal Nico, wolltest du heute nicht was mitbringen?«, fragte Lukas neugierig.

Nico kramte in seiner Hosentasche herum und holte einen glitzernden, länglichen Gegenstand heraus, etwas größer als seine Hand.

»Du hast es echt geklaut?«, fragte Lukas erstaunt.

Er nahm den Gegenstand und zeigte ihn den anderen Kindern. Es war das Taschenmesser seines Vaters, das er sich vor ein paar Wochen zugelegt hatte. Scharf wie eine Rasierklinge. Er zeigte es umher und spielte damit.

Während sie ihren kleinen, unverdienten Ruhm genossen, lenkte die Busfahrerin weiter den Bus hin und her, um die Schüler sicher zur Schule zu transportieren, auch wenn sie sich oft wünschte, sie wäre diese Drecksblagen los, die ihr den Bus verwüsteten und überall ihren Müll hinterließen. Wobei das eigentlich noch das angenehmste an diesen Kindern war.

In den letzten Jahren merkte sie immer mehr, wie sich die Kinder veränderten. Sowohl die Kinder in der Grundschule als auch die älteren Kinder, für die sie früher am Morgen den Bus zur

Schule kutschierte.

Die Kinder wurden respektloser. Alle. Und lauter. Viel, viel lauter als noch vor 20 Jahren, als sie ihren Beruf anfing. Man kommt kaum noch gegen sie an, wenn sie einmal angefangen hatten ihre Stimme zu heben, laut zu lachen oder sich zu streiten.

Immer wieder, beinahe jeden Tag musste sie diese kleinen Biester ertragen, die nicht einmal auf sie hörten, wenn sie sie zurechtwies. Vielmehr kamen ihr Beleidigungen entgegen.

»Blöde Busfahrerin«

»Dumme Kuh«

Sogar »Schlampe« musste sie sich schon von den Kindern anhören.

Sie hoffte darauf, bald einen anderen Beruf ausüben zu können oder wenigstens den Linienbus in der Stadt fahren zu können. Das war wahrscheinlich weitaus angenehmer als diese kleinen Giftzwerge.

Während sie in ihre Gedanken vertieft war, liefen die beiden Jungen noch immer hinten im Bus hin und her, ohne sich richtig festzuhalten.

»Selbst schuld, wenn ihr gleich auf euer freches Mundwerk fallt...«, murmelte sie vor sich hin und schaute in den Spiegel, der ihr die hinteren Reihen des Busses zeigte.

In diesem Moment sah sie nicht auf die Straße, auf der eine magere, schwarze Katze umherlief. Noch weit vom Bus entfernt, setzte sie sich provokant auf den Asphalt. Sie sah den Bus an, der auf sie zu fuhr und leckte sich genüsslich die Pfote.

Die Busfahrerin sah wieder nach vorne und entdeckte mit Schrecken die Katze, die still auf der Straße saß. Sie bewegte ihren Fuß auf die Bremse und der Bus kam auf den nächsten

Metern ruckartig zum Stillstand. Die Katze saß weiterhin ruhig auf dem Asphalt.

Aus den hinteren Reihen des Busses ertönte ein lautes Raunen, ein paar der kleineren Kinder schrien leicht vor sich hin, bis der Bus stand. Ein leises Wimmern war zu hören und nachdem die meisten Kinder den kleinen Schock verkraftet hatten, sahen sie auf den Boden, wo die beiden Jungen, Nico und Lukas, regungslos lagen. Lukas lag am Boden und Nico auf ihm. Dieser kam langsam zu sich und rappelte sich wieder auf. Als er im Gang stand, fingen ein paar der Kinder an zu schreien, als sie seine blutverschmierten Hände sahen.

Nico schaute an sich herunter. Er hielt das Taschenmesser seines Vaters in der Hand, dessen Klinge rot gefärbt war. Lukas lag weiterhin am Boden und regte sich nicht.

Die Busfahrerin bemerkte den Aufruhr und sah den Jungen am Boden liegen. Sie lief langsam nach hinten, um sich ein Bild von der Situation zu machen. Als sie das Blut sah, zückte sie ihr altes Handy und rief den Krankenwagen.

Nico stand weiterhin schockiert da, während sein bester Freund am Boden lag. Er hatte ihm ein Messer in den Rücken gerammt.

Die Kinder schauten ihn schockiert an. Alle waren erschrocken und ein paar der Erstklässler fingen an zu weinen. Nico hörte alles nur noch dumpf und er schaute sich um. Er schaute nach vorne, aus dem Bus heraus und erkannte, warum der Bus eine Vollbremsung gemacht hatte.

Vor dem Bus saß noch immer die schwarze Katze, die sich noch immer die Pfote leckte.

Nico sah sie an und erschrak.

Nachdem der Rettungswagen ein paar Minuten

später eintraf, wurde Lukas ins Krankenhaus gebracht. Nico wurde von seinen Eltern abgeholt und zusammen mussten sie zur Polizei, wo Nico kleinlaut erzählte was passiert war.

Von seinen Eltern bekam er für die nächsten Wochen Hausarrest. Das Messer verstaute sein Vater an einem sicheren Ort.

»Lukas! Es tut mir so leid! Ich wollte das doch nicht!«, rief es am nächsten Tag in Lukas Krankenzimmer, während er in seinem Krankenhausoutfit im Bett lag und sein Rücken schmerzte. Nico kam ihn besuchen.

Lukas sah ihn vorwurfsvoll an.

»Naja, war ja eigentlich nicht deine Schuld...«, gab er zu, »Die Busfahrerin hätte ja keine unnötige Vollbremsung machen müssen.«

Nico sah ihn an.

»Weißt du, weswegen sie die gemacht hat?«, fragte Nico.

Lukas schüttelte den Kopf, wobei er das Gesicht leicht verzog, weil sein Rücken etwas schmerzte.

»Als der Bus stand, habe ich die Katze gesehen...«, erklärte Nico leicht erschrocken. Lukas sah ihn an.

»Willst du mich verarschen?«, fragte er genervt, »Die is doch eh schon tot.«

»Nein, das war sie! Ganz bestimmt, ich bin mir sicher, dass sie es war!«

Die beiden Jungen sahen sich beide ratlos an. Lukas Mutter kam ins Zimmer, mit zwei Flaschen Wasser, die sie gerade für ihn geholt hatte.

Sie setzte sich neben ihren Sohn und schaute Nico wütend an.

»Raus«, sagte sie streng.

Nico sah sie an.

»Ich sagte raus. Du hättest meinen Sohn

umbringen können! Ihr werdet nicht mehr miteinander spielen. Du hast einen schlechten Einfluss auf Lukas und er wird sich nicht mehr mit dir abgeben! Und wenn du jetzt nicht sofort gehst, werde ich noch ein ernstes Wörtchen mit deinen unfähigen Eltern sprechen!«, warf sie ihm erbost entgegen.

»Aber es war doch ein Unfall und-«

»Ich sagte RAUS!«, rief sie energischer und Nico verließ das Zimmer. Er ging nach Hause und spielte lange Zeit nicht mehr mit Lukas, der nach ein paar Tagen im Krankenhaus entlassen wurde.

-31-

In Neles Schlafzimmer klingelte es. Immer und immer wieder ertönte ihr greller Klingelton, den sie nie geändert hatte. Im Haus war es still, nur das Smartphone war zu hören. Auf dem Display erschien ein Bild von Marleen, die nun schon seit Stunden versuchte Nele zu erreichen.

Sie hatte ihr bereits vor Tagen geschrieben. Doch sie antwortete bisher nicht. Manchmal war es bei Nele normal, dass sie sich erst nach ein paar Tagen meldete, doch nun war schon fast eine Woche vergangen. Seit dem Abend bei Anna, hatte Marleen nichts mehr von Nele gehört. Vielleicht war sie viel beschäftigt, vielleicht war sie krank. Deswegen rief Marleen sie an, um herauszufinden, warum sie sich nicht meldete. Doch auch nach stundenlangem Anrufen meldete sich noch immer niemand.

»Hallo?«, ertönte Marleens Stimme aus Jackys Smartphone.

»Ja? Marleen? Hi, was gibt's?«, fragte Jacky neugierig.

»Hast du mal was von Nele gehört? Sie meldet sich bei mir nicht.«

»Ne, ich weiß leider nichts... Sonst fahr doch mal bei ihr vorbei und schau nach, ob alles in Ordnung ist?«, schlug Jacky vor, »Tut mir leid, aber ich muss auflegen. Ich bin noch an der Arbeit und muss weiter machen. Viel Erfolg, kannst dich ja später mal melden. Bis dann!«

Dann legte sie auf und Marleen vernahm nur noch das leise Knacksen im Smartphone, das ihr zeigte, dass der Anruf beendet wurde.

Nun stand sie genauso ratlos da, wie vorher

auch. Langsam machte sie sich Sorgen. Sie beschloss, Jackys Vorschlag zu folgen und zu Neles Haus zu fahren.

Sie stieg aus ihrem Auto aus, das sie im letzten Jahr erst gekauft hatte und betätigte den Knopf auf dem Schlüssel, um es zu schließen. Ein leises Knacksen war zu hören und die Lichter des Combis blinkten kurz auf.

Marleen war nervös und besorgt, was sie erwarten würde.

War alles in Ordnung?

War Nele vielleicht krank?

War sie weg?

Sie stand nun vor ihre Haustür und klingelte. Im Haus hörte man das Läuten der Klingel. Sonst nichts weiter. Keine Bewegung, niemand lief im Haus herum, um die Tür zu öffnen. Marleen versuchte noch einmal sie anzurufen, doch wie erwartet hob niemand ab.

Marleen sah zu Seite. Im Briefkasten stapelten sich die Zeitungen, Briefe und Prospekte der letzten Tage.

Marleen war immer besorgter. Sie lief ums Haus herum, lugte durch die Küchen- und Wohnzimmerfenster, doch nichts war zu sehen.

Langsam wurde sie ungehalten. Sie klopfte an die Fenster, doch noch immer regte sich nichts.

Marleen ging nach nebenan, zu Neles Nachbarin, um sie nach ihr zu befragen. Auch wenn sie wusste, dass Neles Nachbarin eine schrullige, alte Dame war, die wegen allem herummeckerte. Doch Marleen wusste sich keinen anderen Rat und so klingelte sie nervös an der Haustür der alten Dame, nachdem sie durch ihren spießigen Vorgarten marschierte.

Sie lief durch Rosen und Stiefmütterchen, die

196

auf den Zentimeter genau angeordnet waren und in einer Reihe angepflanzt wurden.

Aus dem Inneren des Hauses hörte man das Klackern der Pumps, die die alte Dame wahrscheinlich rund um die Uhr trug.

Man hörte, wie sie die Treppe herunter ging und langsam zur Tür kam.

Marleen wurde nervös und in genau diesem Moment öffnete sie die dunkelbraune Antikhaustür und schaute durch den Spalt hervor.

»Ja?«, fragte eine leicht gereizte, alte Stimme.

»Hallo, entschuldigen Sie die Störung. Ich wollte fragen, ob Sie vielleicht etwas von Ihrer Nachbarin Nele gehört oder gesehen haben, ich kann sie ni-«

»Nein, ich habe sie nicht gehört oder gesehen und das will ich auch gar nicht. Und jetzt verschwinde.«

Der Spalt zwischen Tür und Rahmen verschwand und die alte Dame schloss die Tür zu. Marleen hörte noch, wie sie den Schlüssel im Schloss herumdrehte und ging dann zurück zu ihrem Auto.

Sie setzte sich hinein und holte ihr Smartphone heraus. Die alte Dame lugte aus einem ihrer Küchenfenster hervor und schob die kitschige, leicht rosafarbene Gardine zur Seite, um Marleen zu beobachten. Die tippte auf ihrem Smartphone die Nummer der Polizei ein, denn sie wusste sich keinen anderen Rat mehr.

32

Freitag, 05. April 2019

Vor Neles Haus flackerten die Lichter des Polizeiautos, dass vor wenigen Minuten eingetroffen war.

Marleen saß mit einer Decke um die Schultern auf der Treppe, die zu Neles Haustür führte. In den Händen hielt sie eine Tasse Tee, die ihr einer der Polizisten gegeben hatte.

Das Blaulicht flackerte immer weiter, die ganze Straße wurde davon beleuchtet und ein paar der Nachbarskinder liefen vorbei, bestaunten das Polizeiauto und guckten neugierig zu Marleen herüber.

Aus den Funkgeräten der Polizisten ertönten unverständliche Codes und Anweisungen, die Marleen nicht verstand. Sie starrte nur auf ihre Tasse Tee, die sie in den Händen hielt. Er dampfte noch und ihre Hände wurden immer wärmer. Doch es interessierte sie nicht und sie blickte weiter starr auf die Tasse.

Das Blaulicht flackerte weiter.

Einer der Polizisten kam aus dem Haus. Es war derselbe, der Marleen vor wenigen Minuten den Tee gab. Er war schon älter und einige Jahre im Dienst. Vielleicht 50. Vielleicht auch ein wenig älter. Der andere Polizist, der jetzt noch im Haus war, kam Marleen bekannt vor. Er war jung, trug eine Brille und seine dunkelbraunen Haare schauten leicht unter der Polizeimütze hervor. Sie hatte versucht auf sein Namensschild zu sehen, als sie eintrafen, doch sie erkannte nichts. Und nun saß sie dort an der Treppe. Schockiert. Voller

Trauer. Die anderen wussten noch gar nicht was passiert war.

In der Zwischenzeit kam ein weiteres Auto in Neles Einfahrt gefahren. Ein schwarzer Wagen. Marleen wusste, dass es ein Leichenwagen war.

Zwei Männer, dunkel gekleidet, stiegen aus und kamen auf einen der Polizisten zugelaufen.

Sie redeten kurz und gingen dann alle gemeinsam nach oben, in Neles Badezimmer, wo ihr regloser Körper schon einige Tage liegen musste.

Sie sei ausgerutscht, sagte einer der Polizisten zu Marleen. Ausgerutscht und mit dem Kopf an den Badewannenrand geknallt. Niemand kam ihr zur Hilfe, niemand hatte sie bisher vermisst, geschweige denn gefunden. Fast eine Woche lag sie dort. Nun hatte man sie gefunden.

Marleen saß weiterhin auf der Treppe und versuchte nun einmal, an ihrem Tee zu nippen, der noch immer vor sich hin dampfte, während Polizei und Bestatter ihrer Arbeit nachgingen.

Nach ein paar Minuten kam der jüngere der Polizisten zu Marleen und nahm sie mit zum Polizeiauto, wo er ihre Personalien aufnahm.

Marleen sah auf das Namensschild.

»O. Schneider« stand auf dem Schild.

Das musste dann wohl dieser Oliver sein, von dem Anna am Samstag sprach.

Samstag... Als noch alles in Ordnung war und Nele noch nicht in einer Blutlache in ihrem Badezimmer lag.

Marleen wusste, dass Oliver sie eigentlich nur ablenken wollte, damit sie nicht sah, wie die beiden Bestatter Neles Leiche unter dem weißen Tuch, in den Leichenwagen transportierten.

Sie hörte Oliver kaum zu, beobachtete nur, die Nele in den Wagen gehoben wurde. Einer der

Bestatter schloss die Türen des Wagens. Sie unterhielten sich noch kurz mit dem älteren Polizisten und sahen alle drei kurz zu Marleen herüber, ehe die Bestatter sich verabschiedeten und mit dem Wagen davonfuhren.

Oliver befragte Marleen nach Name, Adresse und ob sie vielleicht die Kontaktdaten von Neles Eltern hatte.

Sie zückte mit zittrigen Händen ihr Smartphone hervor, tippte darauf herum und zeigte Oliver das Display, auf dem die Handynummern von Neles Eltern standen, die beide in Kingsbach wohnten, allerdings getrennt lebten.

Oliver notierte sich alles sorgfältig und steckte danach den kleinen Notizblock in seine Brusttasche.

Er bedankte sich bei Marleen für ihre Mitarbeit und verabschiedete sich dann, wobei er ihr noch sein Beileid aussprach.

»Kommst du zurecht oder soll dich jemand abholen? Vielleicht solltest du jetzt kein Auto fahren«, schlug er ihr vor.

Marleen schüttelte den Kopf.

»Nein, das geht schon. Es ist ja nicht weit.«

Dann gab sie Oliver die leere Tasse wieder und setzte sich in ihr Auto. Ihre Hände zitterten noch immer, sie wusste nicht, was sie tun sollte. Sie wartete, bis die Polizei wegfuhr und startete dann ihren Combi.

Draußen war es noch hell. Es war erst früher Abend, als Marleen wieder zu Hause war und sich schockiert in die Küche auf einen der Stühle setzte. An der Wand hing ihre Pinnwand, an der sie immer wieder Bilder von sich und ihren Freundinnen anpinnte. Auch Nele war auf diesen Bildern zu sehen. Marleen sah sie starr an. Es fühlte sich nicht real an. Das konnte einfach nicht wahr sein. Das war nur ein Traum. Ein schlimmer, schrecklicher Albtraum. Gleich würde sie aufwachen. Gleich wäre alles wie vorher und sie würde stundenlang mit Nele telefonieren. Sie würden über Marleens Studium reden, über Neles Arbeit, über den nächsten Mädelsabend, über Männer und Wein. Gleich würde sie aufwachen.

Sie schloss die Augen und konzentrierte sich. Doch es passierte nichts. Sie schloss sie erneut. Strengte sich an. Flüsterte sich immer wieder zu.

»Wach auf.

Wach auf.

Wach auf!«

Doch nichts passierte.

Sie kniff sich in die Handfläche.

Nichts.

Sie schlug sich auf den Oberschenkel.

Nichts.

Sie wachte nicht auf, denn sie war bereits wach. Langsam standen ihr Tränen in den Augen. Sie versuchte es ein letztes Mal.

Mit einem heftigen Schlag verpasste sie sich selbst eine Ohrfeige. Sie schrie auf, die Tränen liefen ihr die Wangen herunter.

»WACH AUF!«, schrie sie sich selbst an, während sie die Kontrolle verlor und sich immer wieder auf die Oberschenkel schlug.

Sie stand energisch auf, trat gegen den Stuhl, auf dem sie gesessen hatte und warf ihn um. Ihr Fuß schmerzte, doch es interessierte sie nicht.

»SCHEIßE, SCHEIßE, SCHEIßE!!!«, rief sie immer wieder. Sie hatte realisiert, was passiert war. Mit Wut versuchte sie damit klarzukommen, doch es half nichts. Sie sank langsam auf dem Boden zusammen. Kauerte sich in die hinterste Ecke ihrer Küche und brach weiter in Tränen aus.

33

»Hey, Marleen. Konntest du was in Erfahrung bringen?«, fragte Jacky, als Marleen ihren Anruf entgegennahm.

Von der anderen Seite des Hörers kam zunächst keine Antwort. Jacky hörte, wie Marleen atmete und vernahm ein leises Schluchzen.

»Marleen? Was ist passiert?«, fragte sie besorgt.

Marleens Schluchzen wurde zu einem Ausbruch der Gefühle und sie weinte laut vor sich hin, versuchte Jacky zu erklären, was passiert war. Ihre Sätze kamen nur gebrochen aus ihrem Mund, immer wieder musste sie Luft holen, weil sie so viel weinte und viele der Wörter verschluckte sie mitten im Satz. Doch die paar Wörter, die wichtig waren, verstand Jacky.

Schockiert stand sie in ihrer Wohnung, in die sie erst vor wenigen Minuten zurückgekehrt war. Das Smartphone in der Hand, den Mund weit offen und Gänsehaut am ganzen Körper. Der Schock erfüllte sie gänzlich und sie wusste nicht, was sie denken sollte. Ihr Kopf war völlig leer. Sie stand weiter da, schaute ins Leere und nahm langsam das Smartphone herunter.

Wie in Trance beendete sie den Anruf und legte das Smartphone auf den Küchentisch, der neben ihr stand und an dem sie sich nun abstützte, aus Angst das Gleichgewicht zu verlieren.

Langsam stiegen ihr Tränen in die Augen und sie setzte sich, weiterhin ins Leere starrend, auf den Stuhl, der hinter ihr stand.

»Thea?«, ertönte Jackys Stimme leise und zitternd, als Thea während ihrer kurzen Pause im

Restaurant den Anruf entgegennahm.

»Hi Jacky, was gibt's?«, fragte sie neugierig, aber auf ihre gewohnt schüchterne Art.

Kurze Stille auf der anderen Seite.

»Ehm..«, begann Jacky und presste ihre Lippen aufeinander, um sich die Tränen zu verkneifen, »Thea, setz dich bitte mal hin...«

Thea huschte hin und her, bereitete nebenher noch Sachen für die gleich folgende Geburtstagsfeier eines Gastes vor. Obwohl sie Pause hatte, faltete sie Servietten, rückte das Besteck noch einmal zurecht und stellte die Tulpen auf den Tisch.

Zwischendurch huschte noch ihr Kollege Frank um sie herum und half ihr bei den letzten Vorbereitungen.

»Du, Jacky, ich habe leider keine Zeit mich noch hinzusetzen, wir haben gleich eine Geburtstagsfeier und ich-«

»Nele ist tot«, unterbrach sie die zitternde, aber ernste Stimme auf der anderen Seite des Hörers.

Jacky vernahm das Klirren einer herunterfallenden Gabel, die Thea vor wenigen Sekunden noch in den Händen hielt. Darauf folgte das Rücken eines Stuhls, auf den Thea sich nun setzte.

»Wie, warum, was...Was ist passiert?«, fragte Thea schockiert.

Jacky versuchte sich zu konzentrieren, um nicht erneut in Tränen auszubrechen. Sie erklärte Thea was passiert war, nachdem sie es kurz zuvor von Marleen erfahren hatte.

Beide schwiegen sich nun an und Thea unterbrach die Stille, die nun herrschte nach einer gefühlten Ewigkeit.

»Ich...ich melde mich später nochmal...Ich muss jetzt erstmal damit zurechtkommen«, sagte sie, während sie die Gabel aufhob, die ihr vor wenigen Minuten aus der Hand geglitten war.

Beide verabschiedeten sich voneinander und Jacky legte auf.

Thea ging zu ihrem Chef. Ihm fiel auf, dass etwas nicht stimmte.

»Alles in Ordnung, Thea?«, fragte er besorgt, während er sie ansah.

Sie erklärte, dass sie vor wenigen Minuten einen Anruf bekam und welche Nachricht ihr dabei vermittelt wurde.

»Ich bleibe aber bis 23 Uhr, das ist kein Problem, Siggy«, sagte sie, aus Angst, sie würde Ärger oder gar eine Abmahnung bekommen, wenn sie früher gehen würde. Sie brauchte ohnehin keine große Ablenkung. Natürlich, das war ein Schock. Doch Thea kannte Nele nur etwa ein halbes Jahr lang und besonders sympathisch fand sie sie nie. Es ist traurig, keine Frage. Aber sie würde nicht sonderlich lange trauern. Es tat ihr leid für die anderen Mädels, aber sie selbst kam ganz gut damit zurecht, nachdem sie den ersten Schock verkraftete.

»Nein, da gibt es gar keine Diskussionen. Du kannst ruhig nach Hause gehen, ich bitte dich sogar darum! Es bringt nichts sich in die Arbeit zu stürzen und nachher noch etwas falsch zu machen. Geh ruhig nach Hause, wir kriegen das hier schon hin«, beruhigte Siggy sie. Auch wenn er es vielleicht einfach nur gut meinte, merkte Thea, dass er einfach nur Angst hatte, sie würde in ihrer Trauer etwas falsch machen, Gäste verscheuchen oder sonst etwas, das dem Ruf des Restaurants schaden könnte. Vielleicht bildete sich Thea das aber auch nur ein, denn sie war es gewohnt herablassend behandelt zu werden. Vor allem in ihrer alten Heimat bekam sie das ständig zu spüren. Zwar war das aufgrund ihrer sexuellen Orientierung, doch sicher konnte sich Thea da nicht sein.

Sie beschloss, auf Siggys Vorschlag einzugehen und nicht mit ihm darüber zu diskutieren.

Im Mitarbeiterzimmer holte sie ihre Klamotten und machte sich auf den Weg nach Hause.

»Wie es Anna wohl geht?«, fragte sie sich, unwissend, dass diese noch nichts von dem Vorfall erfahren hatte, lag sie doch immer noch still in ihrem Bett, ohne an diesem Tag etwas gegessen zu haben.

Anna vernahm das leise Summen ihres Smartphones und lugte unter der Bettdecke hervor, unter der sie sich die letzten Tage verkrochen hatte.

Sie wartete, bis das Summen aufhörte. Wer etwas von ihr wollte, würde sich später noch einmal melden oder gar nicht. Es interessierte sie ohnehin nicht wer sie anrief oder weswegen.

Das Summen brach ab.

Einige Sekunden später fing es erneut an und Anna schaute genervt hervor.

Wieder ignorierte sie es, bis das Summen ein drittes Mal begann.

Anna hob langsam den Arm und griff nach dem Smartphone. Sie las Jackys Namen auf dem Display. Zuerst wollte sie es erneut liegen und summen lassen, doch sie befürchtete, dass Jacky keine Ruhe gab, bis sie mit ihr gesprochen hatte.

Also drückte sie auf den grünen Hörer und bewegte ihre Hand, in der sie das schwarze Smartphone hielt, langsam in Richtung ihres Ohres.

»Anna?«, ertönte eine zittrige Stimme.

»Ja?«, erwiderte Anna, bemüht nicht zu traurig,

besorgt, ängstlich oder krank zu klingen.

»Sitzt du gerade?«, fragte Jacky besorgt.

Anna schaute verdutzt, bejahte die Antwort, war Liegen dem Sitzen doch sehr ähnlich.

»Also...Nun ja...«, begann sie nervös.

Anna hörte ihr kaum zu und versank schon wieder in ihren Gedanken.

»Es geht um Nele...«, fuhr Jacky fort.

Anna hörte weiter halbherzig zu. Sie interessierte sich kaum für die anderen Mädels und war in Gedanken mit den Problemen ihres eigenen Lebens beschäftigt.

»Anna...Nele ist tot...«, berichtete Jacky.

Annas Gesichtsausdruck veränderte sich kaum. Doch in ihrem Kopf regte sich etwas.

Nele war tot?

Warum?

Was ist passiert?

Die Situation überforderte sie und vor Schreck ließ sie ihr Smartphone aus der Hand gleiten. Es landete mit der Kante auf dem Boden und der Anruf wurde beendet.

Jacky schaute auf ihr Smartphone, dass ihr nun wieder den normalen Bildschirm anzeigte und war der Ansicht, Anna würde nur ein paar Minuten brauchen, um sich wieder zu fangen. Sie würde sicherlich in wenigen Augenblicken zurückrufen.

Anna lag in ihrem Bett. Ihre Miene verzog sich kein Stück, doch in ihrem Kopf wimmelte es von Gedanken. Sie rasten hin und her, wie eine wildgewordene Herde. Annas Kopf schmerzte.

Und plötzlich spürte sie wieder einen kalten Luftzug, wie sie es die letzten Tage ständig tat, bevor ein gewisses Mädchen in ihrem Zimmer stand...

34

»Ach, einen wunderschönen guten Tag meine Liebe. Und, wie geht's uns heute so?«, ertönte Vanessas Stimme, die voller geheuchelter guter Laune war.

Anna sah sie an.

»Du...«, brachte sie nur leise heraus.

Vanessa ging zu ihr, blickte sie dabei immer ernster an.

»Ja?«, fragte sie mit zornig werdender Stimme.

»Du hast was damit zu tun...«

Annas Stimme war nun etwas lauter, doch es hörte sich immer noch wie ein Flüstern an. Sie blickte nach unten, sah starr ins Leere, während sie Vanessa den Vorwurf machte, etwas mit Neles Tod zu tun zu haben.

Vanessa sah sie nur herablassend an, während sie mit verschränkten, blutigen Armen vor Anna stand.

»Was trauerst du um sie? War sie jemals deine Freundin?«, fragte Vanessa, während sie in Annas Zimmer sah und die Fotowand betrachtete, an der einige Bilder aus den letzten Jahren hingen.

Anna hatte die Bilder an einer Lichterkette quer über eine Wand des Zimmers gehängt. Die Bilder zeigten sie mit ihren Freundinnen und auch manchmal mit ihrer Familie.

Auf einem der Fotos, war Anna mit ihrer Mutter zu sehen, beim gemeinsamen Strandurlaub an der Ostsee.

Ein anderes Foto zeigte sie zusammen mit Jacky. Beide waren noch Kinder. Vielleicht fünf oder sechs Jahre alt. Sie standen gemeinsam vor Annas Elternhaus, beide mit einem Eis in der Hand, das schon zur Hälfte geschmolzen war.

Beide Mädchen grinsten, auf der Nase hatte Anna noch Sonnencreme und um Jackys Mund erkannte man überall Eiscreme.

Ein weiteres Foto zeigte sie alle bei einem Mädelsabend. Sie hielten ihre Weingläser in der Hand und hoben sie nach oben zum Anstoßen. Auf dem Tisch stand noch eine Pizza, die sie kurz vorher bestellt hatten. Alle lächelten in die Kamera.

Das Bild wurde erst kürzlich geschossen. Vier, vielleicht fünf Wochen bevor das alles begann. Bevor Anna dieses neue, erniedrigende, depressive, traurige, schockierende Leben lebte.

»Was willst du damit sagen?«, fragte Anna, nachdem auch sie kurz die Fotos betrachtete und in den guten Erinnerungen schwelgte, die sie damit verband.

»Ich glaube ja, sie mochte dich nie. Sie hat bestimmt immer mit Marleen über dich gelästert.
Anna ist dumm.
Anna hat keinen Style.
Annas Musik ist bescheuert.
Anna kriegt keinen Mann ab.
Sieh sie dir an.
Ihre Haare.
Ihr Gesicht.
Wer würde sowas lieben?«, Vanessa stichelte Anna. Versuchte sie wütend zu machen.

Anna sah betrübt zu Boden, schüttelte leicht den Kopf.

»Nein, das hat sie nicht...«, flüsterte sie leise vor sich hin.

Vanessa trat näher zu ihr heran, hielt sich eine Hand ans Ohr.

»Was sagtest du? Ich hab's leider nicht verstanden«, fragte sie provokant.

»Das hat sie nicht getan! Sie war meine

Freundin, sie war ein Mensch! Ein lebendiges Wesen, mit Herz, Humor und Verstand! Und DU hast sie umgebracht!«, Anna war aufgewühlt, versuchte all ihre Wut herauszulassen und brüllte Vanessa aus tiefster Kehle heraus an. Doch dann wurde ihre Stimme abrupt stiller und sanfter. Sie flüsterte wieder.

»Doch warum?«

Vanessa sah erneut die Fotos an und schaute dann Anna an.

»Hast du gehört, wie sie geredet hat? Wie sie über MICH geredet hat? Sie hielt meinen Tod für einen Witz! Sie hat mich nach meinem Tod nieder gemacht. Sie war der Ansicht, mein Tod sei keine große Sache! MEIN TOD! *Depri Tusse* hat sie mich genannt... Sie weiß doch gar nicht, was ich durch gemacht habe! Warum ich das getan habe!«

Sie war aufgebracht, Tränen standen ihr in den Augen.

»Willst du mir erzählen, warum du das gemacht hast?«, fragte Anna vorsichtig, als sie bemerkte, dass dies vielleicht eine Chance sein könnte, das zu beenden.

Doch Vanessa ließ sich nicht beruhigen.

»Vor meinem Tod hat es doch auch niemanden Interessiert! Warum sollte es dich jetzt interessieren?! Nele hat schlecht über mich geredet, anstatt sich zu fragen, was mein Problem gewesen sein könnte!«, sie wurde wieder ruhiger, »Und deswegen habe ich sie nach eurem letzten Mädelsabend mal besucht. Sie hat sich erschreckt und naja, den Rest kannst du dir denken«, erklärte sie mit einer abwegigen Handbewegung.

Anna schaute wieder betrübt zu Boden. Einen kurzen Moment hatte sie Hoffnung, doch wurde dieser kleine Funken wieder erloschen.

»Ich werde dir das Leben zur Hölle machen! Ich werde dich quälen, wie ich gequält wurde! Ich werde dich erniedrigen, dich peinigen, bis du so am Ende bist, wie ich es war!«, drohte sie und verschwand mit dieser Drohung aus Annas Zimmer, um sich wieder in Annas Kopf hereinzuschleichen.

35

Freitag, 05. April 2019

Ich kann nicht mehr. Was soll ich noch tun. Sie macht mir das Leben zur Hölle und ich weiß nicht, wie ich dagegen ankommen soll. Wenn ich mir Hilfe hole, würde man mich nur für verrückt halten. Ich würde in der Klapse landen. Und da würde ich wahrscheinlich auch nie wieder rauskommen, wenn ich denen erzähle, dass ich Geister sehe. Gut, es ist nur ein Geist. Doch macht das einen Unterschied?

Sie wird mich immer weiter quälen. Und warum? Weil sie auch gelitten hat. Was kann ich dafür? Warum ich? Ich habe nichts getan. Ich war immer ein fröhlicher Mensch... Und jetzt?

Jetzt werden meine Gedanken immer schlimmer und schlimmer, eine meiner Freundinnen ist tot und der Kerl, von dem ich dachte, er sei ganz nett hat mich... Ich kann es nicht schreiben. Ich kann es auch nicht sagen. Ich kann einfach nicht mehr...

Es fühlt sich so an, als wäre in mir drin ein schwarzes Loch, das immer größer wird und mehr und mehr Unheil anzieht.

Ich wache mit negativen Gedanken auf, sie bestimmen meinen ganzen Tag, den ich ohnehin nur im Bett verbringe, und abends gehe ich mit diesen Gedanken schlafen. Immer wieder dieselben Fragen und immer wieder keine Antworten.

Warum ich?
Wofür?
Was soll ich tun?

Sollte ich es beenden?

Doch wie beende ich es?

Suizid? Wie sie es auch getan hat?

Nein... Ein kleiner Funken Hoffnung ist noch in mir. Ich werde kämpfen. Und dich werde diesen dämlichen Geist los, der in meinem Kopf herumspukt und mein Leben bestimmt. Ich werde das schaffen, egal was es kostet und ich werde das alles beenden. Vielleicht kann ich Nele damit nicht zurück ins Leben holen, doch ich kann dafür sorgen, dass nicht noch mehr Menschen etwas passiert. Ich werde das schaffen!

36

An diesem Samstagmorgen erwachte Anna, wie an jedem der letzten Tage auch. Ohne jeglichen Schlaf und den Kopf voller Gedanken, die sie wachhielten. Kürzlich waren auch Schuldgefühle zu Neles Tod dazu gestoßen.

Wahrscheinlich saßen Schuldgefühle, Selbstzweifel und Angst gemeinsam an einem Tisch, tranken Bierchen und redeten darüber, wer Anna mehr schadete. Wer konnte besser ihre Gedanken bestimmen?

In Annas Augen, belastete sie alles gleich. Sie fühlte sich elendig und hatte kaum die Kraft aufzustehen, um sich etwas zu Essen zu holen. Wenn sie in der Küche wäre, würde sie sowieso nichts essen. Und wenn doch, würde ihr davon so schlecht werden, dass es direkt wieder herauskäme.

Anna fühlte sich schrecklich. Sie fühlte sich eingesperrt. Aber nicht im Haus. Das konnte sie jederzeit verlassen.

Sie fühlte sich eingesperrt in ihrem Körper und Kopf. Beide hinderten sie daran, nach draußen zu gehen und ihr Leben normal fortzuführen.

In manchen Momenten wünschte sie sich sogar so etwas wie eine Freundin, die ihr zuhörte oder etwas zu Essen, einen Spaziergang an der frischen Luft.

Doch dann überkam sie wieder die Angst.

Ihre Freundinnen würden sie für verrückt halten und jeder andere auch.

Das Essen würde ihr ohnehin nicht schmecken und kurz nach diesem Gedanken folgte wieder die Übelkeit. Nach draußen gehen empfand sie kurze Zeit später auch als keine gute Idee. Was, wenn Oliver ihr begegnen würde? Was, wenn er es nochmal tut?

Anna beschloss, einfach im Haus zu bleiben. Noch besser - im Bett.

Den Vormittag über regte sich Anna kaum. Einmal richtete sie sich auf, um einen Schluck Wasser aus der Flasche zu nehmen, die neben ihrem Bett stand. Danach legte sie sich wieder hin und grübelte weiter und weiter.

Denken.

Denken.

Denken.

Das bestimmte nun Annas Leben, ob sie wollte oder nicht. Sie konnte nichts Positives denken. Schuldgefühle, Selbstzweifel und Angst fraßen sie von innen auf, wie ein Parasit. Sie fühlte die Schmerzen tief in sich drin.

Doch manchmal, ganz schwach, vernahm sie einen anderen Gedanken. Den Gedanken an Thea. Immer noch dachte sie zwischendurch an den Kuss. An diesem Tag war noch alles in Ordnung.

Sie spürte die Wärme, die Thea ihr verlieh. Spürte die Zuneigung. Als wäre in ihr drinnen warmer Kern, der immer weiter ausstrahlte, je mehr sie an Thea dachte.

Doch schnell wurde diese Wärme verdrängt, denn Vanessa geisterte immer wieder in ihrem Kopf herum.

Immer wieder warf sie neue Gedanken ein, die Anna zermürbten, sie von innen auffraßen und ihre bisweilen gute Seele langsam schwärzten.

Gegen Mittag bewegte sich Anna schwerfällig aus dem Bett, um ins Badezimmer zu gehen. Nach fünf Minuten kam sie wieder heraus und legte sich zurück in ihr Bett. Weiter grübeln, weiterdenken.

Auch in die Abendstunden hinein, passierte nichts. Sie lag einfach da. Es war, als würde sie von einer unsichtbaren Kraft ans Bett gezogen. In manchen Momenten wollte sie aufstehen, wollte raus, wollte etwas essen. Doch die Kraft hielt sie fest, hielt sie gefangen und ließ sie nicht mehr los. Sie fühlte sich schwach und hilflos.

Und mit diesem erdrückenden Gefühl der Hilflosigkeit schlief sie auch in dieser Nacht kaum.

37

Anna öffnete nach einer kurzen Schlafphase von geschätzten 20 Minuten, die Augen und sah auf ihren Wecker, der neben dem Bett auf dem hölzernen Nachttisch stand.

Sofort stand sie auf, denn sie merkte, dass sie dringend zur Toilette musste.

Nach ein paar Minuten im Badezimmer, kam Anna wieder heraus. Sie strich sich eine Haarsträhne aus dem Gesicht, das heute deutlich besser aussah als sonst. Ihre Wangen waren nicht aschfahl, wie es in den vergangenen Tagen der Fall war, sie lächelte leicht und ihre Augen strahlten ein wenig mehr als vorher.

Sie zog sich an, öffnete das Fenster und lüftete den Raum, in dem sie die letzten Tage fast ununterbrochen verbracht hatte.

Sie marschierte nach unten in die Küche, um sich ein Brot zu schmieren. Zu ihrer Überraschung blieb das Brot sogar in ihrem Magen, ohne dass ihr übel wurde oder sie es direkt wieder ausbrach. Sogar den Kaffee, den sie sich noch zubereitete, trank sie komplett aus und sie fühlte sich gut. Besser als die letzten Tage. Zwar wusste sie, was alles passiert war, doch heute konnte sie die Gedanken daran einigermaßen kompensieren.

Sie saß nun am Tisch und aß in Ruhe ihr Brot und trank genüsslich ihren Kaffee aus. So bewusst wie an diesem Tag, hatte sie bisher noch nie gegessen. Sie wusste nun, wie schnell das Leben vorbei sein konnte und wie schnell sich alles ändern konnte. Deshalb genoss sie ihr Frühstück, wie noch nie zuvor. Sie kaute das Brot, von dem sie schmeckte, wie gut es zubereitet und perfekt gebacken war. Sie zerbiss jedes einzelne Korn im Brot, versuchte die verschiedenen Arten zu erkennen. Noch nie hatte ihr ein Brot so gut geschmeckt.

Sie schmeckte die Butter, die sie zuvor aufs Brot gestrichen hatte und die Erdbeermarmelade, die ihre Mutter ihr vor ein paar Monaten mitgebracht hatte. Selbstgemachte Marmelade. Anna schwelgte in Erinnerungen.

Sie erinnerte sich, wie sie ihrer Mutter immer mal wieder geholfen hatte, Erdbeeren im Garten zu pflücken, um daraus Marmelade zu machen. Beim Pflücken aß sie schon so viele Erdbeeren, dass sie später schon gar keinen Appetit mehr auf die Marmelade hatte, doch sie probierte sie trotzdem, wenn ihre Mutter ihr den Kochlöffel mit der noch flüssigen Erdbeermarmelade reichte.

Sie probierte die noch warme Marmelade und war jedes Mal begeistert, wie gut ihre Mutter sie zubereiten konnte. Wenn Anna ihr Ok für die Marmelade gegeben hatte, stellte sie schnell die Gläser hin und machte ihrer Mutter Platz, damit diese mit dem heißen Topf voller leckerer Erdbeermarmelade zu den Gläsern gehen konnte, um sie endlich darin einzufüllen. Anna stand mit einem nassen Lappen daneben und wischte die Gläser am oberen Rand ab, damit der Deckel später nicht verkrustete.

Glas für Glas wurde so befüllt und am Ende wurden die Deckel drauf geschraubt und die Gläser auf den Kopf gestellt. So lernte sie es. Warum genau, weiß sie bis heute nicht, doch sie machte es immer gerne und es sah auch irgendwie lustig aus, wenn die Marmeladengläser falschherum standen und kühl wurden.

Anna beendete ihr Frühstück, räumte das schmutzige Geschirr in die Spülmaschine und warf einen Tab hinein, um sie anzustellen. Das restliche Geschirr in der Maschine lag nun seit ein paar Tagen darin und wartete darauf, endlich gereinigt zu werden. Sie vernahm das leise Klicken der Spülmaschine und hörte dann, wie das Wasser begann, das Geschirr abzuspülen.

Nachdem sie darauf wartete, dass die Maschine auch wirklich startete, ging sie in Richtung Haustür, wo ihre etlichen Schuhe standen und Jacken an den Haken hingen. Anna entschied sich für ihre weinroten Chucks, die sie schon weit ein paar Jahren trug und die schon einiges hinter sich hatten, was man ihnen auch ansah. Die Sohle hatte an der Seite schon einen leichten Riss, das Weiß war mehr ein Grau und allgemein sahen die Schuhe ziemlich abgenutzt aus. Aber so mussten Chucks eben aussehen, fand Anna.

Dazu wählte sie ihre dunkelgraue Softshelljacke aus, die sie erst kürzlich gekauft hatte. Ohne Kapuze, aber dafür windfest. Sie schaute nochmal kurz aus dem Fenster, das rechts neben der Haustür war, um sicher zu gehen, dass es nicht regnete oder regnen könnte, sobald sie aus dem Haus ging.

Sie entschied sich weiterhin für die Softshelljacke und zog sie an. Den Haustürschlüssel steckte sie schnell in die linke Jackentasche und betätigte dann die Klinke der Haustür.

Als sie langsam nach draußen trat, spürte sie die frische Luft. Zwar drifteten ihre Gedanken manchmal immer noch ab, doch sie konnte sie immer schnell verdrängen. Anna sah nach oben und betrachtete den strahlend blauen Himmel. Ein leichter Luftzug erwischte sie und ihre Haare wehten leicht im Wind. Der Luftzug löste eine leichte Angst und Panik bei Anna aus. Erschien doch meistens ein bestimmter Geist, wenn sie ihn spürte.

Sie schaute sich nervös um. Niemand kam. Kein Geist.

Anna atmete erleichtert auf und ging los. Sie genoss die Sonnenstrahlen, die ihr ins Gesicht schienen und sie wärmten. Sie spürte, wie ihre Wangen wärmer und wärmer wurden.

Am Gehweg angekommen entschied sie sich dazu, nach rechts zu gehen. Sie wollte einen anderen Weg nehmen als sonst.

Irgendwo im Dorf hörte sie einen Hund bellen. Sie hörte, dass es ein kleiner Hund war. Wusste aber nicht, wem er gehören könnte. Kleine Hunde waren ohnehin nichts für sie. Sie bevorzugte einen großen Hund, der nicht aussah, wie eine Katze. Oder sogar noch kleiner.

Sie ging weiter und genoss die Sonne und die frische Luft. Am Himmel beobachtete Anna ein paar kleine Wolken, die sich wie ein weißer Schleier über den Himmel zogen.

Sie kam an den verschiedenen Häusern in Derbersdorf vorbei. Die meisten unterschieden sich lediglich in der Farbe des Anstrichs. Hier gelb, da weiß. Einige Fachwerkhäuser, von denen einige mit schwarzen Holzgeflechten, andere mit roten. Doch eines hatten nahezu alle Häuser gemein. Denn auf fast jedem der Dächer der Derbersdorfer Häuser befanden sich Schieferplatten. Manche hatten auch eine Vertäfelung an einer Seite des Hauses, die hübsch ausgerichtet waren und von Mustern oder Symbolen geziert wurden.

Anna betrachtete sie und lief weiter Richtung Süden. Je weiter sie ging, desto näher kam sie dem Ende von Derbersdorf. Am Rande des Dorfes, das nach Kingsbach hinführte, befand sich das Neubaugebiet des Dorfes. Hier standen einige Häuser, die deutlich moderner aussahen als das restliche Dorf.

An der einen Ecke wurden gleich zwei neue Häuser gebaut. Eines war schon fast fertig, bei dem anderen war bereits das Dach fertig gebaut. Anna betrachtete es und überlegte, wie die Form hieß, die dieses Dach darstellte. Ihr Haus hatte ein Satteldach. Das wurde ihr gesagt, als sie es vor zwei Jahren, auch auf Wunsch ihrer Eltern kaufte. Nicht, weil sie sie loswerden wollten. Sie dachten einfach, es sei eine gute Investition für Anna, wenn sie ein Haus hätte, in dem sie leben könnte. Und da es ein guter Fang war und Anna das Haus auch sehr gefiel, kaufte sie es. Das erste Jahr renovierte sie viel, aber es hat sich gelohnt. Und da ihre Eltern viel Geld besitzen, brauchte sie auch nicht allzu lange, um das Haus abzubezahlen.

In diesem Moment fiel ihr ein, wie die Dachform hieß, die die neuen Häuser hatten. Es war ein Zeltdach. Manche nannten es auch Pyramidendach, das wusste Anna noch, weil es naheliegend war. Doch auch wenn sie Pyramiden sehr faszinierend fand, waren diese Dächer nichts für sie. Es sah seltsam aus und sie war froh, dass sie bereits ein Haus hatte und sich darüber keine Gedanken mehr machen musste.

Sie lief weiter und weiter und kam mittlerweile am Ortsschild vorbei. Ein roter Strich war durch das Wort Derbersdorf gezogen und darunter stand *Kingsbach 10Km*. Anna entschied sich dazu noch ein Stück weiterzugehen. Nach ein paar Minuten, die sie die Straße entlang ging, kam sie zu der Stelle, an der sie schon vor einigen Tagen vorbeikam und die Bremsspuren sah. Diese waren jetzt nur noch schwach zu sehen, weil es in der Zwischenzeit geregnet hatte. Doch die Spuren von der Mitte der Straße bis hin zum Straßenrand waren immer noch deutlich zu sehen. Sie wusste wer den Unfall gebaut hatte, fragte sich aber, ob es Kurth mittlerweile wieder besser ging oder ob er immer noch im Krankenhaus lag, wie es im Zeitungsbericht stand.

38

»Einen schönen guten Morgen Herr Lattek. Wie geht es Ihnen heute?«, fragte ein Arzt im weißen Kittel und mit einem Stethoskop um den Hals, das er nun abnahm und benutzte. Es durchfuhr Kurth mit einem kalten Schauer, als das Bruststück seine Haut berührte und er zuckte dabei kurz zusammen.

Auf die Frage des Arztes antwortete er nur leise.

»Soweit ganz gut.«

Der Arzt hörte seinen Herzschlag ab und die Krankenschwester, die mit ihm ins Zimmer kam, begab sich daran Kurths Blutdruck zu messen.

»Herr Lattek, wir haben gute Nachrichten. Wir können Sie spätesten Morgen entlassen, wenn sich ihre Werte nicht verschlechtern«, erklärte der Arzt und lächelte dabei leicht.

Seine Wunden sahen beim Unfall schlimmer aus, als sie eigentlich waren. Trotz allem blieb Kurth einige Tage im Krankenhaus, um beobachtet zu werden. Er hatte eine Menge Blut verloren und musste an ein paar Stellen genäht werden. Doch sonst hatte er keine schwerwiegenden Verletzungen und war auch sehr froh darüber.

Kurth lächelte dem Arzt gezwungen zu und freute sich über seine baldige Entlassung, auch wenn er immer noch starke Schmerzen verspürte. Seine Rippe war angeprellt, er hatte viele Hämatome und am Nacken trug er einen dieser Kragen, um seinen Nacken zu stabilisieren und die Schmerzen zu lindern, was nur wenig half. Sowohl sein Nacken als auch sein Kopf schmerzten und er hoffte, dass der Arzt ihm weitere Schmerzmittel verschreiben würde.

»Sie können ihre Unterlagen morgen früh ab acht Uhr vorne beim Schwesternzimmer abholen und dürfen dann gehen«, er sah zur Krankenschwester herüber, »Frau Knoche, würden Sie Herrn Lattek eine weitere Infusion Paracetamol geben?«, er blickte zurück zu Kurth, nachdem die Schwester ihm bestätigte, dass sie ihn gehört hatte.

Sie holte die Infusion, legte Kurth einen Zugang und stellte alles richtig ein. Der Arzt schrieb sich noch ein paar Notizen auf und schaute dann wieder zu Kurth.

»Ich wünsche Ihnen weiterhin gute Besserung, aber hoffentlich sehen wir uns nicht so schnell wieder!«, witzelte der Arzt herum und lachte lautstark, als er mit der Schwester zusammen aus Kurths Zimmer ging und zum nächsten Patienten marschierte.

Das Bett neben Kurth war leer. Bis vor ein paar Stunden lag darin ein älterer Herr, ein paar Jährchen älter als er. Der Mann wurde an diesem Morgen entlassen. Da Kurth mit ihm aber ohnehin keine richtigen Gespräche führen konnte, war er darüber nicht traurig. Er empfand es als sehr erholsam auch mal alleine zu sein und mit niemandem reden zu müssen. Nicht mit seiner Frau und auch nicht mit irgendeinem Mann neben seinem Krankenbett. Er vermisste seine Frau zwar und in manchen Momenten freute er sich sogar darauf, sie morgen wiedersehen zu können, doch er wusste auch, dass es wahrscheinlich keine Änderung geben würde. Der Trott des Alltags würde sie schnell wieder einholen und es würde alles werden wie vorher.

Sonja hatte Kurth bereits einmal im

Krankenhaus besucht und ihm Blumen mitgebracht, die nun das kleine Tischchen neben seinem Krankenbett zierten.

Sie hatte ihm einen bunten Strauß besorgt, mit allen möglichen Blumensorten und Farben darin. Kurth kannte sich mit so einem Zeug nicht aus, er freute sich einfach über die Aufmerksamkeit, damit seine Frau nicht zu enttäuscht war.

Sie kam direkt nach dem Unfall zu ihm, völlig aufgelöst und ängstlich. Doch Kurth beruhigte sie schnell wieder, nachdem er zu sich kam. Sobald er im Krankenhaus war, ging es ihm schon besser und er war wieder halbwegs bei klarem Verstand. Ob dort nun wirklich ein Mädchen auf der Straße stand oder ob es vielleicht einfach nur ein Reh war, wusste er selbst nicht mehr genau. Er entschied sich dazu die Gedanken zu dem Mädchen niemandem zu erzählen und erklärte jedem, dass es ein Reh gewesen war, vor dem er sich erschreckte und deshalb das Lenkrad nach links zog.

Er traf damit auf Verständnis und seine Frau interessierte es ohnehin nicht, warum er den Unfall baute, sondern mehr, ob es ihm gut geht oder nicht. Sie freute sich, dass er gut auf war.

Kurth suchte nach seinem alten Handy, dass er beim Unfall in seiner Tasche gehabt hatte.

Es war ein uraltes Klapphandy, dass er schon seit Ewigkeiten besaß und dessen Tasten schon so verblichen waren, dass man sie kaum noch erkannte.

Er wählte die Nummer seiner Frau auf dem winzigen Display und hielt es sich ans Ohr.

Er erklärte ihr, dass sie ihn morgen früh abholen könne. Beide freuten sich und schon war das Gespräch beendet. Kurth legte auf und packte das Handy in die Stofftasche neben seinem Bett, die Sonja mitgebracht hatte.

Er suchte auf dem Tisch neben sich die Fernbedienung. Nach einer kurzen Suche in der Schublade und hinter der riesigen Vase mit den bunten Blumen darin fand er sie endlich und schaltete dann den Fernseher ein, um sich ein wenig Fußball anzuschauen.

Borussia Mönchengladbach spielte gerade gegen den FC Schalke 04 und in der 76. Minute führte Schalke mit einem 2:0. Kurth, der eigentlich keinen Verein so richtig anhimmelte, sah sich das Spektakel in Ruhe an und hoffte, dass Gladbach noch aufholen würde, um das Spiel noch ein wenig spannender zu machen.

Nach ein paar Minuten schloss er die Augen und vergaß das Spiel, dass er sich eigentlich ansehen wollte. Die Müdigkeit überkam ihn und er schlief ein Weilchen.

Nach seinem kurzen Schläfchen wachte Kurth langsam auf. Er öffnete die Augen und blickte direkt auf den Fernseher, auf dem noch kurze Wiederholungen des Fußballspiels liefen. In der 85. Minute schaffte es Gladbach noch ein Tor zu schießen, doch weiter aufholen konnten sie nicht.

Kurth griff nach der Fernbedienung, die auf seinem Bierbäuchlein lag, dass er sich über die Jahre antrainiert hatte. Auch wenn er in letzter Zeit kleiner wurde, weil Sonja ihm nur noch vegetarischen oder veganen Fraß anbot, wie er es so gerne nannte.

Er betätigte den roten Knopf, um den Fernseher auszuschalten und legte daraufhin die Fernbedienung zurück auf das kleine Tischchen neben sich.

Als er sich wieder zurück zum Fernseher drehte, erblickte er das Mädchen, das vor wenigen Tagen mitten auf der Fahrbahn stand. Kurth erschrak und wich zurück und im selben Moment fragte er sich, wohin er denn überhaupt zurückweichen wollte, wo er doch im Bett lag.

Sein Gesicht wurde bleich und der Puls, der eben noch normale Werte aufwies, schnellte nun in die Höhe. Sein Herz schlug immer schneller und schneller, seine Augen waren weit aufgerissen und er klammerte sich vor Angst am Bett fest.

»Du hast den Unfall also überlebt, wie ich sehe...«, begann das Mädchen.

Kurth sah sie schockiert an. Ihre Arme bluteten und hinterließen Spuren auf dem sauberen und einigermaßen sterilem Krankenhausboden.

Kurth stotterte vor sich hin.

»Was...warum...du...«

Mehr bekam er nicht heraus.

»Ich hatte eigentlich gehofft, dich umzubringen. Aber scheinbar bist du härter als ich dachte. Hattest wohl einen Schutzengel.«

Sie fuhr sich mit ihrer blutigen Hand durch die Haare. Dabei sah Kurth auf ihr Handgelenk, das mit Narben und offenen Schnittwunden übersät war. Sie blickte zum Fenster, beobachtete die Sonnenstrahlen, die ins Zimmer schienen. Kurth sah sich um, suchte nach etwas, womit er sich wehren konnte, etwas, das er nach ihr werfen konnte oder ähnliches.

»Aber weißt du was?«, sie sah ihn jetzt direkt an, schaute ihm in die Augen. Auch Kurth sah sie an und bemerkte eine gewisse Leere in ihren Augen. Sie sahen normal aus, doch Kurth spürte Dunkelheit, Angst und Hass, wenn er sie ansah. Und diese Gefühle durchfuhren seinen Körper, wie einen Stromschlag.

»Du, mein lieber, kannst mir noch helfen.«

226

Sie sah ihn weiter an, trat dabei näher an sein Bett.

Kurth sah zur Vase, die neben ihm stand. Er würde nach ihr greifen, musste aber den richtigen Moment abwarten. Das Mädchen ging um sein Bett herum, auf seine rechte Seite. Sie strich die Decke mit ihrer blutigen Hand glatt, hinterließ rote Flecken darauf und setzte sich dann gemütlich aufs Bett.

»Weißt du, eigentlich wollte ich dich wirklich gerne umbringen. Du musstest ja auch unbedingt schlecht über mich reden...«

Kurth sah sie verwundert an.

»I-ich kenne dich doch überhaupt n-nicht...«, stotterte Kurth langsam und zitternd vor sich hin.

»Gutes Argument. Aber, wenn du mich nicht kennst, warum redest du dann über mich?«, fragte sie leicht ironisch.

»Ich hab doch ni-«

»Einen Knall hätte ich, hast du gesagt. Und, dass meine Probleme mickrig wären«, erläuterte sie, während sie mit ihrem Gesicht immer näher an ihn rankam.

Kurth dachte nach, fragte sich, wovon dieses Mädchen redete. Doch dann fiel es ihm ein. Ein paar Tage vor dem Unfall, als er im Supermarkt an der Kasse stand und über das Mädchen redete, dass Suizid begangen hatte.

»Du... aber, wie, also...was?«, fragte er ungläubig und völlig verdutzt.

»Falls du alter Sack es noch immer nicht ganz verstanden hast: Ja, ich bin das Mädchen mit dem Knall, das sich umgebracht hat und da du so wundervoll nett über mich geredet hast, wollte ich dich eigentlich umbringen, aber mein Plan hat nicht so ganz funktioniert«, sie sah ihre Handflächen an und wischte etwas angetrocknetes Blut herunter, »Aber wofür gibt es Plan B, he?«

So ganz verstand Kurth noch immer nicht, was in diesem Moment passierte. Er fragte sich, ob nun der richtige Augenblick war und griff, noch bevor er den Gedanken beendete zur Vase, die voller bunter Blumen neben seinem Bett stand.

Er schleuderte sie mit voller Wucht auf den Kopf des Mädchens. Die Vase zersprang in tausend Teile und das Wasser lief dem Mädchen über den Kopf. Die Blumen fielen herunter und lagen nun in einer Mischung aus Blut, Wasser und Glasscherben auf dem eben noch sauberem Boden.

Sie zuckte kurz zusammen, blickte Kurth dann wütend an.

»Ich würde das lassen. Sonst töte ich dich direkt«, ihre Stimme war zornig und bedrohlich, »Du kannst mich nicht töten, aber ich dich. Also pass besser auf, was du machst. Kapiert alter Mann? So werde ich dich jetzt übrigens immer nennen, was anderes hast du fette Sau sowieso nicht verdient.«

Sie sah ihn abwertend an.

Kurth, der noch immer verblüfft war, dass die Vase keinerlei Verletzung hervorgerufen hatte, zog nun eingeschüchtert seine Arme zurück und wartete, wie ein kleines, braves Kind ab, was das böse Mädchen vor ihm nun verlangen würde.

Sie näherte sich seinem Gesicht langsam und mit starrem Blick. Kurth erkannte eine gewisse Dunkelheit in ihren Augen, die ihn seelenlos ansahen. Ihr Mund näherte sich seinem Ohr und sie fasst ihn mit der blutigen Hand am Kinn an, um sein Gesicht zur Seite zu drehen. Er spürte das warme Blut an seinem Kinn und fühlte, wie ihr kalter Atem sein Ohr berührte.

Sie flüsterte ihm ihr Vorhaben ins Ohr, stand daraufhin auf und verschwand aus dem Zimmer. Kurth, der immer noch völlig perplex war, sah sich um und bemerkte, dass das Blut, das eben noch den Boden rot färbte, verschwunden war. Er blickte nach links und sah die Vase, die eben noch in hunderte Teile zersprungen war. Die Blumen standen völlig unberührt neben ihm.

In seinem Kopf flimmerte der Satz »Damit du keinen Ärger bekommst, alter Mann.«

Er wusste nicht, wie er auf diesen Satz kam und warum er daran dachte, doch er wusste, dass es etwas mit dem Mädchen zu tun haben musste.

39

Anna, die inzwischen wieder in ihrem Haus angekommen war, holte sich ein Glas aus dem Hängeschrank und schüttete sich eine kalte Cola, die sie aus dem Kühlschrank entnahm, ein. Sie genoss das kalte Getränk, das ihre Kehle hinunterglitt und erfreute sich über den süßen Geschmack, den sie noch nie so sehr zu schätzen wusste, wie an diesem Tag. Sie trank das Glas leer und stellte es in die Spüle, um es später abzuwaschen. Im Kühlschrank sah sie nach, ob sie noch ein paar Snacks auf Lager hatte und krallte sich den Schokoriegel, der oben rechts im Türfach lag.

Sie öffnete die Verpackung und aß ihn genüsslich, während sie aus dem Fenster schaute und die Kinder beobachtete, die auf der Straße spielten. Einer von ihnen, hatte einen Fußball mitgebracht und nun kickten sie ein wenig hin und her und zeigten sich gegenseitig einige Tricks.

Ihr Smartphone vibrierte in ihrer Hosentasche und sie holte es hervor, um zu sehen, wer ihr eine Nachricht schickte.

Die Mädelsgruppe leuchtete auf und Anna tippte auf das Nachrichtensymbol, der bekannten App.

Jacky hatte einen kleinen Text geschrieben, den Anna sich nun langsam durchlas.

Hey Leute,
ich weiß, uns allen geht es wirklich
scheiße. Und ich weiß, wir alle vermissen
Nele. Es ist einfach beschissen, was
passiert ist und ich hoffe, Nele geht es
gut, dort wo sie jetzt ist. Ich denke, wir
alle vermissen sie und ich habe
nachgedacht. Wir sollten uns morgen nach
der Beerdigung bei einem von uns treffen
und gemeinsam auf sie anstoßen. Vielleicht
möchte sich ja einer von euch dazu bereit
erklären, was zu organisieren.
Dann können wir gemeinsam in
Erinnerungen schwelgen, auf Nele anstoßen
ohne, dass noch zig andere Leute darum
herumstehen und uns zuschauen. Ich hoffe,
es geht euch allen gut! Wir sehen uns
spätestens morgen.
Hab euch alle lieb und passt auf euch
auf :)

Marleen antwortete als erstes auf Jackys
Nachricht und schlug vor, das Treffen bei Anna
abzuhalten, da die vielen Abende auch immer bei
ihr stattgefunden haben.

Als Anna die Nachricht so las, bemerkte sie
etwas. Die Vergangenheitsform, in der sie
geschrieben wurde.

»...Weil die Abende auch immer bei Anna
stattgefunden haben.«

Würden sie dies in Zukunft nicht mehr tun? Ja,
Nele ist tot. Und das ist für alle ein Schock, aber
die Mädelsabende aufgeben? Das könnte Anna
nicht. Und Nele hätte das wahrscheinlich auch
nicht gewollt.

Aber das könnten sie alles später besprechen,

vielleicht ja auch morgen.

Anna, die ja den Umständen entsprechend heute relativ gut drauf war, stimmte Marleens Vorschlag zu und ließ sich darauf ein, das Treffen bei ihr stattfinden zu lassen.

Die anderen in der Gruppe stimmten mit einem einfach Daumen-nach-oben-Emoji zu und das Gespräch war beendet.

Anna steckte ihr Smartphone zurück in die hintere Hosentasche und ging ins Wohnzimmer, um sich ein Buch zu schnappen und endlich einmal wieder weiterzulesen.

Mit dem Buch in der Hand warf sie sich aufs Sofa und begann zu lesen.

Minuten vergingen, dann Stunden und am Abend lag Anna mit geschlossenen Augen, schlafend auf dem Sofa, das Buch noch aufgeklappt auf ihrer Brust liegend.

In ihren Gedanken schwirrten allerhand Sachen herum. Erinnerungen an Nele, Angst vor dem morgigen Tage, wenn Neles Beerdigung stattfinden würde und ein wenig Angst vor dem Treffen danach.

Über was würden sie reden?

Den letzten Mädelsabend?

Schöne Erinnerungen von und mit Nele?

Geheimnisse?

Oder würden sie morgen zu viert in Annas Küche sitzen und den leeren Stuhl anstarren, auf dem Nele immer gesessen hatte? Würden sie sich vielleicht einfach nur anschweigen, bis sich jemand von ihnen dazu durchringen konnte etwas zu sagen oder gar zu gehen?

Anna versuchte ihre Gedanken zu ordnen. Sie war verwundert, dass das heute funktionierte und fragte sich kurz, wo Vanessa abgeblieben war. Doch kurz darauf hasste sie sich für diesen

Gedanken und fragte sich, wie sie so etwas dummes denken konnte. Sie war erleichtert, dass ihr Tag heute ganz gut verlaufen war und schlief die Nacht durch, bis zum nächsten Morgen.

-40-

Montag, 08. April 2019

Draußen stürmte es. Annas Augen öffneten sich, als sie die Äste des Baumes neben ihrem Haus, ans Fenster peitschen hörte. Die Jalousie klapperte am Fenster und das Rauschen und Pfeifen des Windes drang durchs Haus.

Zwischendurch war der Sturm kaum von einem Donnergrollen zu unterscheiden. Anna stand auf und schloss das gekippte Fenster, das ein paar Regentropfen herein ließ, welche dafür sorgten, dass die Fensterbank nun voller Tropfen war. Anna wischte sich die nasse Hand am Shirt ab und ging in Richtung ihres Kleiderschrankes, um sich etwas Vernünftiges anzuziehen. Sie schaute auf ihren Wecker und stellte erschrocken fest, dass er bereits 11 Uhr anzeigte. In zwei Stunden würde die Beerdigung anfangen und Anna wollte eher am Friedhof sein, um sich dort mit den anderen zu treffen.

Jacky wachte auf. Es waren etwa 9:30 Uhr, als sie den Sturm draußen bemerkte und das Fenster schloss, um den bevorstehenden Regen abzuhalten. Sie sah den Himmel an, an dem sich die Wolken immer weiter zuzogen und immer dunkler wurden. In den nächsten Minuten würde es heftig regnen, das sah Jacky an den Formen der Wolken. Sie zogen schnell über den Himmel und sie hörte den Wind durch die Bäume wehen. Sie bogen sich im Sturm und einige Äste lagen bereits am Boden, über die schon etliche Autos gefahren sind, weshalb nur noch Bruchstücke der

Äste zu sehen waren.

Jacky verließ den Platz am Fenster, an den sie sich in den letzten Tagen öfter stellte, um verträumt und niedergeschlagen in den Himmel zu schauen.

Während sie sich wegdrehte und sich eine Jogginghose anzog, lief ihr eine Träne über die Wange. Sie dachte an Nele. Wie es wahrscheinlich auch die anderen Mädels die letzten Tage taten.

Jacky verbrachte den Vormittag damit, sich ein kleines und überschauliches Frühstück zuzubereiten, da sie ohnehin nicht viel Hunger hatte. Ein halbes Brötchen mit Käse und ein kleiner Apfel mussten genügen, um ihren Körper davon zu überzeugen, dass es genug ist.

Die restliche Zeit saß sie auf dem Sofa, das Smartphone in der Hand und surfte durch die sozialen Netzwerke. Sie suchte Neles Profile und schaute sich alte Posts und Nachrichten an. Beim Ansehen der Bilder schossen ihr wieder Tränen in die Augen.

So saß sie da, in Erinnerungen schwelgend, weinend auf dem Sofa, bis sie sich auf zur Beerdigung machte und am Eingangstor des Derbersdorfer Friedhofes auf die anderen Mädels wartete.

Marleen, die durch das laute, aber dumpfe Geräusch der umfallenden Mülltonne auf der Straße geweckt wurde, hatte in dieser Nacht kaum geschlafen. Ihre Augenringe zogen sich, wie nach einer durchzechten Nacht nach unten und sie war blass im Gesicht. Ihre Mundwinkel hingen nach unten und sie gab ein lautes Seufzen von sich, als sie aufwachte, realisierte, was heute sein würde und brach dann in Tränen aus. Sie saß auf ihrem Bett, die Hände vor den Augen und laut am Schluchzen.

Die Hälfte des Vormittages saß sie dort, weinte, schrie und verfluchte diese Welt, dass sie ihr ihre beste Freundin wegnahm. Mit der sie eigentlich noch so viel erleben wollte, mit der sie reisen wollte, Partys feiern, Geheimnisse tauschen und so vieles mehr. Marleen war mehr als wütend und niedergeschlagen und machte sich nach viel Heulerei und Gefluche für die Beerdigung fertig, bevor sie sich zum Friedhof aufmachte.

Thea wachte auf. Ihre Armbanduhr, die sie am Abend zuvor an ihrem Handgelenk gelassen hatte und dessen Abdruck sie jetzt an der linken Wange zierte, zeigte exakt 7:53 Uhr an. Ihr Kopf, den sie erhob, um auf die Uhr zu sehen, sank langsam zurück ins Kissen und ihre mittellangen, braunen Haare verteilten sich um ihren Kopf herum. Sie beschloss die Augen noch einmal kurz zu schließen, um sich noch etwas auszuruhen. Gestern Abend hatte sie noch einige Überstunden gemacht und kam später nach Hause als sonst. Im Restaurant waren mehr Gäste als erwartet, weshalb Thea ihre Kollegin nicht alleine lassen konnte.

Ihr kurzes Nickerchen dehnte sich weiter aus als geplant. Um 12:02 Uhr öffnete sie wieder die Augen, sah erschrocken auf ihre schwarze Armbanduhr und stand auf, wie damals, als sie als Kind oft verschlafen und den Bus verpasst hatte. Schnell krallte sie sich ihre schwarzen Sachen, die sie glücklicherweise schon am vorigen Nachmittag auf den Stuhl in ihrem Schlafzimmer gelegt hatte, und zog sie an. Ihre Haare kämmte sie rasch und band sie zu einem Dutt zusammen. Sie ging noch schnell ins

Badezimmer, machte sich dort zurecht und ging dann in Richtung des Derbersdorfer Friedhofes.

Annas Smartphone zeigte ihr an, dass es etwa viertel nach zwölf war. Nachdem sie zuvor ihre schwarze Jeans und die dunkle Bluse angezogen hatte, zog sich jetzt noch schnell Schuhe und Jacke an. Natürlich beides in tiefstem schwarz.

Sie verließ das Haus, schloss hinter sich ab und ging nach rechts, in Richtung Friedhof.

Als sie abbog durchfuhr sie ein kalter Luftzug und sie blickte niedergeschlagen nach unten, bevor sie die helle Stimme hörte, die sie seit Tagen verfolgte.

»Na? Wohin geht's?«

»Das weißt du genau...«, flüsterte Anna mit gesenktem Kopf, um keine Aufmerksamkeit auf sich zu ziehen.

Vanessa lief neben ihr her, ganz natürlich, als wären sie Bekannte, die gemeinsam auf die Beerdigung gehen. Ihre zerzausten Haare wehten leicht im Wind und an ihren Armen tropfte das Blut herunter, direkt auf den noch nassen Asphalt. Es hatte vor kurzem aufgehört zu regnen, doch Anna hatte sicherheitshalber einen Regenschirm eingepackt.

Auf dem Gehweg lagen ein paar geknickte Äste, die beim Sturm herunterfolgen und auf denen die beiden nun umherliefen. Bei jedem Schritt knackste es unter ihren Füßen.

»Das wird bestimmt spaßig!«, freute sich Vanessa und hüpfte wie ein kleines, aufgeregtes Kind auf und ab.

»Was soll daran spaßig werden?«, erwiderte Anna, den Kopf weiterhin gesenkt. Zuvor schaute sie sich genau um, um sicherzugehen, dass niemand sie sah.

237

»Na, wenn ihr alle dasteht und weint, trauert und ich eure Wut spüre...Das finde ich recht amüsant, wenn man bedenkt, dass wegen meiner Wenigkeit kaum einer geweint hat.«

Jetzt lief Vanessa vor Anna her, schaute ihr ins Gesicht, provozierte sie, lächelte sie vergnügt an.

»Es macht mir echt Spaß, euch und vor allem DIR beim Leiden zu zusehen. Ein sehr unterhaltsames Programm, dein Leben. Es war doch vorher viel zu langweilig, gib's zu«, forderte sie Anna mit hämisch verzogener Miene auf.

»Lass mich in Frieden!«, drohte Anna, wobei ihre Stimme lauter wurde und sie ihren Kopf anhob. Sie schaute sich nicht um, ob jemand sie beobachtete, doch in diesem Moment, war es ihr ohnehin egal.

Vanessa tänzelte weiter vor ihr herum, versperrte ihr den Weg.

»Komm schon, seit ich da bin, passiert wenigstens etwas in deinem Leben. Wäre doch schade, wenn es so langweilig wie vorher weitergegangen wäre, oder etwa nicht?«, provozierte sie weiter.

Anna, die die Wut grade noch so zurückhalten konnte, versuchte Vanessa zu ignorieren. Sie blickte weiter nach unten, vermied jeden Blickkontakt, doch Vanessa durchschaute sie, bückte sich und schaute ihr von unten ins Gesicht. Sie lächelte sie an und dann wurde ihre Stimme wieder leicht zornig.

»Du kannst mich nicht einfach ignorieren«, lächelte sie schelmisch, aber mit einem leichten Anflug von Wut und Drohung in ihrer sonst so hellen Stimme.

»Lass mich in Frieden...«, flüsterte Anna erschöpft vor sich hin.

Vanessa stellte sich vor sie, stemmte die Hände

in die Hüften und bäumte sich auf.

»Wie bitte? Ich konnte deine piepsige, leise Stimme leider nicht richtig verstehen«, sagte sie in einem ironischen Tonfall.

Anna platzte der Kragen. Alles, die letzten Tage und Wochen, alles wurde ihr zu viel. Sie versuchte die Wut zu unterdrücken, spürte diesen riesigen Ball in ihrer Brust, der immer größer wurde und einfach herausmusste, da er sie sonst ersticken lassen würde.

»Ich hab gesagt: Lass mich in Frieden!«

Anna schrie sie an, lauter als sie jemals geschrien hatte, bäumte sich vor ihr auf.

Doch Vanessa, die eigentlich eingeschüchtert sein sollte, stand einfach da und grinste sie an.

In einem der Vorgärten des Dorfes stand eine alte Dame, die Anna nun beobachtete, wie sie die Luft anschrie.

Anna schaute sie verzweifelt an, sah dann zu Vanessa herüber, die ihr daraufhin erklärte, dass sie sich nur den Menschen zeigen könnte, die sie auch sehen sollten.

Anna begriff, was gerade passiert war und versuchte sich, ohne sich etwas anmerken zu lassen, einfach weiterzugehen.

Die alte Dame sah Anna unmissverständlich an, schüttelte den Kopf und flüsterte ein paar Worte vor sich hin, während sie ihre Gartenarbeit erledigte. Auch ein Spaziergänger, der auf der anderen Straßenseite umherlief (es war ein guter Freund von Annas Eltern) sah, wie Anna jemanden anschrie, der gar nicht existierte.

»Die ist doch völlig verrückt...«, flüsterten sowohl die alte Dame als auch der gute Freund von Annas Eltern vor sich hin, als sie sie weiter beobachteten.

Anna, die beschämt den Kopf neigte, bewegte

sich weiter in Richtung Friedhof, während Vanessa immer noch neben ihr herlief und sie schikanierte. Immer wieder ertönte aus Annas Mund ein leises »Hör auf« und sie versuchte sich nun mehr zusammen zu reißen. Jedoch lief Vanessa weiter provokant fragend neben oder vor ihr her. Denn genau das, war ihr Ziel. Sie wollte sie auf die Palme bringen, wollte, dass sie die Fassung verlor und sie in aller Öffentlichkeit anschrie, damit jeder in Derbersdorf dachte, sie sei eine Verrückte, die mit Geistern spricht.

Vanessas Plan funktionierte. Die alte Dame und der Mann hatten die Situation mitbekommen und wie es auf dem Dorf eben so ist, würde es nicht mehr lange dauern, bis sie es weitererzählen würden. An Freunde, Verwandte, Nachbarn. Und bald würden alle in Derbersdorf denken, dass Anna verrückt sei.

In Annas Kopf spielten sich die verschiedensten Szenarien ab, nachdem sie begriffen hatte, was die Leute nun von ihr denken würden.

Normalerweise störte sie das nicht. Es interessierte sie nie, was die Leute zum Beispiel über ihren Musikgeschmack oder ihre Klamotten sagten. Doch wenn die Leute dachten, sie sei verrückt und würde mit Geistern sprechen, sieht das ganze doch anders aus. Während sie weiter ging, kam sie bald zum Friedhof, wo schon die anderen Mädels auf sie warteten. Alle in tiefstes schwarz gekleidet und den Kopf gesenkt.

»Uhh, die Show geht los...«, flüsterte Vanessa, die hinter Anna herlief und dann plötzlich verschwand.

41

Die vier Mädels, die es sonst gewohnt waren, zu fünft irgendwo hinzugehen, trotteten nun mit gesenktem Kopf und trauernden Blicken in Richtung der Friedhofskapelle.

Sie war klein und nicht sonderlich pompös gebaut, wie man es in größeren Orten oder Städten gewohnt war. Ein helles grau umhüllte den eckigen Bau, der auch mit einem schlichten Wohnhaus verwechselt werden könnte, stände er nicht inmitten von Grabsteinen. Auch auf diesem Dach befanden sich die Schiefersteine, die fast überall in Derbersdorf zu finden waren. Die Kapelle hatte keinen Glockenturm, lediglich ein stählernes, altes Kreuz auf dem höchsten Punkt des Daches. Es gab keine großen, bunten Fenster, wie man es von Kirchen gewohnt war. Ein paar kleine eckige Fenster mussten genügen, um Licht in die Kapelle zu lassen.

Die Mädels sahen sich an, als wollten sie gar nicht hierher, aber wer wollte schon auf die Beerdigung einer Freundin? Die zudem noch so jung war wie Nele.

Sie gingen weiter und öffneten die schwere Holztür der Kapelle, an der die dunkelbraune Farbe schon abblätterte, mit der sie gestrichen wurde, um sie etwas neuer aussehen zu lassen.

In der Kapelle standen bereits einige Stühle, die wahrscheinlich ein oder zwei Tage zuvor ordentlich in Reihen gestellt wurden. Die Plätze ganz vorne waren für Neles Familie reserviert. Bisher saß dort nur ihre Mutter, zu der die Mädels nun hingingen, um ihr ihr Beileid auszusprechen. Danach suchten sie sich eine

Reihe, in der sie alle zusammensitzen konnten. In der vierten Reihe nahmen sie Platz und warteten darauf, dass es losgehen würde. Vorne stand das Rednerpult, an dem der Pfarrer später seine Predigt hielt. Es könnte auch ein Altar sein, doch dafür sah er einfach zu schlicht aus, mit einem Mikrofon und einem kleinen Platz zum Ablegen von Zetteln, von denen man vorlesen sollte.

Die Kapelle füllte sich langsam. Immer mehr Leute, alle in tiefstes schwarz gekleidet, traten herein. Bei jedem gab es den gleichen Ablauf. Reinkommen, der Mutter (und dem später dazukommenden Vater) das Beileid aussprechen und dann einen Platz suchen.

Nach einer weiteren halben Stunde war die Kapelle voller Menschen und beinahe alle Plätze waren besetzt. Anna schätze die Menge auf etwa 50 Leute, die alle nur wegen Nele hier waren.

Wie viele waren wohl bei Vanessas Beerdigung gewesen?

Mehr?

Weniger?

Anna versuchte sich die Frage aus dem Kopf zu schlagen und nicht mehr daran zu denken, was ihr schwerfiel, da Vanessa in ihren Gedanken herumgeisterte.

In der Kapelle hörte man leises Gemurmel. Die Menschen unterhielten sich über die verschiedensten Dinge. Die Familie vor ihnen sprach über das letzte Treffen mit Nele. Es waren wohl Verwandte. Neles Tante, wenn Anna es richtig verstanden hatte. Der Mann, der hinter Anna saß, unterhielt sich mit seiner Frau darüber, was es später am Abend zu Essen geben sollte. Die Beerdigung war sicher kein passender Moment für diese Frage, aber der Mann dachte scheinbar ständig ans Essen, zumindest sah er mit seiner dicken Wampe sehr danach aus.

Draußen hörte man die Kirchglocken läuten und langsam wurde es still in der Kapelle. Das Gemurmel verstummte und auch der Klang der Glocken wurde leiser.

Aus dem Nebenraum, der etwas weiter links vom Pult lag, kam der Pfarrer heraus. Sein schwarzes Gewand reichte bis zum Boden und seine grauen, kurzrasierten Haare hatte er nach hinten gegelt. Langsam trottete er zum Rednerpult, legte einige Zettel bereit und wartete, bis die Glocken komplett verstummt waren und niemand mehr redete.

Alle schauten nach vorne, aus der vordersten Reihe hörte man das Schnäuzen von Neles Mutter, die mit einem Taschentuch vor der Nase weinend dort saß und den Pfarrer betrachtete.

Er hieß Steffen Weiß. Anna wusste das, weil er seit etlichen Jahren der einzige Pfarrer in der Derbersdorfer Gemeinde war. Er war schon alt und würde in den nächsten Jahren wohl in den Ruhestand gehen. Er hatte Anna, Nele und andere ihrer Freundinnen bereits getauft. Anna meinte sich zu erinnern, dass er sogar Neles Eltern miteinander verheiratet hat.

Und heute würde er eines der Mädchen, die er vor knapp 22 Jahren taufte, beerdigen müssen.

Für niemanden war dieser Tag heute leicht und grade, wenn ein junger Mensch stirbt, ist das Dorf oft niedergeschlagen. Manche mehr, manche weniger. Im Hinblick auf den Herren, den es mehr interessierte, was es an diesem Abend zum Essen gab.

Als die Glocken komplett verstummt waren, räusperte sich der Pfarrer und begann zu sprechen. Seine Stimme war hell und angenehm, wie es die Stimme eines Pfarrers sein sollte.

Anna schaute den Sarg an, der links neben dem Rednerpult stand, an dem der Pfarrer mit der sanften Stimme seine Predigt hielt. Der Sarg, der aus Kiefer gefertigt war, stand auf einem kleinen Podest, das ihn auf eine Höhe von etwa einem Meter brachte. Der Sarg war geschlossen, und auf ihm lagen verschiedene Blumen. Ein kleiner Strauß Tulpen und ein Strauß weißer Lilien, von denen eine bereits anfing zu vertrocknen, denn eine der Blüten entfernte sich bereits vom Rest des Straußes und wanderte langsam nach unten, während alle weiter auf den Pfarrer starrten.

Neben dem Sarg, der von kleinen Verzierungen an der Seite geschmückt war, stand ein Aufsteller mit einem Foto darauf, das Nele zeigte. Das Bild war schätzungsweise zwei Jahre alt. Sie hatte es damals von einem Fotografen machen lassen. Sie liebte es, Bilder von sich schießen zu lassen. Die Mädels schenkten ihr vor einigen Jahren einen Gutschein für ein Fotoshooting mit allen zusammen, das sie gerne annahm. Dabei waren natürlich einige schöne, aber auch lustige Bilder entstanden. Auch das Bild auf dem Aufsteller entstand an diesem Tag.

Anna erinnerte sich, es war ein heißer Tag, irgendwann im Juli. Sie alle hatten Urlaub oder Semesterferien und trafen sich vorher bei Nele, um ein, zwei Gläser Wein zu trinken, bevor es los ging. Marleen trank keinen Wein, da sie an diesem Tag zur Fahrerin gewählt wurde. Schlimm fand sie das nicht, auch wenn sie gehässige Witze über alle machte, weil sie nichts trinken konnte. Doch alle wussten, dass sie es nicht ernst meinte und sich nur ein wenig amüsieren wollte.

Sie fuhren gemeinsam nach Kingsbach und etwas über den Ort hinaus ins Feld. Dort gab es eine wunderschöne Wiese, bewachsen mit etlichen Blumen und durch die Mitte der Wiese führte ein kleiner Bach, dessen Wasser glasklar war.

Annas Gedanken schweiften ab, als der Pfarrer von Neles Interessen sprach. Ihre Hobbys, ihre liebsten Reiseziele und Pläne, die sie noch fürs Leben hatte.

»...Auch ihren Traum, die Welt zu bereisen und so viel wie möglich davon zu sehen und mitzunehmen, wird leider nicht so in Erfüllung gehen, wie sie es sich wünschte. Doch vielleicht könnt Ihr, Liebe Gemeinde, Ihr alle, die Nele kanntet und sie geliebt habt, ihren Traum verwirklichen und an jedem Ort, an den ihr reist, an sie denken und sie im Geiste daran teilhaben lassen...«

Bei diesem Satz fing Neles Mutter wieder an zu schluchzen und griff erneut nach dem Taschentuch.

Anna blickte wieder nach vorne zum Pfarrer, neben den sich in der Zwischenzeit Vanessa gesellt hatte, die nun zu Anna herüberschaute und ihr mit gehässigem Blick zuwinkte.

Anna erschrak schon gar nicht mehr, zu gewohnt war sie von den Momenten, in denen Vanessa plötzlich erschien und sie wieder mal quälte.

Anna versuchte sie zu ignorieren, doch sie drängte sich immer wieder in ihr Blickfeld und wenn das nicht funktionierte, kontrollierte sie ihre Gedanken. Die Gedanken, die vor wenigen Tagen noch so positiv, so optimistisch und immer fröhlich waren, so gut es eben ging. Doch es hatte sich ein schwarzer Schleier über Anna gelegt, den sie wohl nie wieder loswerden würde. Und sie gestand sich selbst ein, dass sie sich langsam an diese ominösen Umstände gewöhnte.

Auch, wenn sie gehofft hatte, das nicht zu tun. Aber es war einfacher, leichter damit fertig zu werden, wenn man es als gegeben betrachtete und nicht als etwas, das man bekämpfen müsste.

Tief in ihre Gedanken versunken, hörte sie dem Pfarrer kaum noch zu. Zwischendurch vernahm sie das Schluchzen von Neles Mutter, die daraufhin jedes Mal in ihr Taschentuch schnäuzte und es wieder in ihre Tasche verstaute, manchmal ein leichtes Husten, der anderen Trauergäste oder die Geräusche, die von außerhalb der Kapelle stammten.

Der Pfarrer beendete seine Predigt und bat die trauernde Gemeinde darum, aufzustehen. Alle erhoben sich. Anna vernahm das Verrücken von Stühlen, Räuspern und das Ächzen alter Leute, die mühevoll versuchten sich aus ihren Stühlen zu erheben.

Im Alter wurde eben alles schwieriger, dachte Anna. Doch Nele würde diese Erfahrung niemals machen können. Und auch Anna zweifelte langsam daran, überhaupt noch älter zu werden als 23.

Auch sie erhob sich aus ihrem Stuhl und trottete den anderen Mädels hinterher, von denen noch keine eine Träne vergossen hatte. Entweder hatten sie sich alle gut im Griff oder der Gefühlsausbruch würde erst später kommen, wenn sie alle am Grab stehen würden und zusahen, wie Nele langsam heruntergelassen wurde und so ihre letzte Reise ins Erdreich antrat.

Alle gingen nach draußen und wurden vom Licht der strahlenden Sonne geblendet. Der Regen und die Wolken hatten sich in der Zwischenzeit verzogen und hinterließen eine wunderschöne Natur, in der die Regentropfen glitzerten, sobald die Sonnenstrahlen sie berührten.

»Ein schöner Tag für die Beerdigung einer Freundin, nicht wahr?«, flüsterte Vanessa Anna ins Ohr. Sie erschrak kurz und wich zur Seite, wobei sie Thea anrempelte.

Sie sah Anna verwirrt an, stellte ihr allein mit ihrem Gesichtsausdruck die Frage, was los sei, doch Anna entschuldigte sich nur schnell und ging dann weiter, ohne auf Vanessas Äußerung einzugehen.

Diese erfreute sich an der vielen Trauer, den Tränen und der Verzweiflung der Menschen an diesem Ort. Sie stellte fest, dass sie Beerdigungen mochte.

Anna schaute den Weg entlang, den die trauernde Menge entlang trottete und ihr Blick fiel auf das ausgehobene Grab, zu dem Neles Sarg getragen wurde. Der Erdhaufen, der kürzlich ausgehoben wurde, lag daneben und würde nach der Beerdigung wieder darauf geschüttet werden.

Der Pfarrer stellte sich vor der ausgehobenen Grube bereit und wartete auf die Sargträger, die hinter ihm herliefen. Nachdem alle angekommen waren, legten die Sargträger behutsam ihre Fracht nach unten und ließen Nele in ihrem hölzernen Gefängnis auf ewig herunter.

Der Pfarrer sprach noch ein paar Worte, doch Anna hörte nicht zu. Sie war in Gedanken bei Nele und dachte daran, was sie alles verpassen würde.

Kein Mann.

Keine Kinder.

Keine Weltreise.

Keine Abende mehr mit ihren Freundinnen.

247

Kein Besuch bei den Eltern.

Anna könnte die Liste noch ewig weiterführen, doch nach einer Weile fiel ihr auf, dass sie noch etwas anderes fühlte als Trauer. Neben dem Schmerz, neben der Verzweiflung und der Wut.

Sie konnte es erst nicht recht definieren. Es fühlte sich seltsam an, nicht richtig, falsch. Anna blickte nach unten, versuchte sich zu konzentrieren und dachte weiter nach. Was war das für ein Gefühl?

Dann erkannte sie es und blickte wieder nach oben, zu den anderen Trauergästen, blickte auf Neles Sarg und wie er langsam in die Tiefe gelassen wurde.

Und als sie den Sarg erblickte, in dem Nele tot lag, ohne Gedanken, ohne Gefühle, ohne jegliches Leben in ihr erkannte Anna, dass sie eifersüchtig war. Eifersüchtig darauf, dass Nele tot war. Denn sie wünschte sich dasselbe. In den letzten Tagen wünschte sie sich immer mehr und immer öfter, dass auch sie sterben würde. Dass sie das alles vergessen könnte, alles hinter sich lassen und frei sein von Gedanken, Gefühlen und vor allem von Vanessa.

Tief in ihr drin hörte sie noch den kleinen Funken Hoffnung, der ihr sagte, dass es der falsche Weg sei. Doch der Funken wurde immer kleiner und kleiner und wenn nicht bald etwas passieren würde, dass Annas Meinung vom Leben änderte, würde der Funken ganz verschwinden. Wie auch Anna. Denn das Leben hatte für sie im Moment keinen Sinn.

Vielleicht würde es sich ändern, vielleicht. Aber wann? Und würde es überhaupt etwas nützen?

Nachdem einige Kränze ans Grab gelegt wurden, verschwand die trauernde Gemeinde. Einige von

ihnen, gingen ins Bürgerhaus, in der das
Trauercafe stattfand.

Die Mädels liefen gemeinsam und stumm zu
Annas Haus, in dem sie sich untereinander noch
ein wenig unterhalten konnten.

42

Nun saßen sie zu viert dort, wo sie für gewohnt zu fünft waren. Und schon kam der Gefühlsausbruch, den Anna schon bei mindestens einer ihrer Freundinnen erwartet hatte.

Marleen setzte sich grade auf den Stuhl, wobei es eher ein Zusammensacken war, das sie da betrachteten, und fing an zu weinen. Die Hände vor ihr Gesicht gehalten, laut am Schluchzen, saß sie nun da und weinte um ihre beste Freundin, die sie so früh und unerwartet verloren hatte. Und keiner konnte sich genau erklären warum eigentlich.

Außer Anna, die den Grund für Neles Tod kannte und sich eine Mitschuld darangab.

Jacky stand von dem Stuhl auf, auf den sie sich erst vor wenigen Sekunden gesetzt hatte und wandte sich Marleen zu, um sie in den Arm zu nehmen und zu trösten, wobei ihr selbst die Tränen kamen. Nun hingen sie da, weinend, Arm in Arm. Thea und Anna schauten sich verlegen an, sahen zum Boden. Die Miene zu einem trauernden Gesicht verzogen. In Annas Küche war nur das Schluchzen von Marleen und Jacky zu hören, die sich beide nach ein paar Minuten beruhigten. Jacky setzte sich wieder auf ihren Platz, holte ein Taschentuch heraus und reichte es Marleen, die sich ihre immer noch laufenden Tränen von den Wangen wischte.

Langsam konnte Marleen wieder einen klaren Gedanken fassen und neben dem Schluchzen konnte sie ein paar Wörter vor sich hin stammeln, die aber keine der Mädels verstand. Sie schniefte noch etwas, wischte sich weiter die Tränen ab und konnte sich dann schlussendlich so weit beruhigen, dass klare Worte aus ihrem Mund herauskamen.

»Ich vermisse sie so sehr...«, stammelte sie mit zitternder Stimme vor sich hin, ohne direkt mit den anderen zu sprechen.

»Wisst ihr noch, wie wir vor einigen Jahren unsern ersten Mädelsabend abgehalten haben?«, fragte Jacky mit gesenktem Blick in die Runde.

Bis auf Thea nickten alle und hörten ihr gespannt zu.

»Wir saßen alle hier und wussten gar nicht, was wir eigentlich machen sollten...«, erzählte sie weiter.

Marleen blickte auf. Ihre Augen waren glasig und rot gefärbt von den vielen Tränen, die sie vergoss und den schlaflosen Nächten, die sie hinter sich hatte.

»Keiner hat etwas gesagt und Nele reichte es langsam mit der Stille...«, grinste Marleen leicht.

»Also beschloss sie, mit der flachen Hand auf den Tisch zu hauen, stand auf-«

»Und schenkte allen ein großes Glas Wein ein, bevor sie das alte Monopoly aus meinem Schrank holte...«

Anna unterbrach Jacky bei ihrer Erzählung und nachdem sie fertig war, lachten alle, weil sie sich an gute alte Zeiten erinnerten und sich daran erfreuten, endlich nochmal ein wenig zu Lachen. Auch wenn es ein Moment ohne Nele war. Sie vermissten ihre grobe Art, witzelten darüber, wie sie bei jeder Gelegenheit etwas zu essen holen wollte. Und je mehr sie über die vergangenen und schönen Momente nachdachten, umso trauriger wurden sie. Auch, wenn sie nach außen hin viel lachten. Doch in ihnen breitete sich eine große Trauer aus, die man im ganzen Raum verspüren konnte.

Und während sie dort saßen, in Erinnerungen schwelgten und mit einem Glas Wein auf Nele anstießen, verflog die Zeit. Es waren etwa 14 Uhr, als sie sich in Annas Küche zusammensetzten. Die letzten Stunden fühlten sich an wie Minuten und die Zeit verflog. Bis die weiße Uhr, die in der Küche hing, etwa 18 Uhr zeigte und sich die Mädels nach und nach auf den Heimweg aufmachten. Jacky war die erste, die aufstand, den anderen trotz allem noch einen schönen Abend wünschte und dann mit einem aufgesetzten Lächeln das Haus verließ und Heim trottete.

Wenig später erhob sich auch Marleen, zog sich ihre schwarze Softshelljacke an und verließ das Haus, nachdem sie sich von den anderen verabschiedete. Während sie aus der Haustür trat, liefen ihr Tränen über die Wange und sie begann leise zu schluchzen, wobei sie versuchte das Geräusch zu unterdrücken, damit die anderen nichts mitbekamen.

Thea blieb noch und unterhielt sich weiter mit Anna. Sie quatschen endlos über Nele und Anna erzählte ihr, wie sie zu ihrer Gruppe gestoßen war. Thea hörte sich die Story interessiert an und nachdem beide nochmal kurz weinten, lagen sie sich in den Armen und trösteten sich gegenseitig. Die Stunden vergingen und die beiden schütteten sich ständig ein neues Glas Wein ein. Anna spürte den Alkohol. Eine wundervolle Wärme machte sich in ihr breit und sie genoss es, nicht ständig über etwas nachzudenken. Ihr Kopf war förmlich leer und sie merkte, dass kein einziger Gedanke durch sie hindurch schoss, der sie herunterzog in diesen schwarzen Sog und sie weiter quälte und deprimierte. An manchen Tagen fragte sie sich, wie lange sie diese Odyssey noch ertragen musste. Ihre Geduld, ihre Hoffnung und ihre Kraft schwanden mit jedem Tag mehr.

Doch nun genoss sie erst einmal die gedankenlosen Momente, die in ihr wahre Glückshormone auslösten, während sie mit Thea mit einem weiteren Glas Wein anstieß.

»Auf Nele!«

Thea hob ihr Glas und ihre Schüchternheit war wie weggeblasen, seit die anderen Mädels gegangen waren. Sie stießen gemeinsam an.

»Du, Thea?«, fragte Anna. Sie lallte bereits ein wenig, während sie ihr Glas anschaute und den letzten Schluck Wein darin herumschwenkte.

Thea sah zu ihr hoch. Ihre Augen waren glasig und Anna sah sie direkt an. Ihr Herz schlug schneller als vorher, doch das bemerkte sie kaum.

»Kann ich dir was anvertrauen?«, fragte Anna weiter, den Blick wieder nach unten gerichtet.

»Klar.«

Thea lächelte verlegen und hörte dann Anna zu.

»Du erinnerst dich doch an Oliver, oder?«

In Theas Gesicht machte sich eine große Enttäuschung breit, als sie seinen Namen hörte. Sie hatte gehofft, dass dieser Kerl bereits Geschichte wäre und sie von ihm nichts mehr hören musste, doch da hatte sie sich wohl getäuscht. Wahrscheinlich wollte sie jetzt erzählen, wie toll er ist, wie fürsorglich, wie hilfsbereit und wie gutaussehend. Sie würde den restlichen Abend von ihm schwärmen. The bereitete sich mental darauf vor, Lobeshymnen von diesem ach so tollen Polizisten zu hören, den die anderen Mädels alle geil fanden.

Thea versuchte sich ihre Enttäuschung nicht anmerken zu lassen und versuchte Anna genau zuzuhören, um ihr wenigstens eine gute Freundin sein zu können, wenn sie schon nicht als Partnerin an ihrer Seite sein konnte.

»Also, weißt du... Ich weiß gar nicht so richtig, wie genau ich anfangen soll...«

Das Lallen in ihrer Stimme verschwand. Stattdessen klang sie zittrig, beinahe verängstigt. Sie konzentrierte sich sehr darauf, die richtigen Worte zu finden und alles richtig erklären zu können.

Thea hörte Anna weiterhin gespannt zu. An Annas Wangen liefen Tränen herunter, während sie von der Vergewaltigung erzählte und hoffte, dass Thea ihr glaubte.

Sie erzählte die Geschichte zu Ende und blickte dann langsam nach oben zu Thea, die in diesem Moment aufstand, zu ihr ging und sie fest in den Arm nahm. Anna brach erneut in Tränen aus und hielt sich an Thea fest, denn sie drohte vor lauter Erschöpfung und Kraftlosigkeit vom Stuhl zu fallen, was nebenbei nicht dem Alkohol geschuldet war.

43

»Anna, du musst zur Polizei gehen!«, befahl Thea ihr, als sie sich beide wieder beruhigt hatten.

»Oder zum Arzt, damit er deine Verletzungen bescheinigt oder irgendwas! Du musst etwas tun!«, predigte sie weiter.

»Ich...ich kann nicht...«

Sie klang schwach, müde. Aber auch erleichtert, dass sie es jemandem erzählt hatte.

Thea fasste sie sanft am Kinn an und hob ihren Kopf an, damit sie sich in die Augen sehen konnten.

»Doch Anna, das schaffst du! Du bist so eine starke Frau, mit einer so starken Persönlichkeit und Kraft, wie ich es noch bei niemandem beobachten konnte. Mit so einem sicheren und selbstbewussten Auftreten. Deine Art, dein Lächeln. Du bist so wundervoll und das wirst du dir nicht von so einem Arschloch kaputt machen lassen! Wir gehen gemeinsam zur Polizei! Ich werde dir dabei helfen«, beschwichtigte sie Anna, während sie ihr dabei immer tiefer in die wundervollen, braunen Augen sah und sich fast darin verlor.

»Wahrscheinlich hast du recht...«, gab Anna leise zu. Ihre Blicke hatten sich wieder voneinander abgewandt. Doch Thea spürte, dass auch an Anna etwas anders war als sonst. Oder war es nur der Alkohol, der sie das denken ließ?

»Danke...«

Anna blickte bedrückt auf den Boden.

»Wofür?«, fragte Thea, die sich in Gedanken ausmalte, wie wohl eine Beziehung mit Anna aussehen würde, auch wenn diese zurzeit deutlich andere Probleme hatte. Thea wusste und respektierte das natürlich auch. Doch die Gedanken daran, wie Anna und sie gemeinsam durch die Straßen liefen, Hand in Hand erfüllten sie mit einem wundervollen Glücksgefühl, das sie in diesem Moment wärmte.

»Dafür, dass du mir zuhörst und mich nicht für eine Lügnerin hältst...«

»Warum sollte ich glauben, dass du mich anlügst? Wer würde sich sowas schreckliches ausdenken?«, fragte Thea schockiert.

Beide sahen sich an, grinsten kurz und tranken dann den letzten Schluck aus ihren Weingläsern.

»Thea?«

Sie sah Anna fragend an.

»Könntest du diese Nacht vielleicht bei mir bleiben? Ich möchte ungern allein sein...«, gab sie zu und blickte beschämt nach unten.

Thea legte ihr den Arm um die Schultern und flüsterte ihr zu.

»Gerne.«

Sie räumten die Weingläser in die Spüle, schalteten das Licht aus und torkelten dann gemeinsam nach oben. Sie stützten sich gegenseitig und ließen sich dann müde, erschöpft und weit mehr als angetrunken ins Bett fallen. Eigentlich wollte Thea noch fragen, ob sie auf dem Sofa schlafen sollte, doch es gefiel ihr, wie Anna so neben ihr lag und direkt einschlief, nachdem sie sich ins Bett hatte fallen lassen. Thea sah sie träumerisch an, nahm die Decke und legte sie über Anna. Sie schlief bereits und ein leises Schnarchen drang aus ihrer Kehle. Thea schaute sie noch einige Minuten lang an. Sie hob die Hand und strich Anna durchs Haar, das ihr im Gesicht hing. Es war weich, genau wie ihre zarte Haut, die Thea bewunderte. So wie sie alles an ihr bewunderte. Alles an ihr war einfach wunderschön und Thea genoss diesen Moment, in dem sie sie einfach nur ansah. Ihr Herz klopfte wie wild und langsam überkam die Müdigkeit auch sie. Sie schloss die Augen und sah weiterhin nur Anna. Sie träumte von ihr, träumte von Zweisamkeit...

44

Die ersten Sonnenstrahlen des Tages weckten
Thea, die im Schlaf ihren Arm um Anna gelegt
hatte. Sie öffnete langsam die Augen und sah
Anna an, die noch schlafend neben ihr lag. Ihr
Bauch hob und senkte sich langsam, ihr Mund
war geschlossen und sie atmete durch die Nase.
Sie pfeifte dabei ein wenig, was Thea in gewisser
Weise ganz niedlich fand.
Sie sah sie weiter an, eine wohlige Wärme
erfüllte sie.
Langsam regte sich Annas wundervoller Körper
und sie öffnete langsam die braunen Augen mit
den pechschwarzen, langen Wimpern daran.
Thea sah ihr wie erstarrt dabei zu, wie Anna
ihre Haare aus dem Gesicht strich und sich die
Hand an die Stirn hielt. Ein schmerzerfülltes
Stöhnen drang aus ihrer Kehle.
»Wir hatten wohl etwas zu viel Wein...«, ächzte
sie, räusperte sich danach direkt.
Thea grinste und stimmte ihr stumm zu.
»In der Schublade links neben dir liegen
Aspirin, kannst du mir eine davon geben? Du
kannst dir auch gerne eine nehmen...«
Anna zeigte auf die Schublade des
Nachttisches, der neben Thea stand und griff
zeitgleich nach der Wasserflasche neben ihrer
Seite des Bettes.
Thea griff nach den Tabletten, löste zwei aus
der Packung und gab eine davon Anna. Die
andere schmiss sie sich selbst ein und trank nach
Anna ein paar Schlucke aus der halbvollen
Wasserflasche, die sie danach zurück auf den
Boden stellte. Anna strich sich erneut durch die

Haare, die vom Herumwälzen völlig zerzaust waren und ihr immer wieder ins Gesicht fielen. Sie griff nach einem Haargummi und band sich ihre Mähne zu einem Pferdeschwanz zusammen, nachdem sie sie mit gespreizten Fingern grob durchkämmte.

Anna stand auf.

»Du kannst ruhig zuerst ins Bad, wenn du magst.«

Thea betrachtete Anna weiterhin, als wäre sie eine Göttin, die von allen für ihr Aussehen und ihre Güte verehrt wird.

»Thea?«, fragte Anna.

Sie wandte den Blick von Anna ab.

»Ja? Achso, ja. Dann husch ich mal schnell ins Bad. Bis gleich«, sagte sie, während sie aufstand und mit sanften Schritten ins Bad lief.

Anna betrachtete sich im Spiegel, der in ihrem Zimmer hing und betrachtete dabei ihre Augenringe.

Ein kalter Luftzug durchfuhr sie. Sie spürte das mittlerweile kaum noch und schenkte der Gänsehaut, die sie dadurch bekam, kaum Beachtung.

Hinter ihr erschien die Gestalt, die sie seit Tagen verfolgte.

»Na Schnucki? Hast 'n Kater?«, fragte sie hämisch.

»Lass mich in Ruhe«, flüsterte Anna, ohne Vanessa dabei direkt anzusehen. Sie wusste, dass sie da war, konnte sie im Spiegel jedoch nicht erkennen.

Vanessa trat näher an sie heran und hauchte ihr ins Ohr.

»Das werde ich nicht tun.«

»Was hast du eigentlich davon, mich ständig zu

nerven und mein Leben zu zerstören?«, fragte Anna mit gereizter Stimme. Nicht nur, weil sie einen heftigen Kater hatte.

Anna spürte, wie Vanessa ihre blutverschmierte Hand in Richtung ihres Nackens bewegte und sie dort fest zu griff.

Sie fletschte die Zähne, während sie Anna ihre Frage beantwortete.

»Es erfüllt mich mit purer Freude, dich so zu sehen, wie dein Leben in hunderte, kleine Scherben zerfällt, während ich die Fäden deines Schicksals ziehe.«

Anna drehte sich langsam um, doch konnte Vanessa nicht mehr sehen. Sie war bereits verschwunden. Und während sie dort regungslos stand und in den leeren Raum starrte, kam Thea herein, die sich zuvor im Bad ein wenig frisch gemacht hatte.

»Hast du 'nen Geist gesehen oder was starrst du so?«, lachte Thea sie an.

Anna schüttelte den Kopf.

»Quatsch. Ich geh dann mal ins Bad...«, sagte sie, während sie ins Bad schlenderte.

Thea wartete bereits in der Küche am gedeckten Tisch, als Anna die Treppe herunterkam, nachdem sie sich im Bad frisch gemacht hatte.

»Ich habe Brötchen aufgebacken, ich hoffe, das ist in Ordnung?«, fragte Thea schüchtern, in der Hoffnung Anna würde die Idee gut finden.

Sie nickte abwesend und setzte sich dann zu Thea.

»Wollen wir gleich los?«, fragte Thea.

Anna blickte zu ihr hoch, den Blick zuvor stumm auf den Boden gewandt.

»Wohin?«

»Na zur Polizei...«, sagte sie mit leicht

260

motivierender Stimme.

»Ich weiß nicht... Was, wenn er auch da ist?«

Thea legte ihr die Hand auf die Schulter.

»Das wird er schon nicht. Und wenn, dann können sie ihn wenigstens direkt verhören«, entgegnete Thea. Sie stand auf und holte das Blech mit den Brötchen aus dem heißen Backofen. Sie nahm die Brötchen herunter und legte sie in ein kleines Körbchen, dass sie vor Anna auf den Tisch stellte.

Beide griffen zu.

»Wahrscheinlich hast du recht.... Aber ich habe Angst...«, entgegnete Anna mit bedrückter Miene.

Thea sah sie liebevoll an, wie eine Mutter ihr Kind ansieht, wenn es einen schlechten Traum hatte.

»Das weiß ich«, sie sah Anna dabei tief in die Augen und hoffte, dass sie sie mit ihren Blicken etwas beruhigen konnte, »Aber ich bin bei dir. Wir stehen das gemeinsam durch, okay?«

Anna sah sie an und brachte ganz kleinlaut ein Wort heraus, fast flüsternd.

»Danke!«

45

Das Polizeirevier in Kingsbach war nicht schwer zu finden. Es stand ziemlich in der Mitte der Stadt, direkt neben dem Rathaus.

Auf den Parkplätzen vor dem Gebäude standen größtenteils Polizeiautos, alles BMWs.

Das Schild mit der Aufschrift *Polizei* war schon leicht verblichen und an der oberen rechten Ecke hatte es einen Einschlag. Wahrscheinlich mochte dort jemand die Polizei nicht sonderlich und hatte bei Gelegenheit einen Stein dagegen geworfen. An den Fenstern waren altmodische, weiße Gardinen angebracht, die die Innenräume des Gebäudes größtenteils verdeckten.

Um ins Gebäude zu kommen, musste man erst eine kleine Treppe hinaufsteigen, um dann durch die Glastür zu gehen, welche wohl vor wenigen Minuten frisch geputzt wurde, da man noch die Schlieren vom Wischen sah.

Anna und Thea saßen im Auto, das neben einem der Polizeiautos stand.

»Du schaffst das Anna!«, ermutigte Thea sie.

Anna starrte derweil aus dem Autofenster zum Polizeirevier hinaus. Eine Träne lief ihr über die Wange und ihr Herz raste vor Aufregung und Angst. Schneller als normal, schneller als es jemals geschlagen hatte und in diesem Moment wünschte sie sich, sie würde einfach das Bewusstsein verlieren und nie mehr aufwachen. Nie wieder in diese kaputte Welt kommen, in der sowieso nichts mehr ist, was sie noch hält.

Sie spürte Theas Hand auf ihrer Schulter.

»Du schaffst das! Ich bin bei dir!«, sagte sie erneut und blickte Anna dabei wieder tief in die

Augen.

Sie nickte, atmete noch einmal tief durch und öffnete dann die Tür des Autos, um auszusteigen.

Ihre Schuhe berührten den Pflastersteinboden und ihre Beine zitterten, als sie ausstieg.

Der Himmel war blau und die Sonne strahlte so hell, wie noch nie in diesem Jahr. Anna und Thea standen vor dem Auto, spürten die Wärme der Sonne auf sie scheinen und genossen kurz die Stille, während sie sich mit dem Rücken ans Auto lehnten.

Die Glastür öffnete sich und ein Polizist kam herausgetreten.

Anna sah ihn an und erkannte ihn wieder. Es war nicht Oliver, sondern der Polizist, der vor einigen Wochen nach Vanessas Suizid vor dem Haus stand und sie ausfragte. Der Mann sah zu den beiden herüber, grüßte sie mit einem Kopfnicken und verschwand dann in einem der Polizeiautos.

Thea griff nach Annas Hand, sie zitterten beide leicht und ihre Hände waren verschwitzt.

Gemeinsam gingen sie in Richtung der Treppe, die zu der Glastür hinaufführte. Vor der ersten Stufe blieben sie beide stehen und Anna atmete erneut tief ein und aus. Sie sah Thea an und blickte dann entschlossen nach vorne, den Fuß zur ersten Stufe angehoben.

An der Glastür hingen einige Plakate, von denen einige eine Ausbildung bei der Polizei bewarben und andere erinnerten daran, auf seine Wertsachen achtzugeben. Zu sehen war auf einem der Plakate die Beifahrerseite eines Autos, an der sich ein schwarz gekleideter Mann mit einem Brecheisen zu schaffen machte. Darunter der Satz:

Denken Sie an Ihre Wertsachen!

Das Plakat hing schon einige Zeit. An einer Ecke löste sich bereits der Kleber und es hing dort leicht herunter, war aber immer noch lesbar.

Anna führte ihre Hand zur Glastür und drückte dagegen. Nichts passierte.

Auch Thea griff zur Tür und zog daran, um sie zu öffnen. Dabei grinste sie Anna an.

»Entschuldige... Ich bin nervös...«, gab sie beschämt zu und blickte dabei nach unten.

»Alles gut, du brauchst keine Angst haben«, lächelte Thea ihr zu.

Anna ging durch die Tür und trat in den Flur des Polizeireviers. An den Wänden hingen weitere Plakate.

In der linken Ecke stand ein Wasserspender, aus dem sich Besucher und wahrscheinlich auch Personal des Reviers Wasser holen konnten. Der Behälter war bereits zur Hälfte geleert.

Anna ging mit langsamen, sachten Schritten voran, Thea lief dabei neben ihr her, hielt weiterhin ihre Hand, die nun immer fester zupackte. Sie beide gingen den langen Flur entlang, vorbei am Wasserspender, den Plakaten und einigen halbwegs grünen Pflanzen, die langsam mal wieder gegossen werden müssten.

Am Ende des Flures fand sich ein erhöhter Tresen, über dem das Schild *Information* an zwei eisernen Ketten hing. Hinter dem Tresen saß ein älterer Herr, vielleicht Anfang oder Mitte fünfzig. Seine grauen Haare wurden von der Polizeimütze verdeckt, die er trug. Auf seinem Namensschild stand *Althaus*. Er wandte sich von seinem Stapel Papierkram ab, der vor ihm lag und sah zu Anna und Thea herauf.

Ein Lächeln machte sich in seinem Gesicht breit.

»Was kann ich für euch tun?«, fragte er

freundlich und hilfsbereit.

Anna zitterte, sie wurde ganz blass im Gesicht und begann zu schwitzen. Sie strengte sich an, brachte einen gebrochenen Satz heraus.

»K-könnte ich v-vielleicht«, sie schluckte, »mit einer Polizistin sprechen?«, fragte sie nervös.

Der Polizist nickte lächelnd, stand auf und ging zu einem der Büros, in denen seine Kollegin saß. Er winkte die beiden Mädchen zu sich und bat sie darum, in den Raum zu gehen, wo seine Kollegin noch mehr Papierkram erledigte als er.

Die beiden gingen hinein. Das Fenster war geöffnet, eine grüne Pflanze (die wirklich grün war) stand in der Ecke und vor dem Schreibtisch der Dame waren zwei freie Stühle, auf die sich Anna und Thea nun setzten.

Der Polizist schloss die Tür und setzte sich wieder nach vorne hinter den Tresen.

»Was kann ich für euch tun?«, fragte die Polizistin, die ihre langen, aschblonden Haare zu einem festen Pferdezopf gebunden hatte.

Anna sah zu Thea herüber, die ihr stumm sagte, dass sie es schaffen würde. Beide lächelten und schauten dann wieder nach vorne zur Polizistin, auf deren Namensschild der Name *Ulrich* aufgestickt war.

Anna atmete erneut tief durch.

»I-ich, also...«, sie verstummte. Hinter der Polizistin, am Fenster, beobachtete sie etwas. Es war Vanessa, die ihr mit einem falschen Lächeln zuwinkte und flüsterte:

»Das wird nicht funktionieren.«

Anna erstarrte, schloss kurz die Augen und wandte sich dann wieder mit ihrer vollen Konzentration der Polizistin zu.

»Ich möchte eine Vergewaltigung melden.«

Die Polizistin schnappte sich einen Stift und ein

Formular, in welches sie das besagte Vergehen eintrug.

»Wann hat die Straftat stattgefunden?«, fragte sie weiter, während sie die beiden ansah.

Thea sah Anna ermutigend an.

»Letzte Woche Montag...«, kam es leise aus Anna heraus.

Die Polizistin schrieb weiter, klickte danach auf ihrem Kugelschreiber herum.

»Ist der Täter bekannt oder haben Sie einen Verdacht?«, fragte sie weiter. Sie wirkte professionell, Anna fühlte sich bei der Befragung wohler als gedacht. Auch, wenn die Beantwortung der Fragen ihr doch einiges an Kraft abverlangten.

Anna schaute unter sich, traute sich nicht seinen Namen zu nennen. Sie zögerte.

»Oliver Schneider«, kam es fast flüsternd aus ihr heraus.

Die Polizistin legte den Stift bei Seite, faltete die Hände und starrte die beiden Mädchen verdutzt an.

»Soll das ein Scherz sein? Ihr wisst, dass das nach §187 des Strafgesetzbuches eine Verleumdung darstellt, oder?«, ihr Blick wurde ernster.

»Aber es stimmt«, sprach Thea dazwischen, um Anna zu helfen.

»Habt ihr denn Beweise?«, fragte sie weiter. Ihr Tonfall hörte sich genervt an und nicht mehr so freundlich und hilfsbereit wie zuvor.

»Nein...«, brach es leise aus ihr heraus, während ihr eine Träne über die Wange lief.

»Das ist schlecht, denn wenn Herr Schneider ihrer Aussage nicht zustimmt, stehen Ihre und seine Aussagen gegeneinander und ohne Beweise wird dann wahrscheinlich für den Angeklagten entschieden, sollte es zu einem Verfahren kommen«, erklärte sie, ohne den Blick von ihrem Formular abzuwenden.

»Ich bin dazu verpflichtet, Ihre Aussage aufzunehmen, möchte euch aber darauf hinweisen, dass es ohne Beweise schwierig wird. Und da Herr Schneider Polizist ist, werden auch seine Kolleginnen und Kollegen für ihn aussagen. Vor allem meine Wenigkeit. Ich rate euch beiden also dringend ab, eine Anzeige zu stellen.«

Anna blickte wieder hinter die Polizistin. Sie sah Vanessa zu, wie sie auf die Polizistin herabschaute und die Lippen bewegte.

In diesem Moment begriff Anna, dass es keinen Sinn hatte, eine Anzeige zu stellen, da Vanessa ohnehin alles zunichtemachen würde. In ihrem Körper spürte sie eine tiefe Enttäuschung.

»Aber, das kann doch nicht Ihr Ernst sein? Meine Freundin hier wurde vergewaltigt und Sie wollen nichts dagegen unternehmen?«, schimpfte Thea. Anna hatte sie zuvor noch nie so energisch und aufgewühlt erlebt.

»Nun bleiben Sie ruhig, ich habe euch beiden lediglich empfohlen, keine Anzeige aufzugeben«, beschwichtigte sie Thea.

»Nein! Sie glauben ihr einfach nicht und raten deswegen davon ab. Das kann doch nicht sein!«, Thea wurde lauter.

Anna griff nach ihrer Hand, die sie zuvor losgelassen hatte, und versuchte Thea zu beruhigen. Doch diese riss ihre Hand weg und zeigte mit dem Finger auf die Polizistin.

»Und sowas wie Sie nennt sich Polizistin...«, sagte sie herablassend.

»Vielleicht war diese Vergewaltigung auch nur ein Missverständnis. Haben Sie ausdrücklich *Nein* gesagt?«, fragte sie.

»Ja, mehrfach«, entgegnete Anna entschlossen.

»Hm, ich glaube trotzdem nicht, dass Oliver«, sie räusperte sich, »ich meine Herr Schneider, so etwas zu Schulden kommen lassen könnte. Und da ihr keine Beweise habt...«, sie machte eine fragende Geste und zuckte mit den Schultern.

Anna blickte nach unten.

»Vergessen Sie's...«, flüsterte sie beschämt, enttäuscht, ängstlich vor sich hin.

»Aber Anna, das kannst du d-«

»Doch, kann ich Thea«, entgegnete sie.

»Ich denke, es ist besser, wenn ihr jetzt das Revier verlasst«, ihre Stimme klang ernst und sie deutete mit den Händen an, dass sie den Raum verlassen sollten. Hinter ihr stand immer noch Vanessa, die sie führte wie eine Marionette. Anna hatte keine Chance, sie würde nicht gegen sie ankommen, egal was sie sagte oder machte.

Sie gingen aus dem Büro heraus, vorbei an dem Polizisten, der vorne hinter dem Tresen saß, den Flur entlang und durch die Glastür heraus aus dem Polizeirevier.

Anna hielt wieder Theas Hand. Beide griffen fest zu und marschierten gemeinsam die Steintreppe herunter, zurück ins Auto.

»Ich sagte doch, es wird nicht funktionieren«, hörte Anna eine leise, flüsternde Stimme neben sich.

Sie blickte nach links, gab Vanessa enttäuscht zu verstehen, dass sie ihre Botschaft verstanden hatte.

Während die beiden ins stiegen fuhr ein anderes Auto vor, aus dem ein junger Mann ausstieg. Anna drehte sich zu ihm um und erkannte ihn sofort.

Oliver.

Schnell stieg sie ins Auto, befahl Thea

loszufahren.

»Ich will hier weg, so schnell wie möglich...«, sagte sie zu Thea. Diese sah aus ihrer Seite des Autos heraus, erblickte Oliver und startete den Motor.

46

»Was war das denn bitte für eine Polizistin?«, fragte Thea empört, während sie in Annas Richtung blickte.

Sie saßen derweil wieder in Derbersdorf an Annas Küchentisch und ließen das Gefühl der Enttäuschung über sich ergehen.

»Keine Ahnung«, entgegnete Anna abwesend und strich dabei mit den Fingern sanft über die Tischplatte.

Sie sah bedrückt nach unten und dachte darüber nach, wie ihr Leben nun von statten gehen würde. Überall mischte Vanessa mit. Sie zog die Fäden, sie sorgte dafür, dass Anna nichts Gutes mehr widerfahren würde. Das würde auf ewig so weitergehen, bis sie irgendwann aufgeben würde. Dann würde sie genauso enden wie Vanessa.

»Anna?«, fragte Thea und suchte den Blickkontakt mit ihr.

Sie sah hoch, gab ein leicht verständliches »Hm?« von sich.

»Ich kann verstehen, dass es dir schlecht geht...«, entgegnete Thea weiter.

»Ach, schon gut. Es soll mir momentan einfach nicht gut gehen.«

»Was soll das denn heißen?«, fragte Thea.

»Naja, was läuft denn momentan gut? Auf der Arbeit habe ich Probleme, der Typ, den ich mochte, hat mich vergewaltigt und eine meiner besten Freundinnen ist gestorben. Ist daran irgendwas gut?!«, fragte sie rhetorisch und mit genervtem Ton, »Mir geht es beschissen. Meine ganze Welt bricht zusammen und ich kann nichts dagegen tun, weil es einfach kein Entkommen gibt aus diesem schrecklichen Horrorfilm, der zurzeit mein beschissenes, trauriges und abartiges Leben gibt...«, sie machte eine kurze Pause, dachte nach, »...eine Sache gäbe es...«, flüsterte sie vor sich hin, sodass Thea sie kaum verstand.

Anna strich die Finger nicht mehr über den Küchentisch. Stattdessen hatte sie sie in ihre Haare bewegt und trillerte sie um ihre Finger, strich durch die lange Mähne und kratzte sich zwischendurch am Kopf.

»Du meinst doch nicht etwa...?«, fragte Thea fassungslos.

Anna sah sie mit starrem Blick an. Ihre Augen verzauberten Thea jedes Mal, wenn sie sie ansah. Ihr Herz pochte wieder und sie verlor sich in diesen wundervollen Augen, von denen sie noch nie solch wunderschöne Exemplare erblickt hatte.

»Nein... natürlich nicht... es war nur ein kurzer Gedanke daran... es ist keine Lösung, ich weiß«, entgegnete sie, sah dabei nach unten. Thea wusste, dass sie lügt. Sie sah es ihr an. Sie musste in Zukunft sehr auf sie aufpassen. Thea wurde immer ängstlicher und machte sich mehr und mehr Sorgen, je länger sie mit Anna sprach. Es ging ihr wirklich schlecht. Und das konnte Thea voll und ganz verstehen.

Auch die Gedanken an eine schnelle, schmerzlose Lösung konnte Thea in gewisser Weise nachvollziehen. Sie wusste, wie es sich anfühlte zu leiden. Und das, nicht mal so sehr wie Anna. Doch es konnte keine Lösung sein. Anna durfte nicht so enden, wie ihre Nachbarin. Sie konnte es schaffen, das alles zu überwinden. Und sie würde das schaffen, wenn Thea ihr beisteht.

»Wollen wir mal eine Runde an die frische

Luft?«, fragte Thea vorsichtig, aus Angst, Anna könnte zurückschrecken.

Sie nickte leicht und beide zogen sich ihre Jacken an und gingen hinaus.

Thea bemerkte zwar, dass es Anna schlecht ging, dass sie am Boden zerstört war, enttäuscht, wütend und lustlos. Was sie ihr nicht ansah, war der Geist, der sie seit Tagen und Wochen verfolgte. Der Geist, der auch jetzt, während sie durch die grünen Felder Derbersdorfs spazierten, an ihr klebte, wie ein dreckiger, alter Kaugummi, den jemand auf den Boden gespuckt hatte. Anna trug auch und vor allem diese Last mit sich herum.

Die, die für all das verantwortlich war, was ihr in den letzten Wochen passierte. Nur durch Vanessa ist ihr Leben ein reines Trauerspiel, ohne Freude, ohne Lachen, ohne Licht und bunte Farben.

Während die beiden weiter liefen, kamen ihnen andere Bewohner aus dem Dorf entgegen. Wer könnte ihnen diesen Spaziergang verübeln? Der Himmel war strahlend blau und die Sonne schien auf sie herab. Nur einzelne, kleine Wolken zogen vorüber und vergruben kleine Teile der Landschaft in hellgraue Schatten.

Der Wind blies ihnen um die Ohren, doch er war angenehm und warm.

Die beiden, die Anna und Thea entgegenliefen, wohnten im Neubaugebiet. Ein junges Ehepaar. Die beiden hatten vor kurzem geheiratet. Anna erinnerte sich daran, wie ein großes Leinentuch am Eingang des Dorfes hing, mit den beiden Namen darauf. »Married« war mit Farbe darauf gemalt und zwei aufgemalte Eheringe schmückten das Ganze. Auch das Datum stand darauf, doch Anna konnte sich nicht an den genauen Tag erinnern.

Die Frau, ihr Bauch war etwas dick, vielleicht war sie schwanger, fasste ihren frisch gebackenen Ehemann an den Händen. Ihr Ring strahlte und sie trug ihn mit Stolz, während sie ihn verliebt ansah. Ihre Haare waren unter einer Beaniemütze versteckt und nur einzelne, dunkelblonde Strähnen fielen heraus.

Er blickte nach oben, in den strahlenden Himmel und streichelte zeitgleich ihre Hand. Vor sich trug er eine dicke Wampe, die er sich entweder durch zu viel Fast Food oder ein paar Kästen Bier antrainiert hatte. Sein graues Hemd war bis oben hin zugeknöpft, doch der unterste Knopf gab wohl bald nach. Beim genauen Hinschauen sah man das weiße Unterhemd, das er darunter trug. Seine blaue Jeans lag eng an den breiten Oberschenkeln an und das Fett wackelte bei jedem Schritt. Dabei fiel auf, dass er etwas humpelte. Vielleicht hatte er sich den Fuß verknackst, vielleicht war er zuvor gestolpert.

Die beiden, Nick und Laura hießen sie, so glaubte Anna sich zu erinnern, kamen ihnen entgegen und als sie Anna sahen, begannen sie zu tuscheln. Kein Tuscheln, wie man es tat, wenn man etwas geheimes oder Peinliches sagte, dass nur der Partner hören sollte. Die beiden lästerten. Sie sprachen über Anna.

Das spürte sie.

Vanessa ließ sie es spüren.

Sie versuchte weg zu sehen, weg zu hören, doch es gelang ihr nicht.

Sie verstand nicht, was die beiden sagten, doch sie wusste, dass es um sie ging.

Und plötzlich, aus dem Nichts heraus, hörte sie,

was er zu seiner Frau sagte. Er sprach nicht lauter, er veränderte seine Stimme kaum. Doch Vanessa sorgte dafür, dass Anna es hörte. Sie sollte alles mitbekommen, was die Leute über sie sagten. Alles was ihr schaden konnte, sollte zu ihr durchdringen, wie eine Kugel durch den Körper hindurch schießt und klaffende Wunden hinterließ.

Vanessa wollte Anna durchlöchern, ihre starke Hülle brechen und das schwache, zweifelsvolle und mickrige Innere zum Vorschein bringen.

»Hast du das mitbekommen?«, flüstert er seiner Frau ins Ohr, den Blick dabei auf Anna gerichtet.

»Ne, was denn?«, fragte sie neugierig.

»Sie da vorne, die linke. Das ist Anna Krüger, die wohnt gegenüber von dem Haus, wo der Suizid stattgefunden hat.«

»Ja und weiter?«, fragte sie weiterhin neugierig.

»Die soll verrückt geworden sein«, flüsterte er ihr zu, »Sie hat wohl letztens auf der Straße einfach die Luft angeschrien, sie solle sie in Frieden lassen.«

Seine Frau sah erst ihn an, dann blickte sie zu Anna herüber. Schockiert.

»Einfach so?«, fragte sie ihn, streichelte dabei mit der flachen Hand über ihren leicht gewölbten Bauch. Anna war sich sicher, dass sie schwanger war.

Er nickte. Beide sahen Anna an und liefen dann an Thea und ihr vorbei, den Blick nicht abgewandt. Vorbeigegangen, drehten sie ihre Köpfe wieder und starrten Anna weiter an, bis sie die Lästereien ein paar Meter weiter sein ließen und ihrer Wege gingen.

Anna und Thea saßen nun auf einer Wiese, die

mit Löwenzahn übersät war. Die eine gelber als die andere. Fast kniehoch waren sie gewachsen und als die beiden dort saßen, war fast die Hälfte ihrer Körper verdeckt von einem grünen und gelben Wirrwarr aus Blumen.

Vereinzelt fanden sich bereits ein paar Pusteblumen, welche durch den leichten Wind ihre Samen überall verteilten. Thea beobachtete, wie die Blumen sich im Wind bogen und der Stängel, der zuvor mit vielen, kleinen Samen geschmückt war, nun leer dastand.

Sie genossen einfach nur die Stille, die Wärme und das Beisammensein. Und auch wenn sie es voneinander nicht wussten, genossen sie beide die Zweisamkeit.

Thea hatte die Beine zum Körper gezogen und legte die Arme um ihre Knie, während sie Anna ansah und sich zwischendurch umblickte, ob noch jemand anderes in der Nähe war.

Diese sah nach oben, betrachtete die kleinen Wolken, die langsam am Himmel vorbeizogen. Dabei fragte sie sich, was sie tun könnte, um dem Ganzen ein Ende zu setzen.

Wie konnte sie Vanessa fortschicken?

Wann hörte sie damit auf, Anna zu verfolgen, ihr Leben in allen möglichen Richtungen scheitern zu lassen und ihr die letzte Kraft und Hoffnung auszusaugen, die sie noch in sich hatte?

Sie war wie ein süchtiger Vampir, der alles aus ihr heraussaugte, was sie am Leben hielt.

Versunken in ihren Gedanken, die Vanessa womöglich immer weiter ins pessimistische Denken zog, starrte sie weiter nach oben und bemerkte kaum, dass Thea ihre Hand auf Annas Oberschenkel legte und sich zu ihr herüber beugte.

47

Annas Herz explodierte förmlich und ihre Gänsehaut war kaum zu beschreiben. Theas Lippen berührten sie sanft und sie verschmolzen förmlich miteinander. Und obwohl Anna dem intimen Körperkontakt seit wenigen Tagen ziemlich abgeneigt war, so erschien ihr dieser Kontakt als schöner und wundervoller als alles andere, was sie bisher kannte.

Der Kontakt zu einer Frau fiel ihr wesentlich leichter und gerade zu Thea hatte sie ein besonderes Verhältnis.

Sie spürte, wie sanft Theas Lippen waren, wie ihre Hände sie streichelten, die Haare hinter ihr Ohr strichen. Auch Anna begann ihre Hände zu benutzen und streichelte Thea sanft an der Wange. Sie ließ ihre Hand weiter herunter gleiten. Sie streichelte ihren Hals, ihre Brust, dann ihren Oberschenkel.

Thea küsste sie weiter, wurde leidenschaftlicher, begann sanft und zärtlich an Annas Lippen zu beißen.

In diesem Moment dachte Anna an nichts. An rein Garnichts und sie genoss es. Sie genoss die Stille in ihrem Kopf, die Leere, die dort zu finden war und sie genoss das Kribbeln in ihrem Bauch, das in den ganzen Körper ausstrahlte, wie Licht, das einen Raum flutete. Die Wärme der Sonne strahlte auf sie, der Wind blies eine sanfte Brise um die beiden herum und sie fühlten sich frei. Frei von Sorgen und Problemen, frei von Neles Tod, frei von allen Menschen. Sie saßen da, küssten sich leidenschaftlich und ließen alles um sich herum verschwinden. Dort waren nur sie. Ein großes Nichts umhüllte sie in ihren Gefühlen und in diesem Moment fühlten sie sich schwerelos.

Sie saßen noch einige Minuten im Gras, die Hände übereinandergelegt und schauten beide in Richtung Himmel. Die Sonne schien auf sie und hinterließ hinter ihnen zwei Schatten, die ineinander übergingen.
Anna realisierte erst später, was passierte. Doch sie bereute keine Sekunde dieses wundervollen Moments.
Langsam wurde es kühl um sie herum und sie beschlossen zurückzugehen.

Auf dem Weg zu Annas Haus begegneten sie einer alten Dame, die mit ihrem Hund spazieren ging. Es war ein kleiner Havaneser, die sie an der rosafarbenen Leine herumführte. Die Dame, vielleicht war sie Ende 70, vielleicht auch Anfang 80 Jahre alt, trug ein langes Kleid, das ihr bis zu den faltigen Knöcheln reichte. Das Kleid war mit bunten, pastellfarbenen Blumen übersäht und ihre kurzen, lockigen Haare erstrahlten in einem weißgrauen Farbton, der für dieses Alter üblich war. An den Händen trug sie einige Ringe, einer davon enthielt einen roten Stein, der durch seine Größe herausstach. Der Hund der Dame war noch sehr klein und das Fell, das an seinem Kopf recht lang war, war mit einer pinken Schleife versehen. Der kleine Zopf, den der Hund trug, wippte bei jedem Schritt ein wenig auf und ab und der Hund hechelte beim Laufen vor sich hin, während sein Frauchen stolz die Leine in der Hand hielt. Während sie an Anna vorbei ging, starrte sie sie an. Ihr Blick durchbohrte sie, wie ein Dorn in die Haut eindrang und Anna spürte einen stechenden Schmerz, während Vanessa in ihre Gedanken eindrang und ihr zeigte, was die alte Dame über sie dachte.

»Bescheuert...nicht mehr ganz dicht...verrückt...den Verstand verloren...«

Die Wörter und Sätze brannten sich in Annas Gedanken und ließen sie nicht mehr gehen. Und sie spürte, dass es nicht nur die alte Dame und das Ehepaar von vorhin waren, die über sie redeten. Es war beinahe das ganze Dorf, dass über sie gehört hatte und nun über sie sprach, als wäre sie geisteskrank.

Anna wusste, dass die Leute gerne redeten, lästerten und Gerüchte streuten. Doch sie glaubte, dass Vanessa Schuld an alledem war und die Menschen im Dorf, wie ihre Marionetten behandelte. Sie verbreitete die Botschaft, Anna sei verrückt geworden und ihr kurzer Ausraster auf der Straße, trug nur noch zu dieser Theorie bei. Sie glaubte es, doch sie konnte ihre Gedanken trotz allem nicht verdrängen. Sie brannten sich zu sehr ein, sie konnte sie einfach nicht ignorieren und so fraßen sie sie von innen auf, streuten weiter wie ein bösartiger Tumor, der größer und größer wurde.

Sie fühlte Enttäuschung, Hass auf sich selbst, auf dieses Leben und das Verlangen danach, alles hinter sich zu lassen und aus dieser grausamen Welt zu verschwinden.

In diesem Moment sah sie Thea an, die neben ihr ging, ohne ihre Hand zu halten. Und während sie sie ansah und in ihre wundervollen Augen blickte, vergaß sie für ein paar Sekunden die schreckliche Welt um sie herum. Sie vergaß Vanessa, vergaß die Menschen, die über sie redeten, vergaß Nele, vergaß Oliver.

Die alte Dame lief vorbei, schaute Anna weiterhin an, bis sie ein paar Meter von ihr

278

entfernt war und ihren Hund darum bat, neben ihr her zu laufen. Das Hündchen gehorchte.

Anna und Thea saßen in der Küche, beide ein Glas Wasser vor sich stehen. Stillschweigend saßen sie sich gegenüber. Thea sah nach unten, schüchterner als zuvor. Aber doch grinste sie, als Anna sie ansah.

Auch Anna begann zu grinsen und nun lachten beide.

»Warum warst du eigentlich so lange nicht bei der Arbeit?«, fragte Thea daraufhin.

Annas Lachen verschwand, sie blickte betrübt nach unten.

»Es ging mir nicht gut...«, entgegnete sie, »Aber ich denke, ich werde nächste Woche wieder arbeiten...«

Thea nickte, sah sie dabei skeptisch an.

Anna griff nach ihrem Glas, trank einen Schluck daraus und genoss das kalte, sprudelnde Wasser, bevor sie das Glas wieder abstellte.

»Was...was ist das eigentlich...mit uns?«, fragte sie schüchtern, vermied jeglichen Blickkontakt, aus Angst vor der Antwort.

»Ich weiß nicht... Was würdest du denn sagen?«, fragte sie neugierig, obwohl sie nicht recht wusste, was sie überhaupt sagen sollte.

»Ich...ich würde sagen«, sie zögerte kurz, »wir schauen was passiert...oder?«

Thea lächelte sie an.

»Okay.«

Es klang enthusiastisch und sie hatte einen Hauch Hoffnung in ihrer sanften Stimme. Innerlich war sie so aufgeregt, wie ein kleines Kind am Weihnachtstag, doch nach außen hin, versuchte sie sich nichts anmerken zu lassen.

Ihr Herz klopfte wie wild und in ihren Gedanken

malte sie sich eine Zukunft mit Anna aus. Wie sie gemeinsam durch die Straßen spazierten und am Abend zusammen auf dem Sofa saßen, die langweiligen Sendungen im TV anschauten und sich über die schlechte Schauspielkunst beschwerten. Diese Gedanken ließen ihr Grinsen noch größer werden und sie sah Anna verlegen, aber überglücklich an.

48

»Seit wann weißt du, dass du auf Frauen stehst?«, fragte Anna Thea, als sie gemeinsam auf dem Sofa saßen und beide ein Glas mit Cola in den Händen hielten. Nebenbei lief eine langweilige Sitcom, die nur dazu diente, keine Stille im Raum zu hinterlassen. Doch Thea und Anna unterhielten sich seit Stunden über alle möglichen Themen, lachten gemeinsam und philosophierten vor sich hin.

»Eigentlich schon immer. Schon als Jugendliche konnte ich nie was damit anfangen, als meine Freundinnen von irgendwelchen Jungs geschwärmt haben. *Der sieht toll aus...habt ihr den gesehen? Der ist so hübsch!*«, sie trank einen Schluck, »Am Anfang habe ich es versteckt. Ich hatte Angst. Jahrelang konnte ich nie wirklich zeigen, wer und wie ich eigentlich bin...«

»Das klingt ein wenig einsam...«, fügte Anna hinzu.

»Naja, es ging... Es durfte halt nur keiner wissen, dass ich auf Frauen stehe. Ich habe einfach immer so getan, als würde ich Jungs oder Männer toll finden...«

»Und wann hast du dich geoutet?«, fragte Anna neugierig.

»Das ist noch gar nicht so lange her... Vielleicht eineinhalb Jahre? Genau weiß ich es nicht...«, erklärte sie, »Das habe ich auch nur gemacht, weil ich zu der Zeit eine Freundin hatte... Wir haben uns übers Internet kennengelernt. Wie sollte ich es auch sonst machen? Naja, nachdem wir einige Monate zusammen waren, habe ich mich geoutet. Wir sind als Paar herumgelaufen. Haben in der Öffentlichkeit Händchen gehalten, uns geküsst, was man als Paar eben so macht«, sie trank erneut einen Schluck, sah dabei aus dem Fenster, »Im Nachhinein, hätten wir es besser für uns behalten«, sagte sie mit gesenktem, betrübtem Blick.

Anna blickte sie verwundert an.

»Warum?«

Thea wurde rot, ihr Herz schlug schneller und die Gedanken und Erinnerungen an die Zeit in ihrem Heimatort kamen zurück. Die Erinnerungen, die sie so lange versucht hatte zu vergessen und zu verdrängen, weshalb sie nach Derbersdorf gezogen war. Weit weg von allem.

»Die meisten Menschen in meiner alten Heimat fanden meine sexuellen Interessen nicht so, sagen wir mal, normal.«

»Wie meinst du das? Haben sie dich deswegen verurteilt oder gemobbt?«, fragte Anna vorsichtig und rücksichtsvoll.

Thea sah weiter nach unten, strich sich eine Strähne aus dem Gesicht.

»Ich wurde beschimpft, in aller Öffentlichkeit. Sie haben mir Drohbriefe geschrieben, meine Wohnungstür mit Schimpfwörtern beschmiert...«, erzählte sie, wobei ihre Augen einen glasigen Schimmer annahmen und ihr eine Träne über die Wange lief, »Gottlos, Schlampe, ekelhaft, unmenschlich... und das waren die harmlosen Wörter, die ich mir anhören durfte...«

Anna sah sie bedrückt an und nahm sie in den Arm, um sie zu trösten.

»Das tut mir leid für dich«, flüsterte sie ihr ins Ohr.

»Danke, aber du kannst ja nichts dafür«, flüsterte sie weinend zurück, »Ich bin einfach froh, da endlich weg zu sein... So ein unmenschliches und intolerantes Verhalten hatte ich nun auch nicht erwartet, als ich meine Liebe zu einem gleichgeschlechtlichen Menschen preisgegeben habe...«

Anna ließ sie los und setzte sich wieder in ihre alte Position.

»Menschen sind Arschlöcher... Das habe ich inzwischen auch gelernt... Nicht alle, keineswegs... Doch einige haben es nicht verdient in dieser Welt zu leben.«

Thea nickte.

Sie sahen sich einige Sekunden einfach nur an.

»Wann hast du es gemerkt?«, fragte Thea neugierig.

»Was? Dass Menschen Arschlöcher sind?«

Sie lachten.

»Nein, dass du auf Frauen stehst«, erklärte Thea grinsend.

Anna überlegte, sah dabei an die Decke und bewegte das Glas in ihrer rechten Hand.

»So genau weiß ich das gar nicht... Aber ich würde behaupten, dass ich es, so richtig, erst seit ein paar Stunden weiß«, lächelte sie Thea an.

»Wirklich?«, fragte sie ungläubig.

Anna nickte.

Beide tranken einen Schluck Cola und redeten noch einige Stunden, bevor sie sich ins Schlafzimmer begaben und einschliefen.

49

»Meinst du wirklich, dass dir die kleine Lesbe helfen wird, wieder glücklich zu werden?«, fragte Vanessa still und heimlich in Annas Gedanken, als sie sich schlafen legte.

»Lass mich und vor allem Thea in Frieden! Sie hat dir nichts getan, genauso wenig wie ich!«, warf Anna ihr entgegen, während sie still im Bett lag und die Augen geschlossen hielt. Die Unterhaltung fand nur in ihren Gedanken statt, doch sie war anstrengender, als wenn Vanessa vor ihr stand und mit ihr sprach.

»Ja, aber genau deswegen macht es mir doch so einen Spaß!«, kicherte sie wie ein Animeschulmädchen vor sich hin doch ihre Stimme wurde wieder ernst, »Ich werde dich schon brechen, glaub mir. Ich weiß, was ich tun muss, damit du dich dem Ende neigst...«

»Ach und was hast du vor?!«, fragte Anna neugierig und wütend.

»Schätzchen, das werde ich dir sicherlich nicht verraten. Ich bin ja schließlich kein Bösewicht aus einem Superheldenfilm, der dir seinen Plan verrät, damit du ihn aufhalten kannst«, erklärte sie heimtückisch.

»Mach du nur, mich wirst du nicht brechen«, entgegnete Anna.

Insgeheim wusste sie, wie stark Vanessa sie beeinträchtigte und wie kaputt sie bereits war, doch das wusste sie nicht, oder?

»Ich bin in deinen Gedanken, Anna. Meinst du, ich wüsste nicht, wie kaputt du bereits bist?«, fragte sie und lachte dabei, »Du wirst sehen, ich werde dich brechen. Am Ende werde ich bekommen, was ich will. Bisher habe ich das erreicht, was ich wollte. Einen Menschen quälen, der immer scheißfreundlich und gut gelaunt durchs Leben spaziert, als wäre es ein sonniger Spaziergang durch den Park. Aber nein, das Leben ist ein beschissener Kampf, bei dem es mehr als unfair zugeht. Manche gewinnen und sind ihr verdammtes Leben lang glücklich. Doch andere verlieren. Sie kommen mit den verfickten Regeln des Lebens nicht zurecht und verlieren immer und immer wieder bis sie nicht mehr können und ihnen die Kraft fehlt einfach weiterzumachen. Mit der Hoffnung, man könnte irgendwann mal gewinnen. Doch die«, sie zögerte kurz, »die ist in mir schon lange erloschen. Und so soll es auch bei dir werden. Und ich bin auf dem besten Weg dahin.«

50

Anna schlief in dieser Nacht unruhig, wobei sie froh war, überhaupt schlafen zu können. Viele der letzten Nächte hatte sie permanent wach gelegen, an die Decke gestarrt und nachgedacht. Über Vanessa, über Thea, über Nele, über Oliver. Alles spukte in ihrem Kopf herum und ließ sie keine Sekunde des Tages oder der Nacht allein.

Sie betrachtete Thea, die schlafend neben ihr lag. Anna drehte sich leise zu dem Nachtischschränkchen um, das an der Seite ihres Bettes stand und holte das kleine schwarze Buch heraus, in das sie seit ein paar Wochen ihre Gedanken notierte. Wofür genau? Einfach weil es half. Für kurze Zeit wurden die Gedanken an die letzten Wochen besser und hörten auf, sie zu quälen. Doch es hielt nicht lange. Langsam wurde Anna süchtig nach dem Gefühl, ihre Probleme wegzuschieben wie einen alten Karton, der seit Wochen nur im Weg stand. Sie fühlte sich dadurch befreit, entlastet.

Sie nahm den Stift in die Hand, klickte auf den Knopf des Kugelschreibers und klappte das Büchlein auf. Ein Bändchen markierte die neuste Seite, auf die sie nun das Datum und ihre Gedanken schrieb.

Viele Seiten hatte das Buch noch nicht beschrieben, doch es folgten mehr und mehr.

Mittwoch, 10. April 2019

Ich bin also lesbisch. Das weiß ich selbst noch nicht lange. Irgendwie finde ich es überraschend, aber in gewisser Weise auch nicht. Es ist ein komisches Gefühl, es nun genau zu wissen. Es waren vorher Vermutungen da, ja, aber so richtig geglaubt habe ich es selbst nie. Erst als Thea zu mir kam merkte ich es mehr und mehr. Schon bei unserem ersten Kuss am Mädelsabend hatte ich dieses komische Gefühl, dass etwas anders war.

Und jetzt?

Jetzt weiß ich es sicher. Sie liegt neben mir, schlafend und so friedlich. Und ich könnte mir ihr wunderschönes Gesicht stundenlang ansehen und würde es nicht leid werden.

Wie sich das zwischen uns wohl entwickelt? Ich weiß es nicht, aber ich bin überglücklich, dass sie bei mir ist. Und ich hoffe, dass ich es schaffe dieses Monster, diesen Geist in meinem Kopf loszuwerden und wieder glücklich zu werden. Mit ihr.

Es muss einen Weg geben...

Anna legte den Stift bei Seite, klappte das Büchlein vorsichtig zu und legte es leise zurück in die Schublade, aus der sie es geholt hatte. Als sie den Kopf wieder ins Kissen senken lassen wollte, regte sich Thea neben ihr und öffnete langsam ihre wunderschönen Augen, die Anna noch völlig übermüdet ansahen.

»Guten Morgen Schönheit«, flüsterte Thea und strich Anna mit der Hand über die Wange.

»Morgen«, entgegnete Anna mit einem gezwungenen Lächeln, denn die Gedanken verdunkelten wieder ihren Kopf und legte einen schwarzen Nebelschleier über sie.

»Hast du gut geschlafen?«, fragte Anna und kurz verwandelte sich ihr Lächeln in ein echtes Lachen und sie grinste vor sich hin, als sie Thea betrachtete, die von nun an, an ihrer Seite war.

Thea bejahte ihre Frage und beide begaben sich aus dem Bett heraus, zogen sich an und frühstückten gemeinsam.

287

Die Zeit, die Anna mit Thea verbrachte verging wie im Flug und Stunden fühlten sich an wie Sekunden, in denen sie Thea manchmal einfach nur ansah und eine Fröhlichkeit verspürte, die sie lange nicht mehr kannte.

Während sie zu zweit, stillschweigend und verliebt am Tisch saßen, bissen beide in ihre Brötchen und tranken den Kaffee, den Anna zuvor zubereitete.

Sie sahen sich gegenseitig in die Augen und während die Sonne von draußen auf die hellen Fliesen in Annas Küche schien, legte Thea ihr Frühstück beiseite, stand auf und ging geradewegs zu Anna herüber, um sie zu küssen.

Anna, die den Kuss erwiderte, ließ sich von dem Kribbeln, das in diesem Moment ihren Körper durchfuhr, zu Thea hinziehen und verspürte eine Art Lust, die sie so noch nie spürte. Und sie hätte sich dieses Gefühl niemals so vorstellen können, wie sie es jetzt spürte.

Thea küsste sie sanft, dann immer wilder. Anna knabberte an ihren Lippen und ihre Hände griffen in ihre Schultern, ihren Rücken und ihre wundervollen Hüften, die Thea sanft gegen Annas presste, während sie umschlungen in der Küche standen und sich ihrer Leidenschaft hingaben.

Thea führte Anna ins Wohnzimmer, wo sie weiter machten, und in diesem Zuge öffnete Anna langsam die einzelnen Knöpfe von Theas zerknitterter Bluse und befreite so ihren ästhetischen Oberkörper, samt ihrer Brüste, die noch von ihrem BH eingeengt wurden.

Thea zog Anna das Shirt über den Kopf und sie strich sich die Haare aus dem Gesicht, die das Shirt zuvor angehoben hatte. Sie umschlungen sich weiter, zogen auch ihre restliche Kleidung aus, die nun wild im Wohnzimmer verteilt lag und ließen sich aufs Sofa fallen, um sich ihrer Lust und der frischen Liebe, die sie beide spürten hinzugeben.

Als sie schweißgebadet vor Anstrengung und Lust gemeinsam auf das Kissen des Sofas sanken, sahen sie sich verliebt in die Augen und lächelten dabei. Sie sahen sich noch minutenlang an, streichelten sich gegenseitig im Gesicht, an den Händen, glitten mit den Fingern durch die Haare und nach einer Weile legte Anna ihren Kopf auf Theas Brust und schloss genussvoll die Augen.

51

»Ich muss noch einkaufen«, seufzte Anna vor sich hin, während ihr Kopf noch immer still auf Theas Brust lag, die sich auf und nieder bewegte, während sie ruhig atmete.

»Alles klar, dann machen wir das gleich«, lächelte Thea ihr zu und gab ihr einen Kuss auf den Hinterkopf. Ihre Haare rochen wunderbar.

»Willst du mitkommen?«, fragte Anna ungläubig.

»Warum nicht?«, erwiderte sie und blickte zu ihr herunter. Sie streichelte ihre duftenden Haare.

»Auch...als Paar?«, fragte Anna vorsichtig weiter.

»Klar«, entgegnete sie lächelnd, »Wenn ich bei dir bin, ist es mir egal, was andere sagen oder denken, völlig unwichtig, ob sie mich belästigen oder beleidigen.«

In Annas Gesicht kam ein Lächeln zum Vorschein. Eines, das sie seit einer gefühlten Ewigkeit nicht mehr gezeigt hatte. Zumindest war keines so echt gewesen wie dieses. Doch darin lag auch eine gewisse Unsicherheit über die Reaktionen der Leute. Würden sie es akzeptieren oder würde es vielleicht genauso ablaufen wie in Theas erster Beziehung, bei der ihr so viel Leid zugetragen wurde?

Anna war verunsichert und machte sich mehr und mehr Gedanken. Wobei dies wohl eher dem Geist geschuldet war, der diese Gedanken in ihren Kopf einpflanzte und sie wuchsen heran wie Unkraut.

Sie werden es nicht akzeptieren!
Sie werden dich hassen!

Sie werden sagen, du seist anders, falsch, nicht dazugehörig!
Sie werden dich verabscheuen!
Sie wollen so etwas Abscheuliches, ekelhaftes, unethisches und geschmackloses nicht in ihrer Stadt, geschweige denn in ihren Dörfern haben!
Sieh es ein, du wirst nicht glücklich werden!
...

Endlose Gedanken umkreisen ihren Kopf, der inzwischen dröhnte, als wäre neben ihr eine Bombe explodiert. Sie reibte sich mit den Fingern die Schläfen, um ihren Kopf zu beruhigen. Jedoch ertönte weiterhin Vanessas Stimme, die sie weiter und weiter quälte und ihr immer mehr dunkle Gedanken zuflüsterte, Szenarien, die so niemals passieren würden, doch in Annas Kopf war dies alles so real und so real wie die Gedanken waren, war auch ihre Angst, die sie nun verspürte und die sie für eine kurze Zeit lähmte.

»Was ist denn los?«, fragte Thea besorgt, als sie das stillschweigende Wesen ihrer neuen Partnerin bemerkte.

Anna wurde aus ihrer Lähmung und ihren Gedanken gerissen und sah zu Thea herauf, die sie mit ihren wunderschönen Augen sorgenvoll anblickte.

»Alles gut, ich war grade nur in Gedanken«, lächelte sie ihr zu.

»Okay, aber wenn was ist, kannst du mit mir reden, ja?«, bot sie ihr an.

Anna nickte.

»Versprich es mir«, forderte Thea.

»Fest versprochen«, erwiderte Anna und zog mit der Hand ein Kreuz über ihre Brust.

»Dann ist ja gut.«

Sie sahen sich an und küssten sich.

»Hast du die Liste?«, fragte Thea, als sie sich einen Einkaufswagen aus der Reihe schnappte. Wie immer erwischte sie den, mit dem lockeren Rad.

Anna kramte in ihrer Hosentasche herum und brachte einen zerknüllten Zettel zum Vorschein, den sie nun entfaltete. Sie hielt ihn triumphierend hoch, damit Thea ihn sehen konnte.

»Japp, hab ihn«, lächelte sie dabei.

Und während die beiden in den Laden gingen, nahm Thea sie an der Hand, um allen zu zeigen, dass sie ein Paar waren.

Annas Herz raste, sie hatte Angst. Und mit der Angst kam auch Vanessa. Oder kam die Angst durch Vanessa? Anna war sich nicht mehr sicher und im Endeffekt war es ihr auch egal. So wollte einfach beides loswerden.

Die ersten gemeinsamen Schritte gingen sie durch den Laden ohne einen Zwischenfall. Ohne, dass jemand sie seltsam ansah oder sie gar ansprach. Anna fühlte sich sicher. Sie genoss es, Theas Hand zu halten und fühlte sich stark. Zum ersten Mal seit Wochen.

Zusammen klapperten sie die Regale nach den Lebensmitteln auf der Liste ab. Eier, Butter, Käse, Brot. Die üblichen Sachen. Thea räumte noch ein paar Snacks dazu. Gummibärchen, Chips und etwas Schokolade.

Inmitten der Gänge der Süßwarenabteilung stand ein kleines Mädchen. Allein. Weinend.

Es rieb sich die roten Augen, die es bereits vom Weinen hatte und schluchzte nur noch vor sich hin, die Tränen liefen ihr die Wangen herunter.

Anna ging langsam auf das kleine Mädchen zu, dass ihr blondes Haar zu zwei Zöpfen gebunden hatte. Sie hatte ein knallpinkes Kleid an und an den Füßen trug sie kleine, weiße Ballerinas mit einer Schleife an der Schuhspitze.

Anna beugte sich herunter.

»Hey du kleine, was ist denn los?«, fragte sie vorsichtig.

Das Mädchen schluchzte weiter vor sich hin, konnte vor lauter Weinen nichts sagen, bis sie mit etwas Anstrengung doch ein paar Worte heraus bekam.

»I-ich...hab meine...«, sie schluchzte weiter, schniefte laut, »Mama...verloren«, brachte sie leise heraus, bevor sie weiter weinte.

Anna tat das Mädchen leid.

Auch Thea kam dazu und beugte sich zu ihr herunter.

»Wollen wir zusammen deine Mama suchen?«, fragte Thea mit sanfter Stimme.

Das Mädchen sah die beiden an und nickte. Gemeinsam gingen die drei durch den Laden und suchten die Mutter des Mädchens. Anna hielt ihre kleine Hand fest und ihre andere Hand umschlang Theas.

Sie liefen durch die Gänge, suchten überall und nach einer Weile fanden sie eine hysterische Frau, Mitte dreißig, die die Menschen nach einem kleinen Mädchen fragte.

Die Frau blickte erschrocken zu Anna, Thea und ihrer Tochter herüber. Sie ließ ihren halbvollen Einkaufswagen stehen. Beim los sprinten verlor sie ihre Handtasche, ihre aschblonden Haare flogen umher und sie entriss ihr kleines Mädchen aus Annas Hand und hob sie schützend hoch zu sich.

»Da bist du ja!«, sagte sie kläglich und erschöpft vor der Aufregung, die sie die letzten Minuten wohl durchmachte.

Anna und Thea lächelten, völlig unbeeindruckt von der Reaktion der Mutter. Sie hielten es in dem Moment für normal.

»Mein kleiner Schatz, geht's dir gut? Haben dir die zwei da was getan?«, fragte sie, den Blick wütend auf Anna und Thea gerichtet, die nun erschrocken dastanden.

Bevor das kleine Mädchen überhaupt antworten konnte, schnitt die Frau ihr schon das Wort ab.

»Wer weiß, was die beiden mit dir vor hatten...«, sie wandte sich nun Anna und Thea zu, »Sucht euch ein eigenes Kind!«, fuhr sie die beiden an.

»Wir wollten der kleinen nu-«

»Wegnehmen wolltet ihr sie mir!«, unterbrach die Frau Thea lautstark, sodass alle es hören konnten und sich zu ihnen umdrehten, »Nur weil solch Abschaum wie ihr auf die richtige Weise keine Kinder machen könnt, müsst ihr sie anderen Müttern nicht wegnehmen!«

Das kleine Mädchen erschrak vor der Wut ihrer Mutter und begann erneut zu weinen.

»Aber wir wollten doch nur helfen«, kam es leise aus Anna heraus.

»Verschwindet von hier und lass mich und mein Kind in Ruhe!«, schrie sie und hielt ihr Kind schützend an sich.

Anna und Thea standen schockiert da und sahen sich um. Die Menschen um sie herum blickten sie skeptisch an. Einige schüttelten den Kopf, andere wandten sich direkt ab.

Die beiden durchfuhr ein Gefühl des Unwohlseins und der Scham.

Sie wollten sich rechtfertigen, doch konnten es nicht.

Einer der Männer, die im Gang neben Thea und Anna stand, flüsterte etwas vor sich hin, was wie

»Scheiß Lesben« klang und ging dann weiter, um seinen Einkauf fortzuführen.

Anna blickte sich wie erstarrt um, betrachtete all die Menschen, die sie in diesem Moment wohl alle verabscheuen mussten. Dieses Gefühl lähmte sie. Doch ganz hinten, hinter der Frau mit ihrem kleinen Mädchen stand eine Gestalt, die Anna nur allzu vertraut war.

Vanessa stand dort, direkt neben der Frau, die Anna und Thea vor wenigen Sekunden vor allen Leuten bloßstellte.

All dies war Vanessa. Es waren nicht die wahren Reaktionen der Menschen. Sie wurden von Vanessa herbeigerufen.

Doch Anna bemerkte das nicht. Für sie war alles echt. Sie war in Vanessas Bann gefangen und begann den Blick für die Realität zu verlieren.

Tief beschämt, traurig und wutentbrannt vollendeten die beiden ihren Einkauf. Sie hielten sich danach nicht mehr an den Händen, aus Angst vor weiteren Menschen, die sie bloßstellten und beleidigten.

»Na? Was habe ich dir gesagt?«, ertönte es leise in Annas Kopf.

»Verschwinde!«, flüsterte sie leise vor sich hin.

»Was sagst du?«, fragte Thea neugierig.

»Ach nichts«, erklärte Anna.

Thea nickte und drehte sich wieder um, um die Einkäufe auf das Kassenband zu legen.

»Ich sagte doch, euch würde niemand akzeptieren... Aber du wolltest ja nicht hören«, erklang Vanessas Stimme weiterhin selbstgefällig.

Anna rieb sich wieder die Schläfen und versuchte Vanessa aus ihrem Kopf zu bekommen.

Es funktionierte nicht. Es funktionierte fast nie.

Und so beschloss sie, ihr einfach zuzuhören, was sie zu sagen hatte und es danach zu ignorieren.

Wenn sie es denn konnte.

52

Kurth saß an seinem Küchentisch, seine Frau lag bequem auf der Couch und vergnügte sich bei einer veganen Kochsendung, die im Pay-TV lief, für das Kurth natürlich bezahlen musste. Normalerweise würde er vor Wut schäumen, dass sie sich so einen Mist reinzog, für den er bezahlte. Doch seit seinem Unfall, seit der Begegnung mit Vanessa war es anders. Er schätzte sein Leben und war froh darüber seine Frau bei sich zu haben. Täglich fuhr er zur Arbeit mit einem Lächeln im Gesicht und der Vorfreude auf den Nachmittag, an dem er Heim kam und seine Frau wieder begrüßen konnte.

Nun saß er in seiner Küche, lugte kurz durch die Tür, um sicherzustellen, dass Sonja auch abgelenkt und auf die Sendung konzentriert war, bevor er sein Tun fortführte.

Säuberlich schnitt er aus verschiedenen Zeitungsartikeln und Prospekten einige Wörter aus und klebte sie fein säuberlich zu einem Brief zusammen. Die Zeitungsauschnitte lagen wild auf dem Küchentisch verteilt, einige Schnipsel lagen auf dem Boden.

An Kurths Fingern haftete der Flüssigkleber, den er auf die Unterseite jedes einzelnen Wortes schmierte, um es dann auf das weiße Blatt Papier zu legen und sanft festzudrücken.

Und wie es ihm der Geist, den er vor einigen Wochen mitten auf der Straße hat stehen sehen und der ihm danach erneut im Krankenhaus erschienen ist, ins Ohr flüsterte, so tat er es jetzt auch.

Er sollte Anna, dieses Mädchen, das ein paar Straßen entfernt wohnte, bedrohen. Und dieser

Geist flüsterte ihm einige Dinge zu, die ihm helfen konnten, einen gewissen Hass auf dieses Mädchen zu spüren.

»*Hör zu, alter Mann.*

Dieses Mädchen, diese Anna... Du wirst sie bedrohen. Du bist ein harter Bursche, deswegen glaube ich, dass du das hinbekommst. Dafür werde ich dich auch in Ruhe lassen und dir nichts weiter antun. Es sei denn du scheiterst.

Also, du sollst diese Göre nicht einfach mit irgendeinem an den Haaren herbeigezogenem Schwachsinn nerven, beleidigen oder bedrohen.

Das Mädel ist lesbisch. Und sie wird bald eine Freundin haben. Wahrscheinlich werden die beiden Tratschtanten damit an die Öffentlichkeit gehen. Ab dann kommst du ins Spiel. Beleidige sie, verachte sie, drohe ihr. Was du willst. Hauptsache sie erleidet seelische Qualen. Kapiert, alter Mann?«

Kurth hatte immer noch die Nachricht des Geistes im Ohr, als er jedes Wort ausschnitt.

Sein Brief war beinahe vollendet und er malte sich aus, wie er ihn in ihren Briefkasten steckte und wie sie ihn finden und lesen würde, um dann festzustellen, dass ihre kleine Beziehung nur Ärger mit sich bringt.

Er klebte die letzten Wörter aneinander, wusch sich die Klebereste von den Fingern und räumte dann den Küchentisch auf.

Den Brief faltete er und steckte ihn in einen Umschlag, den er auf der nächsten Fahrt zur Arbeit in den Briefkasten der Göre werfen würde. Er erfreute sich daran, dem Mädchen Schaden zuzufügen. Seit langer Zeit empfand er so etwas wie Glück und Freude. Gefühle, die lange auf sich warten ließen und in seiner zuvor kriselnden Ehe kaum zu spüren waren. Doch nun, seit seinem Unfall, ging es ihm blendend. Und er genoss diese Gefühle.

Kurth schaute auf seine Uhr.

In einer Stunde müsste er zur Arbeit. Er packte den Umschlag in seine Arbeitstasche und setzte sie bis dahin zu seiner Frau aufs Sofa.

53

Während Kurth neben seiner Frau saß und sie gemeinsam eine Kochsendung für vegane Rezepte ansahen, ohne dass Kurth wutentbrannt auf der Couch herumschimpfte, fuhren Anna und Thea zurück nach Derbersdorf, um die Einkäufe nach Hause zu bringen.

Die Fahrt über sagte keiner von beiden etwas. Sie saßen stumm nebeneinander. Thea schaute aus dem Fenster und betrachtete, in Gedanken versunken, die Landschaft, während Anna sich stillschweigend auf die Straße konzentrierte.

Sie fuhr in die Einfahrt, stellte das Auto ab und gemeinsam trugen sie die Einkäufe ins Haus.

Als die beiden alles eingeräumt und in Kühlschrank, sowie Regalen verstaut hatten, setzten sie sich seufzend an den Küchentisch.

»Das lief ja nicht so gut...«, gab Thea zu.

Anna beachtete sie kaum und war in Gedanken versunken.

»Anna?«, fragte sie besorgt.

Sie sah kurz zu ihr hoch.

»Ach, es nervt mich einfach, dass es solche dummen Menschen gibt... aber die gab es schon immer und die wird es auch immer geben...«, sagte sie, als wäre es eine Selbstverständlichkeit, dass sie im Laden so von der Frau angefahren wurden.

»Das stimmt natürlich... Wir sollten uns einfach nichts draus machen...«, erwiderte Thea und brachte ein Lächeln über ihr Gesicht. Sie war das alles bereits gewohnt und hatte, seit sie Anna kannte, besser mit ihrer Vergangenheit abschließen können. Und seit sie und Anna ein paar waren, war sie selbstbewusster geworden. Auch wenn es erst wenige Tage waren, die sie gemeinsam verbrachten. Doch Anna hatte eine Wirkung auf sie, wie keine andere es bisher getan hatte.

Anna lächelte, auch wenn es ein falsches Lächeln war, einfach um Thea nicht zu beunruhigen.

»Aber das war ja dann mal ein interessantes Outing, nicht wahr?«, lachte Anna, um die Situation zu entspannen.

»Ja, das auf jeden Fall«, stimmte Thea mit ein.

Beide lachten.

»Anna?«

»Ja?«

»Du nimmst dir das aber nicht zu sehr zu Herzen, was die dumme Kuh da von sich gegeben hat, oder?«, fragte Thea besorgt nach.

Anna schüttelte den Kopf und brachte ein gezwungenes Lächeln hervor.

Thea bemerkte nur leicht, dass sie es sich doch zu Herzen nahm, glaubte ihr aber auch in gewisser Weise, dass sie auf die Meinung dieser dummen Kuh nichts gab.

Ein paar Stunden später stand das glücklich verliebte Paar am Herd und zauberte sich ein Gericht beisammen. Thea schnippelte das Gemüse und das Fleisch, während Anna bereits die Zwiebeln im Topf erhitzte.

Ihr Ziel war eine scharfe Chili con carne. Sie stellten fest, dass es eines ihrer liebsten Gerichte war, und so bereiteten sie es nun gemeinsam zu. Thea erfreute sich daran, dass ihre Freundin Köchin war und genoss es ihr dabei zuzusehen, wie sie vor dem Topf stand und sie die Gewürze hinzufügte, wie in einer Profikochsendung. Die

Küche sah aus wie ein Schlachtfeld, doch die beiden waren mit Leidenschaft dabei zu kochen und das war die Hauptsache.

Als alle Zutaten und die vielen Gewürze das Gericht abrundeten und es nun noch etwas vor sich hin köcheln musste, bemerkte Anna, dass jemand etwas in ihren Briefkasten warf. Sie vernahm das leise Geräusch eines Briefes, der hineinfiel und kurz darauf hörte man ein Auto davonfahren.

Thea rührte ein paar Mal im Topf um und Anna ging zur Tür, um den Brief zu holen.

Na? Wie fickt es sich mit dem gleichen
Geschlecht? Ist es genauso ekelhaft,
wie es sich die normalen Menschen
dieser Welt vorstellen?
Was hat so Abschaum wie du eigentlich
in diesem schönen Örtchen verloren? Ich
spreche für die gesamte Gemeinschaft
dieses Dorfes, wenn ich sage, dass du
dich hier besser schleunigst verpisst,
denn sonst könnte es sein, dass dir
einige Dinge zustoßen werden. Wir
wollen dich hier nicht. Also hau ab,
irgendwohin wo noch mehr kranke
Menschen wie du leben!

Mit freundlichen Grüßen
Ein normaler und angewiderter Bewohner
dieses Dorfes

»Was ist das?«, fragte Thea neugierig, während sie den Löffel ableckte, mit dem sie das Essen umrührte.

Anna stand starr im Raum und ihr Blick war auf den Brief gerichtet, den sie mit zitternden Händen festhielt.

»Was ist denn los?«, fragte Thea erschrocken und besorgt, »Anna?«

Sie blickte von dem Brief auf und gab ihn Thea.

In der Zwischenzeit setzte sich Anna wie benommen auf einen der Stühle am Tisch und starrte ins Leere. In ihrem Kopf rumorte es und die Kopfschmerzen kamen wieder. Und mit ihnen die Angst. Und mit der kam bekanntlich auch Vanessa.

»Na? Wirst wohl nicht so richtig akzeptiert, he?«, fragte sie hämisch in ihrem Kopf.

Anna reagierte nicht. Sie starrte weiter.

»Ich wusste ich breche dich noch!«, triumphierte Vanessa.

»Du wirst mich nicht brechen«, dachte sich Anna in ihren Gedanken und versuchte sie loszuwerden, doch Vanessa spürte ihre wahren Gedanken.

»Ich habe dich bereits gebrochen, meine Liebe.«

Und mit diesem Satz verschwand die Stimme auch wieder, um Anna weitere Zeit zu geben sich tiefer und tiefer in den Sumpf der Depressionen zu begeben.

»Hast du ne Ahnung, wer das geschrieben haben könnte?«, fragte Thea schockiert.

Anna schüttelte nur wie benommen den Kopf.

»Wir dürfen uns da nichts draus machen, Anna...«, versuchte sie sie zu beruhigen.

»Ach, es geht schon wieder«, erklärte Anna mit ruhiger Stimme und abwesenden Gedanken. Zwar zeigte sie sich nach außen hin, als würde sie irgendwie damit zurechtkommen, doch ihr Herz raste, ihre Gedanken schwirrten durcheinander und die Angst war ein ständiger Begleiter geworden.

Dieser Brief machte es nicht besser.

Thea ging um den Tisch herum zu Anna, um sie in den Arm zu nehmen.

»Hey, das wird schon wieder. Wir dürfen uns von solchen intoleranten Arschlöchern einfach nicht runterziehen lassen, okay?«, versuchte sie Anna einzureden, »Ich würde ja vorschlagen, wir gehen damit zur Polizei, aber wie es scheint, sind alle gegen uns und nach meiner Erfahrung werden die in dem Falle auch nicht viel machen... Das haben sie damals schon nicht getan, als ich solche Briefe und Drohungen erhielt und da werden sie es jetzt auch nicht tun...«

Anna blickte zu ihr auf und nahm ihre Hand.

»Es geht schon wieder. Ich komme damit klar«, gab sie ihr leise zu verstehen und gab ihr einen Kuss.

Thea erwiderte ihren Kuss und strich ihr dabei sanft durchs Haar.

»Sag mal, wann willst du eigentlich wieder arbeiten gehen?«, fragte Thea vorsichtig.

Anna überlegte und sah auf den Kalender, der in ihrer Küche neben der Tür hing.

»Ich denke, ich werde morgen wieder kommen«, entgegnete sie mit einem Lächeln.

»Super, das wird dir bestimmt guttun. Etwas Ablenkung tut schließlich immer gut und beim Kochen kannst du doch immer abschalten«, bemerkte Thea, gab ihr einen Kuss auf die Stirn und drückte sie fest an ihre Brust.

»Auf jeden Fall«, flüsterte Anna.

Thea sah auf ihre roséfarbene Armbanduhr.

»Ich werde mich gleich fertig machen und dann zur Arbeit fahren...«, erklärte sie Anna, während sie ihr in die Augen sah.

»Alles klar. Fährst du danach nach Hause oder kommst du wieder her?«, fragte Anna hoffnungsvoll.

»Ich denke ich werde danach erstmal nach Hause fahren, aber sobald ich morgen wach bin, komme ich wieder her«, sagte sie ihr mit einem erotischen Unterton in der Stimme.

»In Ordnung«, entgegnete Anna und sie küssten sich erneut, »Morgen bin ich dann auch wieder im Restaurant.«

Nach einem weiteren Schäferstündchen auf dem Sofa im Wohnzimmer, packte Thea ihre Sachen zusammen und fuhr zur Arbeit nach Kingsbach. Sie freute sich immer noch wie ein kleines Kind über ihre Beziehung, spürte aber auch, dass es Anna nicht gut ging. Gar nicht gut.

56

Die Nacht über schlief Anna nicht gut. Sie wälzte sich im Bett hin und her, fuchtelte mit ihren Armen herum und sprach im Schlaf. Vanessa quälte sie auch in ihren Träumen.

An jeder Ecke ihres Zimmers sah Anna sie stehen, wie sich bedrohlich auf sie zukam.

»Ich werde dich brechen.

Du wirst dagegen nicht ankämpfen können.

Und ich weiß, wie nah du deinem Ende bist«, wiederholte Vanessa immer wieder, wie in Trance und versuchte Anna damit weich zu kriegen.

Sie saß auf ihrem Bett, die Knie an den Körper gezogen und mit den Armen umschlungen.

»Hör auf, hör auf... HÖR AUF!«, schrie sie immer wieder, hielt sich die Ohren zu.

Ihr Kopf dröhnte. Sie hörte Vanessas Stimme überall. Vor sich, hinter sich, neben sich und in ihren Gedanken.

»HÖR AUF!«, schrie sie erneut, versuchte sie zu verscheuchen, wie einen tollwütigen Hund.

Doch sie verschwand nicht.

Nach weiteren qualvollen Sekunden, in denen sie versuchte, Vanessa loszuwerden, wachte sie irgendwann schweißgebadet auf und schreckte aus ihrem Bett hoch.

Nach dem ersten Schock saß sie weinend da, die Beine erneut am Körper und mit den Armen umschlungen.

Ein Klingeln riss sie aus ihrer Verzweiflung und vor lauter Angst, wusste Anna gar nicht, was sie nun tun sollte, bis es ein zweites Mal an ihrer Tür klingelte. Der Wecker zeigte 9:00 Uhr morgens an und sie stand auf und beschloss nachzusehen, wer dort vor ihrer Tür stand.

Sie rechnete nicht mehr mit Thea und hatte ihr heutiges Kommen schon wieder vergessen.

»Guten Morgen«, sagte Thea, als sie mit müden Augen, aber einem strahlenden Lächeln vor der Tür stand und hereinkam.

Die beiden gaben sich, nachdem Anna die Tür schloss, einen Kuss.

»Wie war es gestern an der Arbeit?«, fragte Anna mit fragendem Blick, ohne von ihrer Nacht erzählen zu wollen. Sie wollte Thea da nicht mit reinziehen.

»Ach, eigentlich wie immer. Nichts Besonderes. Siggy hat nach dir gefragt, ich habe ihm gesagt, dass du heute auch wieder kommst.«

Anna nickte und sie setzten sich an den Küchentisch.

»Willst du was trinken?«, fragte Anna und holte zwei Gläser aus dem Schrank.

Thea lächelte ihr zu und schüttelte den Kopf.

»Ich habe grade erst die Wasserflasche aus meinem Auto geleert, aber danke.«

Anna stellte eines der Gläser zurück in den Schrank und schüttete sich in ihr Glas etwas Leitungswasser ein.

»Ich werde wahrscheinlich um elf oder so losfahren. Wann hast du heute wieder Dienst?«, fragte sie und trank einen Schluck aus dem Glas.

»Ich bin heut Abend wieder dran, aber dann sehen wir uns ja trotzdem kurz«, lächelte sie, »Ich habe dich gestern übrigens vermisst.«

Anna schaute in ihr Glas und blickte dann zu Thea herüber.

»Ich dich auch«, sagte sie mit sehnsüchtiger Stimme und stellte während sie es aussprach ihr Glas beiseite, um zu Thea herüberzugehen.

Sie umarmten sich, als hätten sie sich tagelang nicht gesehen.

Thea begann sie zu streicheln und sie küssten sich leidenschaftlich, wie in einem romantischen Hollywood-Streifen, in dem das ungleiche Paar endlich zueinander gefunden hatte und sie nun endlich das taten, was sie sich innerlich schon seit Beginn des Films wünschten.

Auch Anna und Thea begaben sich nach oben ins Schlafzimmer, um sich dort ihrer Lust hinzugeben und warfen sich danach erschöpft auf die Kopfkissen im Bett.

Nachdem sie noch einige Minuten nebeneinander im Bett lagen, stand Anna auf und zog sich ihre Kleidung für die Arbeit an. Zum Duschen war keine Zeit mehr. Zu lange hatten sie ihre Spielchen ausgedehnt. Und keiner von beiden bereute es.

»Ich leg dir den Schlüssel für die Haustür auf den Küchentisch. Dann kannst du abschließen, wenn du nachher zur Arbeit fährst«, erklärte Anna in erschöpftem und ruhigem Tonfall.

Thea nickte nur und sah Anna dabei zu, wie sie sich anzog. Sie genoss den Anblick ihrer Kurven, ihrer Haare. Alles an ihr war für sie perfekt und sie war überglücklich, einen Menschen wie sie getroffen zu haben.

Anna ließ Thea allein und verschwand aus dem Haus in Richtung Kingsbach, nachdem sie ihre Sachen für die Arbeit zusammengepackt hatte.

»Hey Siggy, tut mir leid, dass ich so lange ausgefallen bin, aber mir ging es wirklich nicht gut«, erklärte sie. Diese Aussage fiel ihr schwer. Ihr ging es wirklich nicht gut, doch die Gründe dafür lagen im Übernatürlichen und Unerklärlichem.

Sie konnte nur hoffen, dass Siggy sie versteht

und ihr nicht böse war, über den längeren Ausfall.
»Kein Problem, wir sind doch alle mal krank.
Aber ich würde dich gleich trotz allem gerne
einmal sprechen. Komm doch gleich bitte einmal
ins Personalzimmer, ja? Vorher kannst du aber
schonmal alles für später vorbereiten«, erklärte
er ihr. Sie sah ihm an, dass er sich unsicher war
und dass er anders reagierte als sonst.

Anna hatte ein mulmiges Gefühl. Auch sie war
sich unsicher und verspürte eine Gewisse Angst
vor dem Gespräch. Sie spazierte in die Küche, um
mit den Vorbereitungen zu beginnen. Zwiebeln
schneiden, Töpfe bereitstellen und die
Wochenkarte studieren.

Nach einer halben Stunde, in der sie sich noch
mit ihren Kollegen unterhielt, kam Siggy herein
und gab Anna ein Handzeichen, um sie zu sich zu
rufen.

Das Gespräch.

Anna und Siggy saßen im Personalzimmer. Sie
wischte sich die noch feuchten Hände an ihrer
Schürze ab und fragte besorgt, was er ihr denn
sagen wolle.

Er blickte nach unten, wusste nicht so recht,
wie er anfangen sollte.

»Pass auf Anna«, er leckte sich die Lippen, die
wohl durch seine Nervosität völlig ausgetrocknet
waren, »mir ist zu Ohren gekommen...«

Zu Ohren gekommen? Was sollte Anna
verbrochen haben? Ihre Gedanken drifteten
komplett ab, als sie den Satz hörte. Doch sie fing
sich schnell wieder und zwang sich, ihm
zuzuhören.

»...Mir ist zu Ohren gekommen, dass du eine
gewisse sexuelle Orientierung hast«, fuhr er fort
und Anna fragte sich ernsthaft, worauf er

hinauswollte.

Meinte er etwa die Sache mit Thea?

Hatte es sich wirklich so schnell herumgesprochen?

Und stellte das für ihn wirklich ein Problem dar?

»Was genau meinst du?«, fragte sie.

»Ich meine, dass du eine Person des gleichen Geschlechts als Partnerin hast. Und dies auch bekanntlich gestern öffentlich gemacht hast, indem du mit ihr einkaufen warst. Zu der anderen Geschichte mit dem Kind möchte ich Garnichts sagen, darüber habe ich nicht zu urteilen...«, erklärte er.

Auf einmal klang er ganz sachlich, voll konzentriert und nicht mehr so nervös wie zuvor.

»I-ich... ich versteh nicht ganz, worauf du hinauswillst, Siggy...«, stotterte sie nervös und ängstlich vor sich hin.

Sie knibbelte an ihren Fingern herum, wie immer, wenn sie nervös war.

An ihrem Daumen hatte sie bereits einen kleinen Hautfetzen hängen, den sie nun versuchte abzureißen.

»Also... Es wäre am besten, wenn unsere Gäste nichts davon erfahren würden... Du kennst die Gemeinschaft hier und ich denke, du weißt wie einige Leute reagiert haben oder wie andere reagieren werden. Die Menschen hier kommen mit sowas nicht zurecht und ehrlich gesagt tue ich das auch nicht. Ich kann dir dein Privatleben nicht verbieten, jedoch verlange ich, dass es mit Thea hier keinen Austausch von irgendwelchen widerlichen Zärtlichkeiten geben wird, verstanden?«

Plötzlich klang seine Stimme immer ernster und energischer. Anna spürte eine Wut in ihm und sie spürte den Hass, den er in diesem Moment auf sie hatte.

Anna saß schockiert auf dem klapprigen Stuhl vor dem Holztisch des Personalzimmers und wusste nicht recht, was sie sagen oder tun sollte. Ihr Chef, mit dem sie immer so gut zurechtkam, mit dem alle Probleme oder Streitigkeiten an der Arbeit gelöst werden konnten, saß nun vor ihr und verbat ihr, ihre Beziehung im Restaurant zu zeigen.

Anna hätte nie irgendetwas unrechtes an der Arbeit getan.

Wahrscheinlich würde es sie nicht stören ihre Beziehung an der Arbeit zu unterdrücken, doch allein die Geste schockte Anna.

Anna beschloss einfach nur still zu nicken und Siggys Forderung anzunehmen.

»Gut. Sollte es Verstöße geben und Gäste beschweren sich oder Kollegen, wird es eine Abmahnung geben, verstanden?«, fragte er mit ernstem Blick.

Sie nickte weiter.

»Kann ich jetzt weiterarbeiten gehen?«, fragte sie betrübt und mit ruhiger Stimme.

Siggy nickte und gab ihr ein Handzeichen, dass sie den Raum verlassen konnte.

Sie öffnete die Tür, drehte sich noch einmal zu Siggy um und konnte hinter ihm beobachten, wie Vanessa dort stand und ihn führte wie eine Marionette.

Anna stand am Herd, rührte im Topf herum und Tränen standen ihr in den Augen.

Sie kam mit der Situation nicht zurecht. Fühlte sich betrogen, hintergangen, nicht wertgeschätzt und ausgegrenzt.

Wie konnte es möglich sein, dass es in der

heutigen Zeit noch immer zu solchen Diskriminierungen kam?

Das war für Anna nicht begreiflich und in ihrem Kopf erschienen wieder die Gedanken.

Sie wusste, dass es Vanessa war, die die Dinge sagte. Jedoch konnte sie es nicht wahrhaben. Sie verhinderte es. Sie blockierte ihre Wahrnehmung und täuschte sie.

Anna konnte einfach nicht realisieren, dass Vanessa ihr all das antat. Für sie waren es immer die Menschen, die die schrecklichen Dinge zu ihr sagten.

Sie war überfordert, versuchte sich aber zu konzentrieren und rührte weiter in dem Topf herum, in dem sich die Pilzsauce für das nächste Gericht befand.

Sie versuchte sich abzulenken, würzte die Sauce noch leicht mit Muskatnuss, Salz und Pfeffer und schmeckte sie erneut ab, bevor sie sie auf dem Teller mit dem restlichen Essen servierte.

Anna ging ihrer Arbeit wie gewohnt nach, es gab keinerlei Beschwerden und alles lief ab wie sonst auch. Doch innerlich fühlte sie sich zerrissen und wie betäubt.

Emotionslos und ohne jeglichen Ausdruck in ihrem Gesicht schnitt sie das Gemüse, briet das Fleisch in der heißen Pfanne an und stellte die fertigen Gerichte zur Abholung bereit.

Inzwischen waren es 19 Uhr. Anna hatte noch etwa eine halbe Stunde vor sich, bis sie am Herd von ihrem Kollegen abgelöst wurde. Während sie am Herd stand und die Minuten zählte, bis sie endlich nach Hause konnte, um ihre Gedanken zu ordnen, stand Thea plötzlich vor ihr.

Ihre Augen waren glasig und gefüllt mit Tränen,

von denen eine ihre sanfte Wange herunterrollte.

»Ich nehme an, Siggy hat auch mit dir geredet?«., fragte Anna ohne jegliche Emotion in ihrer Stimme und ohne Blickkontakt.

Thea nickte nur stumm.

»Ich würde dich ja umarmen...«, flüsterte Anna und ihre Stimme wurde zittrig, »... aber wir dürfen nicht.«

Thea sah betrübt nach unten, legte ihre Tasche ab und zog sich ihre Schürze mit Geldbeutel und Notizblock um die Hüfte herum an. Sie knotete sie an der Seite zu und ging aus der Küche heraus, zu den Gästen, die bereits darauf warteten, dass jemand ihre Bestellungen aufnahm und ihnen das Essen servierte.

Annas Arbeitstag war für diesen Tag beendet. Sie packte ihre Sachen zusammen und fuhr nach Hause, wo sie sich unter die heiße Dusche stellte. Das Bad war voller Wasserdampf und die Spiegel und Fenster beschlagen. Sie stand unter dem Wasser, ohne jede Bewegung. Keine Emotion. Nichts. Sie starrte ins Leere und wusste nichts mit sich anzufangen.

Nachdem sie aus der Dusche stieg, trocknete sie sich ab und wollte sich im Spiegel betrachten. Mit einer leichten Handbewegung wischte sie den Dunst vom Spiegel, um ein klares Bild zu sehen.

Im Spiegel konnte sie nicht nur sich, sondern auch Vanessa sehen.

»Was willst du?«, fragte sie mit ruhiger, gelassener Stimme.

»Ach, ich wollte einfach mal schauen, wie es dir so geht...«, erklärte sie abwertend und mit leichtem Sarkasmus in ihrer Stimme.

»Das weißt du genau. Und jetzt verpiss dich

endlich«, entgegnete Anna energisch, aber ohne
jegliches Interesse.

»Pah, als ob ich einfach abhauen würde«, lachte
sie, »Und jetzt mal nicht so zickig, klar?!«

Ihre Stimme wurde lauter und ernster.

»Ich denke, bald hab ich dich so weit...«, sagte
sie verträumt vor sich hin, während sie sich ihre
Handgelenke ansah und an den narben
herumspielte.

Anna schüttelte den Kopf.

»Verschwinde einfach...«

»Ich denke ich verkrieche mich wieder in deine
düsteren Gedanken. Wenn ich mich in deinem
Kopf so umsehe, habe ich bisher wohl gute Arbeit
geleistet. Meinst du nicht auch?«, fragte sie mit
hämischem Blick, während sie Anna über den
Spiegel ansah, »Bis später.«

57

Anna legte sich auf die Couch. Aus ihrem Schlafzimmer hatte sie ihr Tagebuch geholt, um ihre Gedanken zu sortieren und aufs Papier zu bringen. Für die kurzen Momente, in denen sie sie aufschrieb, half es.

Donnerstag, 11. April 2019

Ich fühle mich dreckig. Ich lebe in einem verdorbenen, homophoben und verständnis-losen Örtchen. Was soll ich nur tun? Alle hassen mich und Thea geht es nicht viel besser. Ich will sie da nicht mit reinziehen. Gehört das alles zu Vanessas Spiel? Sie spukt in meinem Kopf herum. Ich kann sie nicht austricksen. Sie kennt alle meine Gedanken. Sie weiß mehr als ich selbst weiß.
Ich habe keine Ahnung wie es weiter gehen soll.

Sie klappte das Büchlein zu und legte es bei Seite. Auf dem Tischchen vor ihr lag die graue Fernbedienung, die sie nun in die Hand nahm und auf den roten Knopf drückte, um für etwas Ablenkung zu sorgen. Zurzeit lief eine Comedy Serie. Anna sah sie sich gerne an, egal ob Zeichentrick oder nicht.
Eigentlich müsste sie noch etwas essen, doch sie verspürte keinerlei Hunger oder Appetit auf irgendwas.
Während die Serie lief und Anna sich von den Geräuschen und bunten Bildern berieseln ließ, schloss sie langsam die Augen, bis sie nach ein

paar Minuten einschlief.

Das Klingeln ihrer Haustür riss sie aus ihrem leichten Schlaf und Anna schreckte hoch, als das laute »Ding dong« durch ihre Ohren drang.

Sie öffnete die Tür und wie erwartet stand Thea vor ihr, umarmte und küsste sie.

Anna selbst war nicht motiviert genug irgendetwas dergleichen zu tun und bat sie einfach nur herein.

»Wollen wir eine Serie schauen?«, fragte Thea aufmuntert. Sie wusste, dass Anna noch betrübt war, wegen der Sache an der Arbeit. Sie war es selbst auch, versuchte es aber zu überspielen und für ihre Partnerin da zu sein.

Doch Anna schüttelte nur den Kopf. Sie ging ins Wohnzimmer, ohne Thea auch nur eines Blickes zu würdigen. Sie ließ den Kopf hängen und trottete vor sich hin, bis sie sich langsam aufs Sofa sinken ließ.

»Ist mir egal, was wir machen. Entscheide du...«, entgegnete sie.

»Ich würde sagen, wir schauen uns was lustiges an!«, erwiderte Thea voller Elan, in der Hoffnung, dass es Anna bald besser gehen würde.

Sie schnappte sich die Fernbedienung und öffnete einen der vielen Streamingdienste auf Annas Fernseher. Sie suchte und suchte und fand schlussendlich eine Komödie, von der sie wusste, dass Anna sie liebte. Sie erwähnte vor einigen Wochen bei der Arbeit, vor der ganzen Scheiße, die zurzeit lief, von ihrem Lieblingsfilm, den sie schon hunderte Male gesehen hatte. Sie konnte alle Dialoge mitsprechen und musste einfach immer lachen.

Thea drückte auf *Play* und hoffte, dass Anna gleich lachen würde.

Sie sah zu ihr herüber, während der Film begann, doch Anna sah gar nicht auf den Fernseher. Sie blickte betrübt nach unten. Ihre Augen waren glasig und ihr Gesicht blass.

Thea versuchte sich an anderen Mitteln, um sie aufzumuntern.

Sie begann durch ihr Haar zu streicheln und ihre Hand bewegte sich immer weiter nach unten.

»Kann ich dich vielleicht mit etwas Spaß aufmuntern?«, flüsterte sie in erotischem Ton.

Anna blickte kurz auf, schüttelte nur den Kopf und stand dann auf.

»Ich werde ins Bett gehen. Du kannst hier ruhig noch schauen und später hochkommen, wie du magst. Gute Nacht...«

Sie nahm ihr Tagebuch in die Hand und trug es mit sich nach oben.

Thea sah zu, wie Anna die Treppe hochlief und fühlte eine große Enttäuschung in sich, die in Trauer und Besorgnis überging.

Was sollte sie nur tun?

Wie konnte sie Anna aufmuntern?

Ihr ging es schlecht... Sie zeigte keine Freude, war völlig in sich gekehrt und ihr war scheinbar alles egal. Irgendetwas musste sie tun. Es durfte nicht noch schlimmer werden. Thea machte sich Gedanken. Sie hatte Angst, dass Anna sich etwas antun könnte oder dass sie vielleicht nie mehr glücklich würde, nach den letzten Tagen und Wochen.

Heute würde das wahrscheinlich nichts mehr werden. Sie beschloss, eine Nacht darüber zu schlafen und sich morgen etwas zu überlegen.

Sie schaute noch einige Minuten lang Fernsehen und lief dann nach oben zu Anna. Thea legte sich neben sie und umschlang sie mit ihrem

318

Arm und gab ihr einen Kuss auf den Hinterkopf, bevor sie die Augen schloss und einschlief.

Dass Anna immer noch wach war, bemerkte sie nicht.

58

»Guten Morgen«, hauchte Thea Anna sanft ins Ohr, als sie am nächsten Morgen aufwachte. Sie streichte ihr über den Oberschenkel und die Hüfte.

»Morgen«, kam es leise zurück.

Thea spürte, wie schlecht es Anna ging. Sie zeigte keinen Ausdruck im Gesicht. Kein Lachen, keine Freude. Aber auch keine Trauer. Es war, als hätte sie keinerlei Emotionen. Thea spürte ihre Trostlosigkeit, ihren Schmerz. Sie spürte die Leere, die in ihr herrschte.

Anna lag einfach da. Sie konnte sich nicht bewegen. So sehr sie es auch versuchte, es gelang ihr nicht aus dem Bett aufzustehen. Ihrem Körper ging es gut, doch ihr Geist, ihre Seele, ihr Kopf. Sie wollten nicht mehr. Sie war einfach am Ende und war sich dessen auch bewusst. Sie verspürte keine Freude, keinen Hunger, keine Motivation.

»Anna... hör zu...«, begann Thea langsam und besorgt. Zudem spürte sie eine tiefe Angst, vor dem folgenden Gespräch.

»...ich sehe doch, wie schlecht es dir geht... ich...i-ich...«, sie konnte es nicht richtig aussprechen, vor lauter Angst. Doch sie riss sich zusammen.

»...Ich liebe dich«, brach es aus ihr heraus und ihr Herz raste vor lauter Angst, aber auch Erleichterung.

Anna hörte die Worte kaum. Alles was sie hörte war ein dumpfes Rauschen, sie war zu sehr in ihren Gedanken versunken und Theas Worte lösten rein gar nichts in ihr aus. Wo sich andere Menschen vor Freude und Glück nicht meh halten konnten, lag Anna einfach still da ohne jegliche Reaktion auf das Gesagte.

Thea wartete einen Moment, bevor sie weitersprach, um Anna Zeit zu geben die Worte zu realisieren, doch es kam nichts zurück.

»Ich liebe dich«, wiederholte sie, »und ich möchte, dass es dir wieder besser geht... Ich sehe, wie schlecht es dir geht. Du willst nichts essen, nichts machen, du reagierst kaum und du bist nur noch in Gedanken...«

Keine Reaktion.

»Ich verstehe, dass es dir schlecht geht. Es ist so viel passiert und niemand würde das alles unbeschadet überstehen. Du bist für mich eine starke Persönlichkeit, aber auch der stärkste Mensch kann manchmal Hilfe gebrauchen...«, fuhr sie fort.

Anna regte sich kurz, starrte aber weiterhin ins Leere.

»Was meinst du damit?«, fragte sie lustlos.

»Ich meine, dass du vielleicht mal über eine Therapie nachdenken solltest. Man kann dir da bestimmt helfen und ich würde dich auch unterstützen. In allen Lebenslagen und wenn du willst, regle ich das auch alles für dich... Ich kann dir die Termine machen, ich fahre dich hin, hole dich ab. Was du willst...«, erklärte sie weiter, in der Hoffnung, dass Anna das Angebot annehmen würde.

Einige Sekunden lang war es still. Thea gab Anna die Zeit darüber nachzudenken.

Nach einigen Minuten der Stille regte sich Anna, drehte sich zu Thea um und sah sie an.

»Ich werde mal darüber nachdenken«, sagte sie leise und mit einem gezwungenen Lächeln. Eines, dass ihr nie schwerer fiel als in diesem Moment.

Thea nickte leicht und umarmte Anna. Sie ließ

es zu, zeigte doch keinerlei Mimik in ihrem Gesicht und ließ sich danach wieder ins Bett fallen.

»Willst du schonmal Frühstück machen? Ich denke, ich bleibe noch ein paar Minuten liegen...«, erklärte sie.

Thea nickte, gab ihr einen Kuss und ging runter in die Küche.

Anna lag im Bett und starrte an die Decke. Unten hörte sie, wie Thea das Frühstück zubereitete. Sie stellte Gläser auf den Tisch, öffnete den Backofen, um die Brötchen aufzubacken und stellte eine Pfanne für Rührei auf den Tisch.

Anna hatte keinen Hunger und sie würde wahrscheinlich auch nichts runterkriegen, egal wie sehr sie es auch versuchte.

»Soso, eine Therapie also...«, ertönte es in ihrem Kopf.

Vanessa.

»Geh...«, flüsterte Anna in den leeren Raum.

»Deine kleine Lesbenfreundin meint also, du sollst eine Therapie beginnen... und wie ich sehe, setzt du dich ernsthaft mit diesem Vorschlag auseinander...«, redete sie weiter in Annas Gedanken.

»Ich sagte: GEH«, sprach Anna nun energischer.

Vanessa beachtete ihre jämmerlichen Versuche, sie loszuwerden kaum und sprach einfach weiter.

»Was meinst du eigentlich, was passiert, wenn du zu einer Therapeutin gehst?«, fragte Vanessa mit ernster Stimme.

»Vielleicht verziehst du dich dann endlich aus meinem Leben...«, entgegnete Anna.

»Das glaubst du wirklich? Soll ich dir sagen, was passiert, wenn du zur Therapie gehst?«, fragte sie entschlossen und voller Vorfreude auf die gleich folgende Erklärung.

»Nur zu...«

»Solltest du es wirklich durchziehen und eine Therapeutin finden, die sowas wie dich behandeln will, dann wird das ganze folgendermaßen ablaufen...«, sie machte eine kurze Pause, um sich zu sammeln, »Du wirst deine Geschichte erzählen, die dir sowieso niemand glauben wird. Daher werden sie dich wahrscheinlich ziemlich schnell in die Geschlossene einweisen. Und weißt du, was dann da passiert? ... Dort werden sie dich mit Medikamenten vollpumpen, bis du völlig deinen eigenen Willen verlierst und keine scheiße mehr von dir gibst. Geister... *Sowas gibt es nicht*, werden sie dir einreden... Du wirst nur noch da liegen, allein in deinem kleinen Zimmer, das mehr einer Gefängniszelle ähnelt als einem Ort, an dem man gesund werden sollte. Jeden Tag schluckst du Medikamente und du wirst dort liegen und vor dich hinvegetieren. Wochenlang, monatelang und vielleicht auch ewig, wenn ich Glück habe.

Und soll ich dir mal sagen, was das Beste an alledem ist?«, fragte sie.

Anna reagierte nicht.

»Das Beste an allem ist, ist die Tatsache, dass ich immer noch dort sein werde. Ich werde auf ewig in deinem Kopf sein. Ich kann dir erscheinen, wann ich will und dein Leben weiterhin zur Hölle machen, auch wenn du dann schon in einer Art Hölle verrottest.

Also bedenke nochmal die Idee mit der Therapie. Ich glaube nicht, dass diese ewige Hölle in deinem Sinne ist...« Und schon verschwand Vanessa aus ihren Gedanken und in Annas Kopf herrschte eine gefährliche Stille.

59

Anna saß aufrecht in ihrem Bett und schrieb einige Zeilen in ihr Tagebuch, während Thea unten weiterhin mit dem Frühstück beschäftigt war.

Sie kämpfte mit dem Vorschlag eine Therapie zu beginnen. In ihrem Innern wusste sie, dass es richtig war, doch sie ließ sich zu sehr von Vanessa beeinflussen. Anna spürte ihren eigenen Willen tief in sich verborgen, doch er wurde durch Vanessas Anwesenheit versperrt und sie tat nur noch, was sie verlangte.

Anna hörte Schritte und bemerkte, dass Thea mit einem Tablett voller Essen ins Schlafzimmer marschierte.

»Frühstück!«, rief sie voller Freude und Motivation, was einem kläglichen Aufmunterungsversuch nahekam.

Anna versteckte das Tagebuch halbherzig unter ihrem Kopfkissen und nahm Theas Tablett entgegen. Toast, Rührei, Kaffee und Orangensaft waren ordentlich darauf platziert und Thea stand voller Hoffnung vor dem Bett und wartete darauf, dass Anna etwas aß.

Sie verspürte keinerlei Hunger, nahm sich nur den Kaffee, um vielleicht etwas wacher zu werden.

»Hast du keinen Hunger?«, fragte Thea enttäuscht und betrübt während sie sich auf die Bettkante setzte.

»Nicht so richtig... aber ich versuche gleich trotzdem etwas zu essen«, gab sie in gezwungenem Ton von sich, während sie einen Schluck aus der Tasse trank. Thea sah ihr dabei zu und hoffte innerlich, dass es ihrer Freundin bald besser gehen würde. Es machte sie fertig sie so zu sehen.

»Hast du mal über meinen Vorschlag nachgedacht?«, fragte sie vorsichtig und leise.

Anna nippte noch an der Tasse Kaffee, bevor sie sie absetzte und auf das Tablett stellte, das wackelig vor ihren Beinen auf dem Bett lag.

Sie zögerte. Die Antwort fiel ihr schwer, denn sie hatte gut darüber nachgedacht und einen Entschluss gefasst.

»Ich werde keine Therapie beginnen...«, erklärte sie flüsternd, »Es tut mir leid, aber ich will das nicht.«

Thea saß einfach nur da und nickte still.

»Okay...«, kam es leise aus ihr heraus, »ich kann dich natürlich nicht zwingen. Aber wenn es dir schlechter geht, denk bitte nochmal darüber nach... Bitte...«

Anna nickte leicht, wusste aber selbst, dass sie nicht noch einmal darüber nachdenken würde. Vanessas Argumente waren zu angsteinflößend und leuchteten immer wieder in ihrem Kopf auf, wie eine Leuchtreklame.

In diesem Moment fasste sie einen Entschluss, von dem sie hoffte, er würde ihr Leben in irgendeiner Weise verbessern und das schwarze Loch, das in ihr herrschte, verschwinden lassen.

»Ich werde wegziehen...«, murmelte sie vor sich hin.

»Wegziehen?!«, fragte Thea erschrocken.

»*Wegziehen?*«, ertönte Vanessas Stimme ungläubig in ihrem Kopf.

Anna nickte.

»Ja, ich werde wegziehen.«

»Aber warum?«, fragte Thea und sah sie immer noch schockiert und mit offenem Mund an.

»Vielleicht brauche ich einfach etwas Abstand.

Von der Situation, von den Geschehnissen und vor allem von den Menschen hier...«, erklärte sie.

»Aber... d-du... Du kannst doch nicht einfach wegziehen?«, fragte Thea weiter, obwohl sie für das Gesagte eigentlich keine Worte mehr hatte.

»Thea, ich hatte eigentlich gehofft, dass du das verstehst... War es bei dir nicht ähnlich? Bist du nicht auch weggezogen, als alles scheiße war und dich niemand akzeptiert hat?«, konterte Anna energisch.

Thea musste zugeben, dass es richtig war, was sie sagte. Doch sie konnte doch nicht einfach wegziehen? Nicht ohne sie. Sie hatten sich doch gerade erst gefunden. Sie waren so kurz zusammen und jetzt sollten sie wieder getrennt werden?

»Dann komme ich mit!«, beschloss sie und sah Anna dabei tief in die Augen.

Anna war sich nicht sicher, ob das eine gute Idee war oder nicht.

»Da reden wir später nochmal drüber...«, sagte sie, nahm dann wieder ihre Tasse und trank daraus.

60

Anna und Thea verbrachten den Tag damit, im Bett zu liegen und zu reden. Zwar redete Thea die meiste Zeit, doch Anna hörte ihr gerne zu. Es ging ihr sogar ein wenig besser. Die Idee mit dem Umzug hatte in ihr einen kleinen Funken Hoffnung ausgelöst.

Später am Tag fuhr Thea wieder zur Arbeit, Anna hätte erst morgen wieder Schicht.

Während Thea arbeitete, lag Anna weiter im Bett und suchte auf ihrem Smartphone nach einer neuen Wohnung. Sie würde alles zurücklassen, nur das nötigste mitnehmen und alles vergessen, was geschehen war. Zumindest hoffte sie das.

»Wegziehen also...«

Vanessa stand am Fußende ihres Bettes, lehnte sich daran und fragte Anna über ihr Vorhaben aus.

»Denkst du allen Ernstes, wenn du in ein anderes Örtchen verschwindest, würde ich hierbleiben und dir nicht folgen?«, fragte sie ungläubig und voller Ironie in der Stimme.

»Du lügst. Du willst mich nur manipulieren!«, entgegnete Anna.

»Pah, na klar. Ich bin in deinem Kopf, falls du es noch nicht bemerkt haben solltest... Und ich werde dir überall hin folgen!«, erwiderte sie lauter als zuvor.

»Wir werden sehen«, sagte Anna entschlossen und mit der Hoffnung, Vanessa würde ihr nicht folgen. Doch das konnte sie nur herausfinden, wenn sie es auch übers Herz brachte wegzuziehen. Mit oder ohne Thea. Vanessa verschwand und Anna scrollte weiter auf dem

Smartphone umher, um eine Wohnung zu finden.

Einige Stunden später fand Anna eine Anzeige.
Eine kleine Wohnung, etwa 100Km entfernt von
hier. Weit genug von allem weg. Bezahlbar und
gut eingerichtet.
   Anna kontaktierte die derzeitige Besitzerin und
regelte alles.
   Die Dame am Telefon sagte ihr, sie könne in drei
Tagen einziehen, den Vertrag würde sie beim
Einzug unterschreiben. Wenige Minuten später
bekam sie eine Datei per Mail, damit sie sich den
Mietvertrag durchlesen konnte.
   Normalerweise würde Anna das alles zu schnell
gehen. Niemand mietet so schnell eine Wohnung,
doch in diesem Moment kümmerte sie das nicht.
Sie wollte einfach weg von hier. Weg von allem.
   Nachdem sie für die Wohnung alles geklärt
hatte, rief sie Siggy an.
   Dieser war zwar nicht sonderlich begeistert von
der spontanen Kündigung, doch da Anna für ihn
momentan ohnehin entbehrlich war, lief auch die
Kündigung schnell von statten.

Spät am Abend kam Thea wieder und legte sich
zu Anna ins Bett, die es den ganzen Tag über
nicht herausgeschafft hatte. Zwar ging es ihr
besser, doch das Bett verlassen wollte und konnte
sie dennoch nicht.
   »Du hast gekündigt?!«, fragte sie schockiert, als
Anna von ihrem Tag erzählte.
   »Naja, was hast du erwartet? Wenn ich
wegziehe, kann ich nicht mehr weiter hier
arbeiten«, erklärte sie.
   Thea nickte beiläufig und gab zu, dass es
logisch klang und sie so weit noch gar nicht
dachte.

»Hast du auch eine Wohnung gefunden?«, fragte sie neugierig.

»Ja, ich kann am Montag einziehen...«

»So schnell?«

»Ja, ich hatte wohl ausnahmsweise mal Glück«, erklärte Anna und zwang sich zu einem kleinen Lächeln.

Das Wochenende über versuchten die beiden ihre Zeit zu genießen, auch wenn es Anna weiterhin schlecht ging. Sie packten gemeinsam ein paar Sachen zusammen und Thea kümmerte sich um alles weitere.

»Wir wollten uns nochmal darüber unterhalten, ob ich mitkommen soll oder nicht...«, warf Thea in den Raum, als sie gemeinsam einen Karton mit den nötigsten Sachen packten.

»Richtig... tatsächlich überlasse ich diese Entscheidung dir... Ich kann dich weder zwingen hier zu bleiben noch mitzukommen. Es liegt bei dir...«, entgegnete sie.

»Dann komme ich mit!«, sagte sie entschlossen.

Beide lächelten und küssten sich dann.

61

Anna und Thea saßen am Sonntagmittag gemeinsam auf der Couch und teilten sich eine Pizza, die sie sich Minuten zuvor vom Lieferdienst haben zukommen lassen. Anna aß zwar vergleichsweise wenig, doch Thea war froh, dass sie überhaupt etwas aß.

Gemeinsam planten sie ihren kleinen Neuanfang. Sie würden gemeinsam in einem neuen, schicken Restaurant arbeiten. Sie würden ihre Wohnung zusammen anstreichen und einrichten. Sie würden Freunde finden, mit denen man feiern konnte und sie würden das Leben dort genießen. Ohne schreckliche Ereignisse, ohne homophobe Arschlöcher und Diskriminierungen. Anna würde Vanessa los sein, zumindest glaubte sie fest daran.

Thea räumte den Pizzakarton in den Müll und sah Anna fragend an.

»Was passiert eigentlich mit deinem Haus, wenn du weg bist?«

»Ich habe gestern mit Marleen telefoniert und ihr alles erklärt. Sie hat sich angeboten, alles für mich zu regeln und das Haus zu verkaufen...«, erklärte sie und trank dann einen Schluck Wasser.

Thea nickte nur.

»Morgen geht's los... bist du bereit?«, fragte sie entschlossen.

»Aber klar doch«, erwiderte Anna und küsste Thea.

»Ich weiß, ich war die letzten Tage und Wochen oft schlecht drauf... und es tut mir auch leid, aber es ging mir schlecht und das tut es auch immer noch... es wird etwas dauern, bis ich bin wie vorher... ich hoffe, du kannst das verstehen...«, erklärte sie sich, »...und.. was ich dir noch sagen wollte...«, sie sah betrübt nach unten und ihr Herz raste vor Aufregung, »Ich liebe dich...«

Thea lächelte und umarmte Anna fest.

»Ich liebe dich auch!«, flüsterte sie ihr ins Ohr.

Am Ende des Tages ging Anna ins Badezimmer und ließ sich ein Bad ein. Es duftete nach Kokosnuss und Vanille und die Spiegel und Fenster waren vom warmen Dunst beschlagen.

Sie legte sich ins Wasser und genoss die Wärme, die sie umschlang und den wundervollen Duft.

Sie hatte sich lange nicht mehr gut gefühlt.

In der Zwischenzeit lag Thea in Annas Bett und scrollte auf ihrem Smartphone herum. Sie bekam Durst und suchte auf ihrer Seite des Bettes eine Flasche Wasser. Doch sie hatte ihre Flasche bereits am Morgen leer getrunken, weshalb sie sich nun auf Annas Seite rüber streckte und nach der halb vollen Wasserflasche griff, die dort stand.

Dabei bemerkte sie etwas unter Annas Kissen.

Ihr Tagebuch.

Während sie sich streckte, berührte sie es mit ihrem Ellbogen und dabei fiel das kleine Büchlein aus dem Bett heraus und landete auf dem Teppich.

Eine Seite lag offen und Thea las sie.

Freitag, 12. April 2019

Vanessa war wieder da... Sie hat versucht mir die Therapie auszureden...

Ich weiß nicht genau, was ich tun soll. Sie hat

ja in gewisser Weise Recht, aber...
Ich weiß es einfach nicht...

Vanessa? Wer zum Teufel war Vanessa? Theas Kopf schmerzte und die Gedanken schossen durch sie hindurch wie Geschosse eines Gewehrs.
Wer ist Vanessa?
Betrügt sie mich etwa?
Geht sie mir fremd?
Warum tut sie sowas?
Thea konnte nichts gegen die Gedanken tun. Sie erschienen wie automatisch in ihrem Kopf und ohne, dass sie es wusste, hatte ein gewisser Geist seine blutigen Finger im Spiel.
Thea wurde wütend, enttäuscht und fühlte sich hintergangen. Sie konnte die Gedanken nicht abschalten.
Als Anna mit einem Handtuch umschlungen aus dem Bad kam, saß Thea aufrecht im Bett und wartete ungeduldig auf sie.
»Wer ist Vanessa?!«, fragte sie in vorwurfsvollem Ton, während ihr Tränen in den Augen standen und sie am ganzen Körper zitterte.
Anna stand verdutzt da, konnte sich nicht erklären, was hier gerade passierte und was sie jetzt antworten sollte.
»I-ich... woher...«, stotterte sie nervös vor sich hin, aus Angst Thea würde sie gleich für verrückt halten.
»Wer Vanessa ist habe ich gefragt! Du hast geschrieben, dass sie dir die Therapie ausgeredet hat! Wer ist sie?!«, fragte sie weiter und wurde dabei immer lauter. Eine Träne rollte ihr über die Wange und an ihrem Hals hoben sich ihre Adern hervor. Anna seufzte vor sich hin.
»Ich kann dir das nicht erklären... du würdest

mich nur für verrückt halten...«, sie wusste nicht, wie sie erklären sollte, dass der Geist ihrer toten Nachbarin in ihrem Kopf herum spukt. Daher beschloss sie, es einfach unerklärt zu lassen. Vielleicht wäre es besser für Thea, wenn sie da nicht mit reingezogen würde, so glaubte sie.

»Dann ist ja alles geklärt...«, gab Thea trotzig von sich. Sie war der festen Ansicht, Anna würde sie betrügen.

»Viel Spaß mit deiner Vanessa in deinem neuen Heim...«

Sie stampfte wütend aus ihrem Zimmer, die Treppe herunter und knallte anschließend die Haustür zu.

Nun stand Anna wieder allein da. Ohne Freundin, ohne einen Menschen, der sie liebte und ohne Hoffnung.

Doch sie hatte das Gefühl, dass sie Thea so beschützen würde. Wer weiß, was Vanessa noch alles mit ihr anstellen würde?

Anna setzte sich auf ihr Bett und weinte.

Sie weinte stundenlang, bis irgendwann Vanessa vor ihr stand.

»Na? Hat dich deine kleine Lesbenfreundin verlassen?«, fragte sie hämisch, »Das gehörte zwar nicht zu meinem Plan, aber als sich die Gelegenheit bot, habe ich die natürlich genutzt und genau die Seite aufschlagen lassen, die sie denken lassen würde, dass du sie betrügst. Clever, nicht?«

Anna weinte weiter, ignorierte die Gestalt einfach und schloss die Augen.

»Ich gehe nicht einfach weg, nur weil du die Augen schließt. Das solltest du mittlerweile wissen...«, erklärte Vanessa in genervtem Ton und verkroch sich dann wieder in Annas Gedanken.

62

Anna packte ihren Karton und ihre Tasche ins Auto, legte den Haustürschlüssel unter die Fußmatte, wo Marleen ihn finden konnte und fuhr dann mit dem Auto in ihre neue Heimat.
Es fiel ihr nicht schwer diesen Ort zu verlassen. Vor allem nicht nach den letzten Ereignissen.
Sie blickte konzentriert auf die Straße.
Ihr Kopf dröhnte vor lauter Gedanken und sie hoffte, dass es bald besser werden würde.

Um die Mittagszeit kam sie in ihrem neuen Heim an. Sie erblickte weite Felder und wenige Häuser. Ihr Auto stellte sie vor ihrem neuen Heim ab. Es war ein kleiner Baukomplex mit mehreren Wohnungen darin. Am Gehweg standen die Mülltonnen und im Garten stand eine Rutsche. Jemand in dem Haus hatte wohl Kinder.
Anna stieg aus und nahm ihre Tasche mit. Den Karton würde sie später holen.
Sie ging den kleinen Weg entlang, der zur Haustür führte. Die Dame, mit der sie zuvor telefoniert hatte, sagte sie solle bei Weber klingeln.
Anna suchte die Schildchen der Klingeln ab und fand ganz unten ein verblichenes Stück Papier, auf dem Weber stand. Sie betätigte es und kurze Zeit später ertönte das Summen, das die Tür öffnete.
Sie wusste, dass die Wohnung im Obergeschoss lag, weshalb sie die Treppe hinauf spazierte. Oben wartete bereits eine Frau, die Anna zu sich wank. Das musste die Frau sein, mit der sie telefoniert hatte.
»Hallo, Sie müssen Frau Krüger sein, richtig?«,

fragte die Frau. Sie hatte blondes, langes Haar, das zu einem Dutt gewickelt war. Sie trug eine graue Bluse, eine verblichene Jeans und schwarze Pumps an den Füßen, die bei jedem Schritt klackerten.

Die Frau führte Anna zu ihrer neuen Wohnung. Anna betrachtete die Räume und war begeistert, wie schön es doch dort aussah. Im Endeffekt war es ihr egal, wie schön es war, Hauptsache sie war weg aus Derbersdorf.

Die Frau legte ein paar Zettel auf die Esstheke in der Küche und hielt einen Stift in der Hand.

»Sie müssen nur noch hier unterschreiben, dann sind Sie die neue Mieterin dieser Wohnung. Ich bin es zwar nicht gewohnt, so schnell einen Mieter zu finden, aber man muss auch mal Glück haben, nicht wahr?«, fragte sie mit ihrer piepsigen Stimme.

»Richtig«, murmelte Anna vor sich hin, während sie den Vertrag noch einmal durchlas und dann ihre Unterschrift daruntersetzte.

»Wunderbar! Kann ich Ihnen hier noch in irgendeiner Weise behilflich sein?«, fragte sie freundlich.

»Nein danke, ich komme zurecht«, entgegnete Anna.

»Gut... Wenn sonst etwas sein sollte, können Sie mich gerne anrufen!«, sagte sie noch und verschwand dann recht schnell aus der Wohnung.

63

Anna stand in ihrer neuen Küche und sah sie sich genauer an. Die Fenster waren geöffnet und eine leichte, warme Brise wehte durch den Raum hindurch. Alles war schön eingerichtet und sauber. Dass Anna so viel Glück mit einer Wohnung haben konnte, konnte sie selbst kaum fassen.

Nachdem sie die gesamte Wohnung einmal angesehen und begutachtet hatte, beschloss sie ihren Karton aus dem Auto zu holen, in dem sie das nötigste eingepackt hatte.

Ein paar Klamotten, ihr Lieblingsbuch, Zahnbürste, andere Hygieneartikel und ein paar Teller und Besteck. Alles weitere würde sie in den nächsten Tagen besorgen und auch ihr Essen würde sie am Abend irgendwo in der Gegend holen. Vielleicht gab es einen schönen Imbiss oder ein kleines Restaurant, in dem sie Essen gehen könnte. Und kurz darauf würde sie sich auch nach einem Job umsuchen.

Sie nahm sich den Wohnungsschlüssel mit, den die Dame auf den Küchentisch gelegt hatte und marschierte zu ihrem Auto. Dabei versank sie kurz in Gedanken und dachte über Thea nach, unwissend, dass diese im selben Moment auch über sie nachdachte.

Wie es ihr wohl geht?

Anna schämte sich dafür, was Thea jetzt von ihr denken musste. Aber sie hätte es ihr auch nicht erklären können. Wer weiß, was dann passiert wäre, wenn sie von einem depressiven Geist erzählt hätte? So oder so wäre aus der Beziehung wahrscheinlich nichts Weiteres geworden... Anna wollte Thea auch einfach nicht in die Miesere mit reinziehen. Sie versuchte sie zu beschützen und ihrer Meinung nach, war ihr das auch gelungen. Auch wenn sie sich ohne Thea schlechter fühlte als sonst. Sie liebte sie und es zerriss ihr das Herz, als sie vor ihr stand und ihr eine Affäre anhing. Doch es ging nicht anders.

Anna kam an ihrem Auto an, öffnete die hintere Tür und holte den großen Umzugskarton heraus. Er war klobig und Anna trug ihn unbeholfen in Richtung Haustür, vor welcher sich eine Katze niedergelassen hatte.

Anna sah genauer hin und erkannte das Tier sofort. Die Gedanken in ihrem Kopf wurden lauter und lauter und sie rannte mit dem Karton nach oben in ihre Wohnung und schloss die Tür hinter sich mit einem lauten Knall, sodass alles kurz erbebte und das Geschirr in ihrem Karton klapperte. Sie legte den Karton ab, schweißgebadet stand sie in ihrer Wohnung, Tränen standen ihr in den Augen.

Langsam sank sie herunter auf die Knie, umschlang sie mit ihren Armen und vergrub ihren Kopf darin.

Während Anna einen Nervenzusammenbruch erlitt und weinend in ihrer neuen Wohnung saß, dachte ihre Freundin etwa 100Km entfernt über sie nach.

Thea stand in ihrem Schlafzimmer und überlegte, was Anna wohl in diesem Moment tat. Sie war sauer auf sie. Sie war enttäuscht, wütend, verletzt. Doch sie vermisste sie auch. Und zwar sehr.

Ihr Kopf warf die Gedanken hin und her.

Betrügt sie mich wirklich?

Wie kann sie das nur tun?

Was waren ihre Absichten?

Doch neben den grellen, aufleuchtenden negativen Gedanken kamen auch ein paar andere zum Vorschein, die Thea unbewusst unterdrückte. In diesem Moment kämpfte sie dagegen an und ließ die anderen Gedanken in ihrem Kopf herrschen.

Kann es wirklich sein?

Nein, das kann es nicht...

Sie liebt mich doch... Und ich sie...

Sie würde das niemals tun.

Es muss eine andere Erklärung geben!

Hätte ich sie doch nur weiter ausgefragt!

Anna kämpfte gegen die negativen Gedanken an und überlegte, was sie nun tun sollte.

Kurzerhand fasste sie einen Entschluss.

Anna saß in ihrer Küche und beschloss aufzustehen. Sie ging ins Bad, zog die Jalousie herunter und ließ sich ein Bad ein. Aus ihrem Karton zog sie ein Handtuch und nahm es mit ins Badezimmer. Sie drehte die Heizung auf.

Langsam wurde es warm und der Dunst legte sich auf Spiegel und Fenster. Ihr Handy legte Anna auf den Waschbeckenrand, zog sich daraufhin aus und stieg in die Wanne, welche zur Hälfte gefüllt war.

Das warme, dampfende Wasser umschlang sie und sie legte ihren, vor lauter Gedanken schmerzenden Kopf, auf den harten Badewannenrand. Die Wanne füllte sich weiter und es dampfte mehr und mehr. Anna sah sich im Badezimmer um und begutachtete es sorgsam. Ein schönes, großes Bad mit blauen Teppichen auf dem Boden und grauen Fließen.

Die Holztür, die aus dem Badezimmer heraus in den Flur führte, hatte Anna nicht abgeschlossen. Warum auch? Das tat sie in ihrem alten Zuhause auch nie.

Ihr altes Heim.

Sie wollte nicht weiter darüber nachdenken, doch ihr Kopf ließ sie nicht abschalten. Sie dachte und dachte und dachte. Immer weiter, immer mehr, immer schlimmer.

Anna griff neben den Rand der Badewanne auf den Boden, wo sie etwas liegen hatte, was sie zuvor aus dem Karton geholt hatte.

Das Küchenmesser spiegelte das Licht, als sie es sich genauer ansah und es leicht drehte. Mit dem Messer schnitt sie sonst immer Gemüse. Heute würde sie Fleisch damit schneiden.

Ihr Herz raste, ihr Kopf dröhnte und ihre Hände zitterten. Sie bewegte das Messer hin und her, sah es sich genau an und betrachtete ihre Spiegelung darin.

Sie sah ein Mädchen, eine junge Frau, die am Ende ihrer Kräfte war. Die gekämpft hat. Innere Kämpfe, die kaum einer wahrnehmen konnte, außer ihr. Ein Mädchen, das nicht mehr weiterleben wollte und nun, hundert Kilometer von ihrer Heimat, ihren Eltern, ihren Freunden entfernt ein Küchenmesser zückte und mit dem Gedanken spielte, alles zu beenden.

Sie wollte diese schreckliche Welt, mit all ihren Grausamkeiten und unmenschlichen Geschöpfen hinter sich lassen.

Die Angst beherrschte ihren ganzen Körper. Langsam führte sie das Messer an ihr Handgelenk, wie es Vanessa auch damals getan haben musste.

Sie spürte die kalte Klinge auf der Haut und ein leichter Schmerz erfüllte sie, während sie sie immer weiter in ihr Handgelenk bohrte und langsam ein paar Tropfen Blut herausquollen.

Anna lag schockiert da, betrachtete die roten Tropfen, die ins Wasser fielen und sich dort beinahe auflösten und unsichtbar wurden.

Sie schnitt weiter. Längs, nicht quer. Das hatte sie einmal gehört. So würde es schneller gehen.

Ein wenig schnitt sie noch weiter. Das Blut lief über ihren Arm, ihre Hand, tropfte auf ihre Oberschenkel und verteilte sich im Wasser, das sich langsam immer rötlicher färbte.

Anna legte das Messer ab.

Sie spürte, dass sie schwächer wurde. Müde.

Sie schloss die Augen und legte ihre Hand auf den Badewannenrand. Von dort aus lief das Blut an der Wanne her, runter auf den Boden, wo es einen roten Fleck hinterließ.

Nun war es still in ihrem Kopf. Keine Gedanken, kein Dröhnen, kein Rauschen. Nichts. Nur die Stille des Todes herrschte in ihr.

Und während ihr lebloser Körper dort lag und das Blut weiter herunter tropfte, ertönte ein leises Klingeln am Waschbeckenrand und eine Nachricht leuchtete auf.

Ich komme zu dir und
wir werden über alles reden!
Wir werden das gemeinsam hinbekommen,
ich weiß es!
Ich liebe dich über alles!
   —   Thea

Franziska Stolz ist Erzieherin und lebt im Kreis Siegen-Wittgenstein, wo sie auch 1998 geboren wurde. Seit ihrer Kindheit schreibt sie Geschichten, die sich immer weiter entwickelten, bis sie 2016 ihre ersten Bücher mit bereits 17 Jahren veröffentlichte. Ihr Kinderbuch erfreut sich bei Eltern großer Beliebtheit, weshalb im Jahre 2020 der zweite Teil folgte. Da sie selbst gerne Thriller- und Horrorromane liest, versucht sie sich nun selbst einmal daran.

Nachwort

Liebe Leserin, lieber Leser,

zunächst einmal möchte ich mich bei Ihnen bedanken, dass sie mein Buch gekauft und auch gelesen haben. Es war mein bisher größtes Projekt und ich habe sehr viel Arbeit hineingesteckt.

Doch darum geht es nicht. Wie Sie wahrscheinlich bemerkt haben, ist die Geschichte, die unsere Anna auf den letzten Seiten erlebte, rein fiktiv. Geister gibt es, meiner Meinung nach und zumindest auf diese Art und Weise, nicht. Ich denke, viele werden mir da zustimmen. Jedoch wird das Thema, um das sich dieser Roman dreht immer wichtiger und immer mehr Menschen leiden darunter.

Depressionen.

Ob Sie nun selbst betroffen sind oder einer ihrer Mitmenschen.

Eine Krankheit, die deutlich schwerer nachgewiesen werden kann als andere Erkrankungen, ist gefährlich. Und das sieht man immer wieder. Zumal Betroffene es nicht offen zeigen können oder wollen. Eine Erkältung sieht man. Man niest, man hustet. Eine Depression ist deutlich schwerer zu erkennen. Die Traurigkeit, die Leere und die Hoffnungslosigkeit, die ein Mensch verspürt, kann nicht so leicht erkannt werden. Und oft wird sie überspielt. Oft ist es so, dass depressive Menschen diejenigen sind, die unter anderen Menschen am meisten Lachen. Denken wir an das Beispiel Robin Williams, der nebenbei bemerkt und meiner Meinung nach, einer der größten und besten Schauspieler aller

Zeiten war. Und leider viel zu früh an den Folgen seiner Depression verstarb, obwohl er mit seinen Rollen und seiner humorvollen Art immer für große Freude gesorgt hat.

Was ich sagen möchte ist, dass die Depression wie ein Geist sein kann. Nur der Betroffene weiß davon und niemand anderes kann sie sehen. Und sie zieht einen runter und hinein in ein schwarzes Loch voller Leere. Natürlich ist es nicht so, dass nur Menschen, denen schreckliche Ereignisse widerfahren, an einer Depression erkranken. Es gehört mehr dazu und manchmal auch weniger. Depressionen entstehen aus Veranlagungen, Genen, Ereignissen und dem familiären und sozialen Umfeld. Es gibt allerhand Gründe für eine Depression und es kann jeder betroffen sein. Egal ob arm oder reich, jung oder alt.

Wenn Sie merken, dass es ihnen von Tag zu Tag schlechter geht, sie nur noch im Bett liegen bleiben wollen und keine Motivation mehr aufbringen können, sollten Sie darüber nachdenken, sich jemandem anzuvertrauen. Das kann der Partner sein, ein Freund, Eltern oder auch ein Arzt. Die Hauptsache ist, dass Sie einen wichtigen Schritt in die richtige Richtung gehen und mit jemandem reden.

Depressionen sind keine Schande. Niemand wird Sie auslachen oder diskriminieren. Seien Sie mutig und wenden Sie sich an jemanden.

Sollten Sie bemerken, dass einer ihrer Angehörigen ähnliche Symptome zeigt, sich nicht mehr so oft unter Menschen traut und vielleicht nicht mehr so viel Motivation zeigt, sollten Sie ihn vorsichtig darauf ansprechen. Aber zwingen Sie niemanden zum Arzt oder zur Therapie zu gehen. Zwang hilft keinem.

Sie können Ihre Hilfe anbieten oder auch die

Hilfe anderer. Es gibt viele Hilfsangebote zum Thema Depression, bei denen kompetente Menschen arbeiten, die helfen wollen und können.

Zwei davon möchte ich kurz auflisten und Ihnen als Möglichkeit darbieten, sie als Hilfe anzunehmen, sofern Sie welche benötigen.

www.deutsche-depressionshilfe.de
Info-Telefon Depression: 0800 / 33 44 533

Die Stiftung Deutsche Depressionshilfe, mit ihrem Schirmherren Harald Schmidt, verfolgt das Ziel eine bessere Versorgung Betroffener zu leisten und die Zahl der Suizide zu mindern.

www.nummergegenkummer.de
Elterntelefon: 08001110550

Die Nummer gegen Kummer dürften vielleicht einige von Ihnen schon einmal gehört haben. Sie ist hauptsächlich für Kinder und Jugendliche gedacht, doch auch Eltern können sich an die Nummer wenden, um über ihre (vielleicht depressiven) Kinder zu sprechen.

Sie sehen, es gibt Hilfen. Und fast alle sind anonym. Wenn es Ihnen oder jemandem in Ihrem Umfeld schlecht geht, wenden Sie sich an jemanden. Bleiben Sie nicht alleine und glauben Sie nicht, es kann Ihnen nicht geholfen werden. Jedem kann geholfen werden und jeder ist es wert, dass man ihm helfen kann! Manchmal helfen auch schon kleine Dinge, damit es einem besser geht. Machen Sie Sport (Ja, ich weiß. Meins ist es auch nicht ;)), lesen Sie ein gutes Buch oder suchen Sie sich ein anderes „Hobby", das einen Ausgleich darstellt. Schreiben Sie ihre Gedanken auf, ihre Gefühle oder lassen Sie sie raus. Beim Boxen oder Joggen zum Beispiel. Jeder Mensch hat eine individuelle Art sich abzuregen und mit seinen Gedanken und Gefühlen zurecht zu kommen, solange noch keine Hilfe da ist.

Meine „kleine Therapie", wie ich es gerne nenne, ist das Schreiben, welches mit diesem Buch so intensiv war wie nie. Es half mir in vielen Situationen und wurde immer wichtiger für mich.

Ich hoffe, ich konnte etwas helfen und vielleicht Mut machen, denn die Vermeidung oder Heilung von Depressionen sind mir persönlich sehr wichtig.

Nun, liebe Leserin, lieber Leser, verabschiede ich mich von Ihnen, in der Hoffnung, Sie konnten etwas aus diesem Buch mitnehmen.

Franziska Stolz, November 2021